新 潮 文 庫

日曜日の夕刊

重松 清著

新 潮 社 版

6915

目次

日曜日の夕刊

チマ男《お》とガサ子

オトコのくせに——。

三カ月付き合ってきた女の子に言われた。

「ねえ、こういうのって、情けなくない?」

あきれはてた顔で言われた。

「なにが?」と聞き返すと、彼女は黙ってテーブルの上を指さした。ティーポットがある、カップもある、キャンディーとクッキーの小箱がひとつずつあって、それから、隅のほうに、皺《しわ》を伸ばしたキャンディーのラッピングフィルム。五枚重ねてある。彼女が皺くちゃのまま放っておいたのを、ぼくが皺を伸ばし、ぼくが重ねた。彼女が深々とため息をついて「オトコのくせに……」と切りだしたのは、ちょうど六枚目を載せたときだったのだ。

ずっとがまんしていた、らしい。「でも、もう限界よ」とつづけた。感情を抑えて、何度も肩で大きく息を継ぎながら。

「キャンディーの包み紙なんて、どうだっていいじゃない、どうせ捨てるんだから。なんでこんなおおげさなことしなくちゃいけないわけ？」

「なんで、って……」

ぼくはけおされて目をそらし、まいったなあ、と首をかしげた。

おおげさでもなんでもない、あたりまえのことだ。皺くちゃのラッピングフィルムをばらばらに捨てるとゴミがかさばるし、なにより、用済みのものをテーブルに置いたままにしておくのがいやだ。キャンディーをフィルムから取り出して口に入れたら、その手を戻すついでにフィルムの皺を伸ばし、できれば小さく畳んで、ゴミ箱に捨てる。当然のたしなみじゃないか。

だが、ぼくが筋道を立てて説明する前に、彼女はこめかみに青筋を立てて「それだけじゃないわ」と言った。

紅茶のしずくがテーブルに一滴垂れただけでいちいち拭《ふ》くな、クッキーを食べるときに片手を皿のようにしてかけらを受けるな、あなたの部屋は整理整頓《せいとん》されすぎてちっとも落ち着けない、ゴミの分別用に五種類のゴミ箱を使い分けてる独身男なんて世の中であなたぐらいのものだ、玄関ドアの内側に『ガスの元栓・トイレの電気・留守番電話・ハンカチ・定期――OK？　LET'S　GO！』の紙なんて貼《は》るな……。

一息にまくしたてて、「いちいち言ってたら、きりがないんだけど」と吐き捨てるようにつぶやき、「とにかく、あなた、オトコのくせに細かすぎるわけ」とまとめる。

「そんなことないだろ」

「あるわよ、あるっ」

彼女は腹立ちまぎれにテーブルにてのひらを叩《たた》きつけ、そのはずみでせっかく重ねたキャンディーのフィルムがふわっと浮き上がって、ばらけた。

「いつもチマチマしちゃって、オトコとして最低だと思わない？　もう、うんざり」

彼女は紅茶のカップを口に運んだ。白磁のカップの縁に、赤い口紅がついた。口紅の跡は、その横にもある。ぐるっとまわった反対側にも。

がまんなら、ぼくだってしている。彼女がコーヒーや紅茶を飲むのを見るたびに、「ちょっとガサツすぎないか？」と言いたくなるのをこらえてきた。どうして一口ごとにティッシュでカップを拭かないのだろう。それが面倒だというのなら、せめて同じ箇所に口をつけるぐらいの気配りぐらい見せたっていいじゃないか。気にならないのか？オンナのくせに……。

紅茶を、もう一口。今度はさらに別の場所が赤く汚れる。

思わずしかめつらになってしまったのを彼女は見逃さなかった。

「もう帰る！」

カップを乱暴にソーサーに戻した。残っていた紅茶が大きく波打ってカーペットにもこぼれたが、かまわず席を立った。

「ちょっと待てよ、なんだよ、おい」

玄関に向かう彼女をあわてて追いかける――はずだった。

だが、ぼくは中腰になると同時にティッシュペーパーを箱から取り出していた。カーペットを一拭きしたぶん、遅れた。濡《ぬ》れたティッシュを手に立ち上がったときには、もう彼女の体は半分ドアの向こうに出ていた。

「チマチマ、チマチマしちゃって……あんたなんかねえ、チマ男《お》よ、わかる？　いつもチマチマしてるから、チ・マ・オ！」

大きな音をたてて、ドアが閉まる。最後にぼくに向けた顔は、怒っているだけではなく、なにか哀れんで、かなしんでいるようにも見えた。

マンションの廊下に響くヒールの音が遠ざかり、消えてからも、ぼくはしばらく玄関にたたずんでいた。もう戻ってこないだろうなとあきらめて部屋に戻ると、新しいティッシュを出して紅茶のこぼれたカーペットをていねいに拭きなおした。

そろそろ結婚を前提に付き合わないか――。

三十分後に言うつもりだった言葉を、紅茶といっしょにティッシュに染《し》み込ませて、捨てた。

二十八歳にして、通算七回目の失恋だった。

去年の夏のことである。

ぼくにはわからない。

付き合ってきた女の子たちは皆、最初はぼくのことを「きちょうめん」「きれい好き」と呼んでくれる。「いまの時代、男のひともこうでなくっちゃ」と嬉《うれ》しそうに言う子もいたし、亭主関白で家事のいっさいを母親に任せきりだった自分の父親と比べて「お母さん、きっとうらやましがるわ」と笑う子もいたし、ぼくの自慢のアイロンがけの技を教わりたくて、わざわざ家から皺くちゃのブラウスを持ってきた子までいたのだ。

それが、デートを重ねていくうちに変わる。「きちょうめん」が「チマチマ」に、「きれい好き」が「神経質」になってしまう。

「えーっ、あなたって、こんなことまでやってるの?」——同じ言葉でも、付き合いはじめた頃の尊敬交じりの驚きが消えて、あきれたような、非難するような、あとずさるような、そんな響きになって耳に刺さる。そして、結婚が視野に入る頃になると、彼女たちのほうから去っていく。最後にはいつも、七回目の失恋の彼女と同じような表情を浮かべて……。

なぜだろう。考えても考えても、わからない。悪いところがあるのなら反省する。しかし、ぼくのどこに反省材料がある? 反省すべきは、自分がガサツなのを棚に上げて勝手なことばかり言うあいつらのほうじゃないのか？

オレがチマ男なら、おまえたちはガサ子じゃないか——。

ときどき、別れた恋人たちとの思い出をたどりながら、そんなふうにつぶやいてみたりもする。

七回目の失恋から、一年が過ぎた。

ぼくは二十九歳になった。

八人目の恋人は、まだできない。一年間で十八回の『異業種交流会』——ようするに合コンに参加したが、成果なし。五人の女の子を同僚に紹介してもらっても、ぜんぶ空振り。

そういえば、「あなたはすぐに数字を出すでしょ、そこが嫌なのよ」と言い捨てて去った女の子もいたっけ……。

＊

秋の初め、十九回目の合コンに参加した。最初からあきらめ半分だった。幹事をつとめる同期入社の松本から「今回はすごいぜ、みんな新人だから」と聞かされた時点で、こりゃあだめかもな、と覚悟を決めていた。六人組の女の子が揃《そろ》って二十分近く遅刻して、期待度はゼロに近くなった。ぼくは時間にルーズな奴《やつ》が嫌いだし、そんな連中がぼくのことを気に入るはずがないというのも見当がつく。

「オレ、もうどうでもいいから、ネタに使ってくれよ」

乾杯の前に、松本に耳打ちした。

「なんだよおまえ、しょっぱなから勝負投げるなよなあ」と松本はあきれて笑い、その笑顔のまま「でも、まあ、おまえのネタって若い子にウケるから助かるよ」とつづけた。

じっさい、やたらとウケるのだ、チマ男ネタは。自分で認めるのは少し悔しいが、事実だからしかたない。

その夜も——。

「こいつねえ、すげえヘンなんだよ」

場を盛り上げるためのネタとはいえ、松本のようなガサツな奴に「ヘン」と言われると、やはりおもしろくない。

「こいつね、『六時に待ち合わせ』ってなったら、ぜーったいに六時ジャストに来るんだよ。時報みたいな奴なの」

あたりまえじゃないか。「六時」は「六時過ぎ」や「六時頃」とは絶対に違うはずだ。

「あとね、机の引き出しがすごいの。カセットケースとか名刺入れとかティッシュのケースとか使って、収納術ってやつ？　幕の内弁当みたいなの」

そのほうが能率的に決まってるじゃないか。

「書類を出す前には、一行ずつ指さし確認するし」

つまらないケアレスミスなんて、ビジネスマンとして恥ずべきことだ。

「なんでもすぐに箇条書きとかフローチャートにして、こないだなんか接待の段取りをチャートにしてるの。あったま痛えーっ」

物事を整理するには箇条書きやフローチャートにするのが一番なんだよ。

「どんなつまんないことでもメモをとったら日付書いて、ファイルして、一カ月たたないと捨てないの。万が一のことがあるからっつーて。すげえだろ？　ビョーキだろ？」

今日の会議の直前になって「おかしいなあ、メモ捨てちゃったのかなあ、ヤバいなあ」なんて机じゅうひっかきまわしてたのは、おまえだろ、松本……。

酒の肴《さかな》にされても黙って耐えるのには、わけがある。松本が次々に披露するぼくのチマ男ぶりを、いや、きちょうめんできれい好きなところを、ひょっとしたら尊敬してくれる子がいるかもしれない。そんな一縷《いちる》の望みを託して、ぼくはあえて笑いものに甘んじているのだ。

だが、その夜も女の子たちは爆笑の連続だった。「やだぁ」とか「信じらんなーい、なにそれ」とか、アブナい奴を見るようにぼくを見る。若い奴らは、いつもそうだ。きちょうめんやきれい好きを美徳だとは思っていないんだろうか。もしかしたら、「きちょうめん」という言葉を知らないんじゃないか？

女の子たちのテーブルを見ると、グラスの露のつくる輪っかがいくつもできていた。彼女たちは皆、グラスをテーブルにじかに置いているのだ。

ほらみろ、ガサ子揃いじゃないか。なんのためにコースターがあるのか、わかってるのか？　六人もいれば一人ぐらいは、グラスに紙ナプキンを巻きつけて飲む女の子がいたっていいはずなのに。滑り止めにもなるし、グラスの露も下に垂れないし、指も濡れないし、指先が冷たくもならないのに、どうしてそれがわからないんだろう。

うんざりしてウイスキーの水割りを啜《すす》ったとき、斜め前の席に座った女の子――加奈《かな》子《こ》と目が合った。

笑っていた。ほら、やっぱりな、とうつむいてグラスを置くと、「えっ？」と思わず声が漏れた。いまのは爆笑の顔じゃなかったぞ、もっとやわらかくて、もっとあたたかくて、もっと……。

おそるおそる顔を上げた。

加奈子もぼくを見ていた。

大きな瞳《ひとみ》を輝かせ、えくぼをつくって、間違いない、それは尊敬の微笑《ほほえ》みとまなざしだった。

酔いがまわって座が乱れた頃を見はからって、加奈子の隣に席を移った。加奈子もそれを待っていたみたいに、ぼくのために場所を空ける。いいぞ、ひさしぶりにうまくいきそうだ。

あらためて自己紹介をして、二言三言しゃべっていたら、不意に周囲から笑い声があがった。

「な？　チマチマしてるだろ？」と松本に言われて初めて気づいた。ぼくは加奈子と話しながら、無意識のうちに紙ナプキンで濡れたテーブルを拭いていたのだ。

「こいつ、テーブル拭きたいから場所を移ったんだぜ」

松本の言葉に、顔がカッと熱くなった。

違う、ぜったいに違う——言い返す言葉が、喉《のど》の奥にひっかかって出てこない。

女の子たちは腹を抱え、身をよじって笑いつづける。

だが、加奈子は笑わなかった。さっきよりさらに尊敬を深めたまなざしで、しかも至近距離で、ぼくをじっと見つめていた。

＊

出会いから一カ月が過ぎて、ぼくたちは「顔見知り」から「親しい友だち」に昇格した。

就職を機に四月から一人暮らしを始めた加奈子は、半年たらずの間に自分がいかにガサツかを思い知らされていた。洗濯物を取り込み忘れたり、冷蔵庫の中で食べ物を腐らせたりは、日常茶飯事。お米を研いでいたら半分近く排水口に流れてしまうし、通販の請求書はすぐにどこかにいってしまう。

合コンの前夜もひどかった。野菜炒《いた》めをつくっているときにフライパンから炎があがって、消火器で消し止めようにも、泡は部屋中に飛び散るだけでどうにもならず、風呂《ふろ》の残り湯を洗面器に汲《く》んでフライパンにかけたら、電子レンジのコンセントが濡れてショートしてしまった。このままだと、いつか火事を出すか、部屋を水浸しにしてしまう。がっくり落ち込んで、もう実家に戻ろうかと考えていた矢先に、ぼくと出会ったのだった。

「きちょうめんなひとって、あたし、昔から憧《あこが》れだったの。あと、手先の器用なひとも、うらやましくって」

加奈子は口癖のように言う。

「なんであたしって、こんなにドジで不器用でガサツなのかなあ」

ため息交じりにスパゲティを口に運ぶそばから、ソースがブラウスに散って染みをつけてしまう。

「平気平気、染み抜きのスティック、いつも持ち歩いてるから」とバッグを探っても、仕事の書類やら雑誌やら携帯電話やらを詰め込んでいるせいで、なかなか見つからない。

「あれ？　おかしいなあ」なんてつぶやきながらガサゴソしていると、肘《ひじ》がテーブルにぶつかって水のグラスが倒れ、こぼれた水がスカートまで濡らしてしまう。「グラスは手前に置いちゃだめなんだよ」とぼくがハンカチを素早く差し出すと、「わかってるんだけど、お水飲んだあと、つい置いちゃうのよお」と肩を落とす……。

外で食事をするたびに、そんな騒ぎが繰り返される。

加奈子はハンパなガサ子ではない。超A級というか、不治の病というか、「四角いところを丸く掃く」どころか「三角に掃く」ぐらいのガサツさなのだ。

「ごめんね、迷惑ばかりかけちゃって」

しおらしく言う加奈子に、ぼくはいつも「少しずつ直していけばいいんだよ」と笑って答える。出来の悪い生徒を粘り強く指導する教師の気分だ。

「そうね、うん、がんばるっ」

立ち直りの早さが、彼女の長所だ。大きな瞳をきらきら輝かせてぼくを見つめる、その尊敬のまなざしが消えないかぎり、だいじょうぶ、ぼくたちは仲良くやっていける。

「ってことは、おまえ、あの子をチマ子にしちゃいたいわけ?」

ぼくと加奈子の付き合いを聞いた松本は、不服そうに言った。

「『きちょうめん』だよ、ヘンな言い方するなよ」

「でも、オレ、おまえの話を聞いてると、逆に加奈子ちゃんってドジなところがかわいいんじゃないかと思うけど」

「だめだよ、いまのままじゃ。けっきょく自分が損するんだから」

「そういうもんかなあ」

松本は納得しきらない顔のまま「じゃあ」と切り返した。「おまえは、加奈子ちゃんが好きじゃないのか」

「そんなことないけど」

「じゃあ、いまのままのドジな加奈子ちゃんでいいじゃないか」

「いや、ちょっと違うんだよなあ……」

「だったら、なんで付き合ってるんだ?」

「可能性に賭《か》けてるんだよ」

加奈子が脱・ガサ子を目指すうちは、ぼくたちは「親しい友だち」として付き合っていける。だが、加奈子がガサ子のままでいるかぎり、そこから先に踏み込むのは少し怖い。チマ男とガサ子はしょせん相容《あいい》れないのだという過去七回の失恋の教訓が、ぼくを臆病《おくびょう》にさせる。だからこそ、ぼくは加奈子の脱・ガサ子を懸命に応援しているのだ。

「つまりさあ、いいか、ちょっと整理してみるぞ」

「フローチャートをつくって説明しようとしたが、松本はそれをさえぎって、「もういいよ」と言った。書きかけのチャートをちらりと見て笑う顔は、去っていった恋人たちが最後に浮かべた表情と、どこか似ていた。


秋が深まり、冬が訪れた。

加奈子のぼくに寄せる尊敬のまなざしは変わらない。きらきら輝く大きな瞳から、尊敬よりももっと熱い感情が伝わるときもある。

お互いのマンションの合鍵《あいかぎ》をつくった。週末は必ずどちらかの部屋に二人で泊まった。傍目から見れば……いや、本人だってそうだ、ぼくたちは「親しい友だち」から「恋人」に変わった。

だが、過去の七人の恋人に言いそびれていた「そろそろ結婚を前提に付き合わないか？」の言葉は、まだぼくの胸の奥深くにしまいこまれたままだ。

加奈子の人柄に惹《ひ》かれ、「へえ、こんな子なんだ」といくつもの嬉《うれ》しい発見をして、彼女を好きになればなるほど、まるで光と影のようにきわだってしまうことがある。

加奈子は、あいかわらずガサ子のままなのだ。

「もう、まいっちゃうなあ、こういうのって逆に才能だよねえ」

自分の部屋の棚に積み上げた雑誌やパンフレットや手紙やダイレクトメールを見つめて、感心したような顔と声で言う。

「ねえ、なんでいつもこうなっちゃうんだろう」

「こっちが訊《き》きたいよ」

のんきな加奈子のぶんも、ぼくの返事は暗澹《あんたん》とした声になってしまう。

部屋の整理整頓《せいとん》の第一歩は、モノを積み重ねる習慣をなくすこと——。何度も言った。加奈子もそのたびに、「わかった、やってみる」と張り切ってうなずくのだが、一週間もすれば、また元の状態に戻ってしまう。

ぼくの部屋をお手本にして、玄関のドアの内側に持ち物のチェックリストを貼《は》っても、出がけにそれを見るのを忘れてしまっては意味がない。

ぼくに倣《なら》って箇条書きで物事を整理しても、途中で頭がこんがらかって、すぐに『その他』の項目をつくってしまう。

デートの待ち合わせは三度に一度は大幅な遅刻。地下鉄の切符をジャケットのポケットに入れて折れ目をつけてしまい、自動改札でひっかかったことが二回。ぼくの部屋に遊びに来るたびになにかを置き忘れて帰る。ぼくが加奈子の部屋に遊びに行くと、必ず何日か前の古新聞が置いてある。収集日に出しそこねた生ゴミのにおいがうっすら漂っていたことも、一度や二度ではない。

彼女の部屋のカーペットに干《ひ》からびたスイカの種を見つけたのは、十一月の終わりのことだ。クリスマスには、ケーキの予約引換券をなくした。せっかくパソコンで洒落《しゃれ》たデザインの年賀状をつくったのに、印刷するときに葉書の上下を逆にしてしまう。ついでに言えば、印刷にとりかかったのは『紅白歌合戦』で五木ひろしが歌いはじめたあたりだったのだ。

世の中には、努力ではどうにもならないものがある。「今度はがんばる、うん、がんばってやってみるから」という前向きな姿勢が逆にむなしさを呼び寄せてしまうことだって、世の中にはある。

年が明けた頃から、ぼくは少しずつ教師役に疲れてきた。「なんでこんな簡単なことができないんだよ」という言葉を呑《の》み込んで、ため息をつくことが増えた。

「結婚」が、どんどん胸の深いところに沈んでいく。

三百六十五日年中無休でガサ子とお付き合いするなんて、やっぱり無理だ。

そして、加奈子が脱・ガサ子をはたすことも、たぶん無理だろう……。

見捨ててしまえばいい。「おまえみたいなガサ子は、もう面倒見きれないよ」の一言で終わる。加奈子は不治のガサ子として生きて、ぼくはチマ男の伴侶《はんりょ》にふさわしいきちょうめんな女性を探し求めればいい。

なのに、それができない。加奈子が同じ失敗を繰り返すたびに胃の痛くなるような思いをしながら、関係にピリオドを打てない。

なぜだ——?

こういうときは箇条書きでものごとを整理するにかぎる。

三月の半ば、仕事の手が空いたときを見計らって、加奈子を見捨てられない理由をメモに書き出していった。
(1) オレのことを尊敬してくれる。
(2) きちょうめんなオトコに憧れている。
(3) 結果はともかくとして、オレのアドバイスをいつも素直に聞いている。
(4) ガサツなミスをしたら、いつも「ごめんなさい」と謝る。
(5) オレのことを「チマチマしすぎる」とバカにしない。
……オレって、なんだかずいぶん身勝手な奴《やつ》じゃないか?

やり直しだ。

今度は、少しアプローチを変えて、加奈子の長所を。
(1) 大きな瞳がかわいい。
(2) 笑うとえくぼができる。

（3）おおらかな性格。
（4）優しい。
（5）いつも一所懸命な、がんばり屋サン。
……バカじゃないか？　オレ。

書き損じのメモも必ずファイルするのが流儀のぼくだが、さすがにこんなものを残しておく気にはならない。

かさばらないよう二枚重ねで折り畳んでゴミ箱に捨てたら、隣のデスクから松本が「珍しいなあ」と声をかけてきた。ガサ男のくせに目ざとい奴だ。「なんでもないよ」と言おうとしたら、その前にゴミ箱からメモを拾い上げる。ずうずうしく、お調子者で、強引で、デリカシーに欠けていて、非常識な奴でもある。

「おい、やめろよ、勝手に読むなよ」

言ってもむだだ。松本は「あいかわらずチマチマした字だねえ、しかし」と軽口を叩《たた》きながら、柱のようにうずたかく積み上げた書類の陰に顔を隠した。『営業二課のチョモランマ』と異名をとる書類の柱は、週に一度はなだれをおこす。書類の落ちる先が決まってぼくの机のほうだというのも悔しい。

「よお、これ、ひょっとして加奈子ちゃんのことか？」

勘が鋭いのだ、おまけに、こいつは。

「なんでもいいだろ、ほっといてくれよ」

「なんなんだよ、この『がんばり屋サン』っての」

「声、出すなって」

こんなガサ男なのに、なぜか憎めない、その理由も今度箇条書きしてみよう。

松本はしばらく黙った。まさか書き写してるんじゃないだろうな、と心配になって『チョモランマ』の横から覗《のぞ》き込もうとしたら、ちょうど松本もメモから顔を上げたところだった。

笑っていない。「なあ」とぼくにかける声も、あらたまっていた。

「こんなの書かなきゃ、わかんないのか?」

「……なにが?」

「答えなんてさ、これしかないだろ、これしか」

返されたメモには、二枚とも赤のサインペンで大きく『好き!』と殴り書きしてあった。それを見た瞬間、息が詰まった。頬から耳にかけて、パアッと音が聞こえそうに熱くなる。

べつに松本に教わったとは思わない。好き――そんなのあたりまえで、大前提というやつで、わざわざメモにするまでもないからしなかっただけのことで、だいいちこれじゃ主語も目的語もないから誰が誰を好きなのかわからないじゃないかとも思うし、あいかわらずへたくそな字で、こんなガサ男に、松本みたいなガサ男に……ちくしょう、ほんとにへたな字だなこいつ、でかく書けばアピールできるなんて単純な発想で、なんでもかんでも一気に結論を出せばいいってもんじゃなくて、こういうデリケートな問題は、もっと筋道を立てて、ひとつずつ確認していくべきであって、だから……だけど……つまり……。

「理詰めじゃ限界あるぜ、男と女は」

ぼくの背中をドンと叩いた松本の手は、勢いあまって『チョモランマ』のふもともひっぱたいた。動揺と混乱を悟られたくなくておおげさに机にうつぶせたぼくの頭や背中に、書類がどさどさと落ちてきた。

「あっ、悪い悪い、だいじょうぶか？」

松本の声は、もういつものお調子者のノリに戻っていた。

ガサツな奴は、だから嫌いだ。

＊

四月最初の日曜日、加奈子とドライブに出かけることにした。

休日の予定をたてるのは、ぼくの役目だ。加奈子は「いつもごめんね」と申し訳なさそうに言うが、ガサ子に任せるわけにはいかない。ぼくがつくるスケジュールは、時間の流れも、盛りだくさんの内容も、ついでにコストも含めて、自慢するのもナンだが、そのままＪＴＢや近畿日本ツーリストに売り込んでもいいほどの出来映えなのだ。

今回は、特に張り切った。ドライブのテーマは『房総花めぐり』。桜はもちろん、菜の花畑にレンゲ畑にポピーにクロッカス、チューリップ……と文字どおりの百花繚乱《りようらん》ドライブである。インターネットを駆使して情報を集め、道路地図を細かくチェックし、町役場の観光課に問い合わせ、給油するガソリンスタンドも決めて、朝六時発夜七時着の完璧《かんぺき》なタイムテーブルをつくった。予定どおりにスケジュールを消化すれば、房総半島からの帰り道、内房の富津《ふっつ》岬で日没を迎える。東京湾越しの富士山に夕陽が沈むところを見られるはずだ。

それが加奈子の最終試験になる。夕陽に間に合えば、すなわち加奈子のガサツさがタイムテーブルの許容範囲にとどまれば、合格。理想にはほど遠いが、ほんの少しでも脱・ガサ子をはたしたことになる。だが、もし間に合わなければ……。

「そろそろ結婚を前提に付き合わないか？」と「もうオレたち別れたほうがいいんじゃないか？」は、いまは胸の奥のほぼ同じ位置にある。どちらを取り出すか、日曜日の夕暮れどきに、決まる。

どちらを取り出したいかは——わからない、ことにした。

日曜日の朝、目覚まし時計にセットしておいた時刻より三十分も早く目が覚めた。いかんいかん車の運転に睡眠不足は大敵だ、と布団《ふとん》をかぶったが、もう眠れなかった。緊張している。期待と不安が入り交じって、ゆうべから食欲もうせてしまった。

待ち合わせの場所に向かうときも、気がせくような、着いてしまいたくないような、なんともいえない気分で車を走らせた。外はいい天気だ。海も、花も、夕陽も、きっときれいだろう。

五時五十分、到着。時間厳守の原則を破って、そのまま待つことにした。

六時。加奈子は来ない。六時十分。まだ来ない。二十分。携帯電話に連絡すらない。三十分。加奈子のマンションに電話をかけると、あわてた声で「ごめーん、いま出るから！」……。

けっきょく四十分の遅刻になった。

昼食は九十九里浜で旬のハマグリを食べることに決めていて、シーサイドレストランのテラス席を予約しておいたのに、加奈子の奴、真夜中に「お弁当をつくろう！」と思い立って、コンビニに買い物に行ったり米を研いだりしているうちに寝るのが明け方近くになってしまったのだという。

「なんでそんな勝手なことするわけ？　予定表に、昼飯のことも書いといただろ」

「でも、急にね、思ったのよ、菜の花畑でおにぎり食べたらおいしいだろうな、って……」

「遅刻するんなら電話ぐらいしろよ。いつも言ってるだろ」

「……今度から気をつける」

「今度から今度からって、それぱっかりじゃないかよ」

冷静になろうとつとめても、自然と声がとがってしまう。「でも、あたし帰りが遅くなってもだいじょうぶだし、車に乗ってるだけでも楽しいじゃない」と加奈子は気を取り直して言ったが、その前向きなところでさえ、わずらわしくなってくる。

助手席で肩をすぼめ、うなだれた加奈子は、車が最初の交差点にさしかかったとき、

「あっ」と短く叫んでぼくを振り向いた。

「ねえ、ごめん、ちょっと戻ってくれる？　あたし、ガスの火を止めるの忘れちゃったかもしれない」

ドアの貼り紙でチェックしなかったのかよ、と言うだけむなしくなる。ぼくは黙って車をUターンさせた。これで一時間遅れが確定した。そして、ドライブの終わりに加奈子に言うべき言葉も。

出端《でばな》をくじかれたドライブは散々だった。オプションで考えていた寄り道の観光スポ

ットはぜんぶあきらめた。せっかく海沿いの道を選んだのに、睡眠不足の加奈子は眠りどおしだった。目が覚めても、こっちの狙《ねら》いはすべてはずされてしまう。国道から山の中腹の桜が一瞬だけ見えるポイントでは、「助手席の側だぞ、すごくきれいなんだから」としつこいほど念を押しておいたのに、まさにその瞬間になって「えっ？　右だっけ？　左だっけ？」ときょろきょろして見逃してしまい、沿道に菜の花が咲き誇る場所でも、花よりも歩道を歩く小学生たちに目がいって「かわいいっ！」と言いどおしだった。

富津岬の夕陽には、当然、間に合わなかった。

だが、加奈子は展望台に立つと東京湾の夜景に「うわあっ、すごいっ」と声をはずませて、「夕陽もいいけど、こっちもきれいよね」と言う。

ぼくはコンビナートの工場の明かりをぼんやりと目に流し込む。もうおしまいだ。これでいいんだ、しょせんチマ男とガサ子は住んでいる世界が違うんだ、と自分に言い聞かせた。

だが、いざ別れを切りだそうとすると急に胸がふさがって、声が出なくなる。

加奈子は黙りこくるぼくの顔を覗き込んで、「ごめんね」と言った。「せっかく夕陽に間に合うように急いでくれたのに」

ぼくは加奈子から目をそらす。間に合うように？　急いだ？　オレが？　加奈子を合格させたくて？　強引にくっつけたクエスチョンマークは、ため息ひとつであっけなくはがれ落ちた。

「ねえ、来週の日曜日は、あたしに任せてくれない？　すっごくおいしくて、予約もとれないっていうお店なんだけど、だめで元々のつもりで電話したら、今度の日曜日の十時だったらOKだっていうの。ちょっとディナーには遅いけど、このチャンス逃したら今度はいつ行けるかわからないから、予約しちゃった」

どこまでも前向きで、楽天的で、のんきな奴だ。

「どう？　行ってみない？」と訊《き》かれ、「ああ」と気のない声でうなずいた。

まあ、無理に今日別れなくてもいいか……。

ずるいよなあ、と笑みが浮かんだ。もしかしたら、それが、その日初めての笑顔だったかもしれない。


翌日、仕事の合間に何度となく三月分のメモファイルを開いた。ぼくが箇条書きして松本が『好き！』と殴り書きした二枚のメモを、じっと見つめる。

松本が、例によって『チョモランマ』の脇《わき》から顔を出して言った。

「しかしまあ、よく愛想尽かさないもんだよなあ」

「うるさいなあ、オレの勝手だろ」

舌を打って答えると、違う違う、と松本は顔の前で手を横に振った。

「加奈子ちゃんだよ。こんなチマ男とよく付き合ってくれるよ、オレはそれだけでもえらいと思うぜ、あの子。マジにいい子だよ」

「ああ……オレも、そう思う」

「素直だな、今日は」松本は少し拍子抜けした顔になった。「なにかあったのか?」

ぼくは黙ってファイルを閉じて、机の上のラックに戻した。きちんと整理整頓《せいとん》され、塵《ちり》ひとつないデスクが、今日はひどくよそよそしいものに感じられる。

「チマ男とチマ子の新婚家庭なんて、オレ、おっかなくて遊びに行けないけどな。片方がチマチマしてたら、もう片方はガサツで、それでバランスがとれたりしてさ」

本音とも冗談ともつかない顔で言って、松本はまた仕事に戻った。来月、松本は結婚式を挙げる。相手は経理課随一のしっかり者の柳原女史だ。いつだったか内輪で婚約祝いの飲み会を開いたとき、松本の奴、「オレって母性本能くすぐるタイプなんだってさ」とのろけていたっけ……。

『チョモランマ』が、崩落した。

書類がなだれをうって、ぼくのデスクに落ちる。

「あれ? どっかぶつけたっけ? 悪い悪い、だいじょうぶか?」

松本が謝るにはおよばない。『チョモランマ』のふもとをボールペンでつついたのは、ぼくだ。

日曜日まで、加奈子とは連絡をとらなかった。「レストランの予約、ほんとうにだいじょうぶなのか？　確認の電話を一本入れといたほうがいいぞ」とアドバイスしたいのを、グッとこらえた。

すべて加奈子に任せてみよう。これが最終試験の追試だ。ほんのちょっとでいい、進歩の跡が見られたら、もう合格にしてしまおう。胸の奥から取り出したい言葉——そんなの、最初から決まっているんだから。

頼んだぞ、と祈った。

加奈子、おまえならできる、だいじょうぶだ、と信じた。

＊

甘かった。

日曜日の午後十時、ぼくたちは満席のイタリアレストランのエントランスで呆然《ぼうぜん》と立ちつくした。

「だって、あたし、ちゃんと十時って言いましたよ」

加奈子は半べそをかいてフロアマネジャーに訴えたが、向こうはすまし顔で言う。

「ですから、わたくしどもは朝十時のブランチタイムでうけたまわっておりました」

加奈子はぼくがいつも教えていたことを守らなかった。電話で時間を決めるときには、二十四時間制にするのが鉄則だ。「朝十時」や「午前十時」は聞き漏らしや勘違いの恐れがある。「二十二時」とさえ言っておけば、なんの問題も起きないはずだ。欲を言えば、「にじゅうにじ」は「じゅうにじ」と聞き間違えられるかもしれないので、「ふたじゅうふたじ」にすべきなのだが……まさか、ただの「十時」で話をすませるとは……。

しかも、予約の電話を受けた店員の名前も確認していない。責任の所在をはっきりさせるために必ず訊いておけと、口がすっぱくなるほど言っていたのに。

しばらく押し問答をつづけたすえ、加奈子は「じゃあ、こういうのどうですか？」とマネジャーに言った。「テイクアウトできるもの、なにかありますよね。それを注文して、どこか近くの公園で食べますから」

マネジャーもようやく慇懃《いんぎん》に礼をして、「かしこまりました、うけたまわります」と言った。

だが、ぼくは無言で加奈子の肘《ひじ》をひいた。試験は終わった。もう、いまさらなにをやっても、なにを言っても、むだだ。

重い足取りで地下鉄の駅に向かった。夕食抜きの空《す》きっ腹に情けなさが溜《た》まっていく。ひと雨来そうな空模様だ。いっそ嵐《あらし》にでもなってくれればいい。

「ねえ、怒ってる?」と加奈子が消え入りそうな声で訊く。いつもはどんな失敗でもくじけない彼女も、さすがに落ち込んでいる。

「怒ってないよ。もういいよ、どうだって」

いまなら言える。別れよう、と告げることができる。できれば取り出したくない言葉だったが、もうそれは胸の奥から這《は》い出て喉元《のどもと》にまで来ている。

立ち止まった。ワンテンポ遅れて、加奈子も。

「あのさ、加奈子……」

言いかけた言葉をさえぎって、加奈子は右手をぼくの顔の前に差し出した。てのひらに、鍵《かぎ》がある。

「オレの部屋の鍵?」

小さくうなずいた。

「どういう意味?」

「ごめん……あたし、あなたに迷惑かけてばかりだし……もう疲れちゃった……」

「ちょっと待てよ、なあ」

「ごめんなさいっ!」

深々と頭を下げた加奈子は、鍵をぼくの胸に押しつけるようにして渡し、うつむいたまま駆けだしていった。

加奈子の背中が雑踏に消えた頃、ようやく我に返ったぼくは、てのひらに載った鍵を街灯の明かりにかざして、短く笑った。

肩から力が抜けてしまう。たいしたガサ子だよなあ、とつぶやきも漏れる。

加奈子がぼくに渡したのは、自分の部屋の鍵だったのだ。

マンションに帰り着くまで携帯電話は鳴らなかった。部屋の留守番電話にもメッセージは入っていない。こっちから加奈子の携帯電話にかけても、留守番モードのままだった。加奈子の奴《やつ》、鍵を間違えたことに、まだ気づいていないんだろうか。

「ったく、だからおまえはガサツだっていうんだよ、ガサ子なんだよ、バカ野郎」

上着を脱ぎ捨ててベッドに寝ころがり、天井に向かって毒づいて、すぐに跳ね起きた。腰を浮かせかけて、舌を打ち、また寝ころがって、すぐにまた起き上がる。落ち着かない。「いらいら」とも「そわそわ」とも違う、全身がけばだって、鳥肌が立ちそうで立たない、そんな感じだ。

加奈子と別れた——覚悟していたことじゃないか。先に彼女のほうから別れを切りだしたのは予想外だったが、こっちの後ろめたさを消してくれて、かえって好都合だったじゃないか。これでいい。すべて終わって、明日から、ガサ子はガサ子の、チマ男はチマ男の人生を歩んでいけばいい。失恋は八度目ということになる。だが、今度の失恋はいままでのものとは違う。お互いの幸せを探ったすえの、発展的解散というか、前向きなサヨナラというか、別れて悔いなしというか……。

狭い部屋の中を、ぐるぐる歩きまわった。適度でリズミカルな運動は、考え事をするにはいちばんなのだ。

だが、まとまらない。結論は出ていて、納得もしているのに、立ち止まることができない。

電話はまだ鳴らない。家に帰れば、鍵を間違えたことにすぐに気づくのに。あいつ、いったいどこをほっつき歩いてるんだ。

椅子《いす》に倒れ込むようにして、机に向かった。レポート用紙を広げ、シャープペンシルを取った。

箇条書きだ。これしか、ない。

(1)――閉じる括弧を書いたとき、力が入りすぎて芯《しん》が折れた。

椅子の背に体を預け、シャープペンシルをノックして芯を出しているうちに、文字を書くのももどかしいほど落ち着かなくなってしまった。

だいいち、箇条書きでなにを整理すればいい？

(1)につづけて、なにを書くつもりだった？

わからない。

机に向かったときには確かに胸にあった言葉が、いまはどこかに隠れてしまった。シャープペンシルを放り投げた。立ち上がるのと同時にレポート用紙をわしづかみにして、両手でくしゃくしゃに丸めて捨てた。

外は風が出てきたようだ。電線の鳴る口笛のような音が、遠くから聞こえてくる。上着をまた羽織った。

間違って受け取った鍵は返すのが当然だ。理屈は通っている。だが、(1)につづけて書こうと思っていた言葉とは違う。そのことだけ、はっきりとわかっていた。

タクシーが加奈子の街に入ったあたりで、風に乗った雨粒がフロントガラスを濡《ぬ》らしはじめた。

「天気予報、珍しく当たりましたね」と運転手が言った。

ぼくは黙ってうなずき、ため息をついた。傘はちゃんと持ってきている。こういうときにもチマ男なんだな、オレは。

加奈子は——。

あいつが持ってるわけないか、と傘の先で靴の甲を軽くつついた。

雨はあっというまに本降りになった。古いワイパーのゴムがフロントガラスをこする音が耳障《みみざわ》りだった。

少し遠回りをして駅に寄ってもらった。タクシー乗り場には行列ができていたが、加奈子の姿はなかった。終電には、あと小一時間ある。駅で待つことも考えた。だが、電車で帰ってこない場合だってある。不確かなものに賭《か》けて待ちぼうけをくうのはごめんだ。

運転手に加奈子のマンションへの道順を伝え、リアシートに座り直して、もう一度ため息をついた。ほんとうに、どんなときだってチマ男なんだな……。

加奈子の携帯電話はあいかわらず留守番モードのままだ。ぼくの携帯電話も鳴らない。鍵がなくて途方に暮れた加奈子の顔を思い描こうとしたが、うまくいかない。あいつ、あんまりそういう顔しないもんな。曇った窓をてのひらで拭《ふ》きながら苦笑いを浮かべ、それから、思った。途方に暮れているのは、ぼくのほうなのかもしれない。

合鍵で加奈子の部屋に入った。いつもどおり乱雑だ。掃除が行き届いていない。部屋のゴミ箱にスナック菓子の空き袋が捨ててある。「食い物系は台所のゴミ箱に捨てろよ」と何度も言ったのに。カーテンも中途半端《はんぱ》に開いていて、テーブルに置いてある新聞は、あんのじょう土曜日の夕刊だった。

やれやれ、と床に座り込んで、しばらく加奈子の帰りを待った。だが、五分たち、十分過ぎても、電話すらかかってこない。風はやんだが、引き替えに雨はさらに強くなってきた。

こうしてただ黙って待っていると、頭の中で「なぜ加奈子から連絡がないのか」の理由を箇条書きしてしまいそうだ。項目はいくらでも考えつきそうだったし、可能性を並べれば並べるほど不安になりそうな気がする。

よけいな考えを振り払おうと、座ったまま手が届く範囲の片づけを始めた。それが終わると、今度は少し離れたところの乱雑さが気になってきた。立ち上がった。手早く片付けると、自分の周囲がきれいになったぶん、部屋ぜんたいのガサツなたたずまいがきわだってしまった。上着を脱いで、長袖《ながそで》のシャツを腕まくりした。「よし、やるか」とつぶやくと、胸に溜まっていた重苦しさがすうっと消えていった。

読み散らかした雑誌を整理して、古新聞から抜き取った折り込み広告をサイズ別に分け、コンビニのレシートの皺《しわ》を伸ばし、食器棚のグラスを背の高さ順に並べ替えた。よし。悪くない。ほんとにオレって奴は……と苦笑いを浮かべる気分も、悪くない。

こうなったら片付けだけでは気がすまない。掃除機をかけ、雑巾《ぞうきん》掛けをして、三十分もすると、部屋は見違えるほどきれいになった。

だが、チマ男たるもの、この程度で満足してはいけない。零時ちょうどの時報で、壁の時計が一分七秒進んでいるのをチェックして、すぐに修正。日付が変わったのに、あいつ、どうしちゃったんだろう……。いや、いまはそんなこと考えるな、ここで心配してたってどうにもならないんだから、と自分に言い聞かせながら、ウェットティッシュを人差し指に巻き付けて、窓のサッシの汚れを取ろうとした、そのとき——部屋のドアが開いた。

「どーしたのぉ?」

髪を雨で濡らした加奈子が、きょとんとした顔で立っていた。

入れ違いのかたちだった。ちょうどぼくがタクシーから駅前の様子を見ていた頃、加奈子は玄関で鍵を間違えて渡したことに気づき、あわてて駅に引き返し、ぼくのマンションに向かったのだという。

「助かったわ。もしドアに貼《は》り紙してなかったら、あたし、あなたの部屋の前でずーっと待ってたと思う」

加奈子は髪をバスタオルで拭きながら、「さすが、そういうところ、抜かりないよね」と笑った。

つい二時間前の別れ話なんて忘れてしまったみたいな、えくぼ付きの笑顔だった。もう立ち直っている。いつものパターンだ。

「電話ぐらいしろよ、こないだのドライブのときも言っただろ」

ぼくは窓のサッシを拭きながら、怒った声で言った。

「ごめーん、あたしパニックになると、とにかく体がそっちにダッシュすればいいんだって思っちゃうのよね」

「あと、おまえの携帯、電源入ってなかったぞ」

「え？　うそ、ほんと？　じゃあレストランに入るとき切ったままだったんだ」

「なにやってんだよ、まったく」

黒く汚れたウェットティッシュを捨てて、新しいティッシュを指につけた。「こういうところ、月にいっぺんは掃除しとけって言ってるだろ」と、声はどんどん不機嫌になる。だが、顔は、思うように引き締まってくれない。

加奈子がくしゃみをした。

「終電で帰ってきたのか」

「うん、ぎりぎりセーフ」

「傘持ってないんなら、タクシー使うとか、コンビニで買うとかしろよ。おまえ、風邪ひいちゃうだろ」

「買ったのよ、あなたの家に行く途中にコンビニで」

「じゃあ、なんで……」

「帰るとき、電車に忘れちゃった。一晩に二本も買うのって、なんか悔しいし、ほら、春雨じゃ濡れて行こう、って感じ？」

バカだよ、ほんとうに。

ガサ子だよ、つくづく、おまえって。

なにをやっても計画どおりにいくことがなくて、失敗ばかりで、すぐに立ち直ってアドリブで楽しめる性格だから、ちっとも進歩しなくて……。

うつむいて、おおげさに舌打ちをして、「あーあ、ここも真っ黒だよ」とサッシの溝を覗《のぞ》き込んで、それでもやっぱり、笑いがこみ上げてくる。

さっき自分の部屋で捨てた箇条書き、いまなら（1）のあとに書ける。簡単な言葉だ。ていねいにチマチマ書くよりガサツに殴り書きしたほうが似合う、ほんの二文字プラス「!」。お手本は、いつかの松本の字だ。（2）から先の項目は、いらない。

「ねえ、あたしも手伝おうか?」

「いいよ、もうすぐ終わるから」

「それでね……なに言ってんだ、って怒られちゃうかもしれないけど……」

別れ話なら、だめだ。なにがあってもだめだ。

「よーし、サッシ掃除、終わりっ!」

ぼくは大きな声を出して、加奈子の言葉をさえぎった。

「終わったの?」

加奈子ははずんだ声で言った。

なんで別れ話の最中にそんな声になっちゃうんだ、と怪訝《けげん》に思う間もなく、つづけて言う。

「じゃあ、いまからちょっと散歩しない？　いいでしょ？」

「……はあ？」

「お花見しようよ。さっき、すごくいい場所見つけたの」

ぼくの顔は「はあ？」のまま、しばらく固まってしまった。汚れたティッシュが人差し指からぽとりと落ちた。加奈子が、ぼくのすぐ目の前まで来て拾ってくれた。

「オレが怒るかもしれないって、そのこと？」

加奈子はこくんとうなずいて、「だって、思いつきで行動するのって嫌いでしょ？」と言った。

「あの……オレの部屋の鍵、返すとか、別れるとか、それって……」

加奈子はいたずらっぽく肩をすくめて、「思いつきの行動、反省してます」と笑った。えくぼができた。ぼくを見つめるまなざしは、尊敬よりもっとあたたかくて、もっともっとやわらかくて、もっともっともっとキラキラしていて……。

ぼくは加奈子を思いきり強く抱きしめた。

驚いてなにか言いかけた加奈子の唇を、唇でふさいだ。

チマ男だって、たまには思いつきの行動に出ることもあるのだ。

加奈子が案内してくれたのは、マンションから歩いて数分の距離にある公園だった。並木とまではいかないが、桜の樹《き》が何本かある。雨と風のせいで花がいっぺんに散り落ちてしまったのだろう、遊歩道は一面がピンク色に染まって、まるで絨毯《じゅうたん》を敷き詰めたようだ。

雨はだいぶ小降りになって、湿り気と一緒にほのかな花の香りがぼくたちを包み込む。

「桜って咲いてるときもいいけど、こんなふうに地面に落ちてもきれいでしょ。お花見が二回できるんだよね」

「そんなの、オレ、考えたことなかったよ」

「そう？　でも、これだったら、雨が降っても夜遅くてもお花見できるでしょ？」

「ほんとだな……」

加奈子と一緒にいれば、いらいらすることも多いかわりに、楽しいこともたくさん増えそうな気がする。世の中には楽しいことがいくらでもあるんだと、これから教えてもらいたい。部屋の掃除は、オレにまかせろ。

桜の花が、ひらひらと揺れながら加奈子の傘に舞い降りる。ピンク色の小さなハートマークが、ぼくたちの傘を飾り立てる。

あと十歩、歩いたら言おう。

いままで誰にも言えなかった言葉を、このひとに、言おう。

一歩、二歩、三歩——咳払《せきばら》いを、ひとつ。

四歩、五歩、六歩——傘の取っ手を握り直した。

そして、七歩、八歩、九歩……。

結婚しよう。

息だけの声、しかも早口になってしまった。

「え? なにか言った?」

足が止まった。いまになって胸が高鳴りはじめた。チマ男は予想外の状況に弱い。ひたすら弱い。情けないぐらいに、弱い。

「いや、あのさ……桜の花、雨に濡れて道路に貼りついてるだろ。見るぶんにはきれいだけど、あとで公園の掃除をする人、大変だろうな、って……」

加奈子は「やだぁ、ほんと、チマ男さん」とからかうように言って、傘を捨ててぼくの腕に抱きついた。

見つめ合う。

加奈子のおでこに桜の花びらが貼りついた。

「ほんとはね、聞こえてたんだよ」

涙ぐんで笑う頬に、またひとひら、花が舞い降りた。

カーネーション

発車間際《まぎわ》の快速電車に乗り込んだとき、たしかに視界の隅に赤いものがちらりと見えた。網棚だ。小さな、赤い、なにかはわからなかったが、どこかしら懐《なつ》かしい赤だった。

電車は込み合っていた。日曜日の夕方だ。家族連れが多い。誠司《せいじ》はドアの脇《わき》のスペースに立って網棚に目をやってみたが、そこが平日の電車と日曜日の電車とのいちばんの違いだろう、網棚にはデパートや結婚式場の紙バッグ、リュックサックやスポーツバッグがぎっしりと並び、さっきの赤いものは角度が悪くて見つけられなかった。

電車は沈む夕陽を追いかけるかたちで、都心から西へ進んでいく。日がずいぶん長くなった。五月。日曜日。先週までのゴールデンウィークの名残か、電車の中には、やれやれ月曜日からまた仕事か……という声にならないつぶやきが溶けているようだった。

最初の停車駅が近づいてきた。車内アナウンスが、別の路線への乗り換え案内を告げる。

誠司と連れだって電車に乗った琴美《ことみ》が、ふう、と息をついて言った。

「やっぱり、次で降りるわ」

誠司は黙って小さくうなずく。そのほうがいい、とは思わない。だが、無理に終点まで付き合わせたくはない。

「悪いけど、これ、渡しといてくれる?」

琴美はデパートの紙バッグを差し出した。中にはリボンをかけた包みが二つ。誠司の子供たちへのプレゼントだった。赤いリボンが小学五年生の裕子《ゆうこ》へ、青いリボンは小学二年生の俊輔《しゅんすけ》へ。どちらも琴美が選んだ。「はじめまして」の挨拶《あいさつ》とともに彼女が手渡すことになっていた。そして、もしも子供たちがすんなりと琴美を受け入れてくれるようだったら、誠司は「お父さん、このひとと再婚しようと思うんだ」と切りだすつもりだった。

「まあ、君のこともそれとなく話してるし、裕子も『再婚すれば?』なんてたまに言ってるから、だいじょうぶだと思うけどなあ」

ほんの少しの未練をにじませて誠司が言うと、琴美は「どっちにしても今日はだめよ。最悪の日だって思いだしたから」と返した。

「なにが?」

「だって、今日……」

琴美はそこで言葉を切り、ため息をひとつ挟んで、「母の日だもん」と細い声で言った。

ああそうか、と誠司も思いだす。すっかり忘れていた。今日は五月の第二日曜日——母の日だった。

電車はスピードをゆるめて駅の構内に入った。ポイントを通過したとき、大きく左右に揺らぐ。両脚を床に踏ん張って体を支えた誠司の視界を、また網棚の赤いものがよぎった。

いや、もうそれは「赤いもの」ではない。はっきりとわかった、真紅のカーネーションだった。一輪だけ、ラッピングフィルムにくるまれて、旅行カバンとノートパソコンの箱の間に置いてある。

「裕子ちゃんと俊輔くん、カーネーションを毎年買ってるの？」

「ああ、白いやつだけど」

「どんな気持ちなんだろうね、花屋さんで白いカーネーション買うのって」

「五年もたってるんだから、お彼岸に花を買うのと同じだよ」

「でも……」

琴美の言葉は途中でしぼんだ。誠司もなにもつづけず、ただ何度かうなずいた。

沈黙のなか、電車はホームに滑り込んで停まり、ドアが開いた。

琴美は「じゃあ、また」と無理に笑って電車を降りた。

誠司もつくり笑いを返し、軽く手を振って、人込みにまぎれる琴美の背中からそっと目をそらした。

五年もたってるんだから——ついさっき口にした言葉を声に出さずになぞって、けっきょくそれは自分に言い聞かせていた言葉だったのだと知った。

妻はガンで逝《い》った。葬儀の日、三歳になったばかりの俊輔は寺の境内をはしゃいで走り回っていた。幼稚園の年長組の裕子は、祭壇に飾られた母親の写真をきょとんとした顔でいつまでも見つめていた。そんな二人の心に、母親の記憶がどこまで残っているかは、わからない。確かめるのが少し怖い。「もうだいじょうぶだよ、ぜんぜん忘れちゃった」と答えたなら、きっとホッとするだろう。けれど、あとでたまらなく寂しくなってしまいそうな気もする。

電車が走りだす。窓の外を流れる風景に、動かない自分の顔がうっすらと映り込む。おまえはどうなんだ？　もう忘れたのか？　窓に映る自分に訊《き》いた。わざと冷たく、責めるようににらんで。

三年前なら再婚など考えもしなかった。三年後なら、ためらいなく新しい人生へ足を踏みだせるかもしれない。五年後ならもっと、十年後ならさらに……。

きりがないよな。誠司は苦笑いを浮かべ、立っている乗客の隙間《すきま》をすり抜けて、網棚のカーネーションを眺められる場所に移った。

＊

カーネーションの赤い花を見たくない、ただそれだけの理由で、聡子《さとこ》は手に持った携帯電話から目を離さず、短いメールを発信しつづけた。

ちょーイヤミじゃん。口の中のグミを飲み下して、青リンゴの香りのため息をつく。向かい側のシートに座った誰が網棚に置いたのかは知らないが、腹が立ってしかたない。もしもカーネーションの持ち主がわかったら、「あんたさあ、花ぐらい自分で持ってなよ、網棚とかに置くと見てるほうが邪魔くさいじゃん」と文句をつけてもいいほどだ。

ちょっとでも気を抜くとヤバい、ぎりぎりの長さのミニスカートで、今日も渋谷をぶらついた。「遊ぶ」というほど楽しくはなかった。暇をつぶした、それ以上でも以下でもない、いつもの日曜日。母の日だということは知っていた。シカトだよそんなの、と最初から決めていた。

出がけにリビングを覗《のぞ》いたら、母親は『笑っていいとも！　増刊号』を観《み》ていた。ソファーがあるのに床に直接座り込んで、テーブルにミニペットボトルのお茶と袋入りのスナック菓子を並べ、聡子に気づくと「車に気をつけなさいよお」と、とんちんかんなことを言って、タモリのベタなギャグに声をあげて笑った。ブラジャーの線がくっきり浮いたニットのサマーセーターの模様は、去年よりひとまわり横に広がったように見えた。

「行ってきます」は言わずに家を出た。「ただいま」も、たぶん言わないだろう。母親の「行ってらっしゃい」もなかった。「おかえり」だって、たぶん。

嫌い――とは思わない。「好き」と「嫌い」のどちらかを選べと言われたら、母親のことは「好き」だ。髪を脱色し、眉《まゆ》を細くした、お約束の「いまどきのジョシコーセー」の娘のせいで母親がご近所に肩身の狭い思いをしていることも、ちゃんとわかっている。ごめんね、と喉元《のどもと》まで出かかることも、たまにある。

でも、カーネーションあげるのって、やっぱ、違う。なにも表示されていない携帯電話の液晶ディスプレイを見つめて、小さくうなずいた。なにがどう違うのかはうまく言えないけれど、とにかく違う、カーネーションは「なし」、それだけは、はっきりとわかる。

電車が駅に停まる。網棚のカーネーションのそばにいた客が何人か降りたが、誰も花は取らなかった。

聡子は携帯電話のボタンを親指で素早く押していった。

〈ゲンキ？〉

ジョグダイアルを適当に回して、メールを送る。

終点までは三十分と少し。次の駅で誰か持ってけよなあ、と上目づかいにカーネーションをにらんだ。

＊

おかしいぞ、これは——と康雄《やすお》が気づいたのは、快速電車が終点までの道程の半ばを過ぎた頃だった。

始発駅を出たときからずっと気になっていた網棚の上のカーネーションが、まだ残っている。網棚のまわりの乗客はほとんど入れ替わって、花の左右に置いてあった旅行カバンとノートパソコンの箱も、すでにない。

途中の駅で降りた誰かが置き忘れてしまったのだろうか。それとも、持ち主はまだ乗っているのだろうか。

康雄は両手で摑《つか》んでいた吊革《つりかわ》を握り直し、指先に体重をかけて、ここからだと斜め上の角度になるカーネーションの赤い花をぼんやりと見つめた。

母の日に初めてカーネーションを買ったのが何年前になるか、いまはもう忘れた。今年五十歳になる康雄だ、いずれにしても結婚をして、子供ができてからだったと思う。母親は、いまの康雄と同じぐらいの歳《とし》だったろうか。赤いカーネーションは派手すぎて嫌がるかもしれない、と気を利《き》かせて黄色の花を探してプレゼントしたら、母にあきれられた。黄色のカーネーションの花言葉は「軽蔑《けいべつ》」なのだという。

モダンガールといえばいいのか、大正生まれなのに、母はそういうことにはやけに詳しかった。お洒落《しゃれ》で、外を出歩くのが好きで、口うるさいところもあったが、しっかりした人だった。

すべて、過去形になってしまう。それに気づくと、醒《さ》めかけていた酒の酔いが、また頭の芯《しん》の深くまで染《し》みていく。

今年も母の日のカーネーションを買った。病院のそばの花屋で、小さな花束をつくってもらった。赤いカーネーションの花言葉は「哀れな我が心」。数年前にそれを知ったときには、母の日に贈る花には似つかわしくない縁起の悪い花言葉だと思ったものだった。だが、いまは、皮肉なものだな、と苦笑交じりにその花言葉を受け入れるしかない。

母はいつものように康雄に初対面の挨拶をした。狭い病室には、流れない時間が重く降り積もっている。かさついて染みだらけになった母の手の甲をさすり、瞼《まぶた》に貼《は》りついた目脂《めやに》を拭《ぬぐ》ってやって、枕元《まくらもと》の花瓶にカーネーションを挿した。母は「わざわざごていねいにありがとうございます」と嬉《うれ》しそうに言った。今日の康雄は、十年前に亡《な》くなった父親の知り合いになっていたようだ。

言葉はほとんど交わさなかった。「お母さん、今日は母の日なんだよ」――言いたかったが、言えなかった。長男の康雄を筆頭に五人の子供を育てあげた母は、今年、喜寿を迎える。頭と心が現実から離れてしまったまま三年が過ぎて、入院生活は半年になる。

面会時間は三十分にも満たなかった。それ以上一緒にいても康雄が息子に戻ることはないだろうし、不意に「怖いひと」になってしまって、母が大声で泣き叫んで看護師を呼ぶ、そんなことも、ときどきある。

「お母さん、また来るよ」

声をかけると、母はベッドの上にきちんと正座して、「なんのおかまいもいたしませんで」と頭を深々と下げた。「また来るから、それまで元気で」とつづけたが、もう母の視線はカーネーションのほうに移っていた。なぜこの花がここにあるのか合点がいかないみたいに、ほんの少し首をかしげて見つめていた。

病院の帰り、ターミナル駅の地下のレストランで酒を飲んだ。いつもはビールだけですませるのだが、今日はウイスキーも飲んだ。何杯もお代わりした。白いカーネーションの花言葉を思いだしたせいだ。「純愛」。母に教わったのだった、これも。

電車が鉄橋を渡る。揺れが増して、網棚の上のカーネーションが身震いする。

窓の外は、だいぶ暗くなった。ガラスに映り込む康雄の顔は、家族や親戚《しんせき》の誰もが認める、母によく似ている。

＊

終点まで残り三駅というところで、やっとカーネーションを正面に見る位置のシートが空いた。

誠司はデパートの紙バッグを胸に抱きかかえて腰を下ろした。立っているときには感じなかった昼間の疲れが、座ったとたん、肩や腰や背中から染みだしてくる。

琴美は、そろそろ一人暮らしのマンションに帰り着く頃だろう。けっきょく空振りに終わってしまった今日一日のことを、彼女はどんなふうに振り返るのだろう。

やっぱり無理にでも子供たちに会わせればよかったかもな――いつも、あとになってから思う。

琴美は三十歳。まだ決して婚期を逃したわけではない。そんな彼女が、妻に死に別れた四十男の「妻」になり、小学五年生と二年生の二人の子供の「母親」になってもいい、と言う。感謝している。申し訳ないとも思う。ほんとうはそんなことを考えてはいけないのだとわかってはいるが、しかし、「愛してる」の前にどうしても「ありがとう」や「ほんとにいいのか？」を付けずにはいられない。

誠司はカーネーションを見つめるまなざしの焦点をずらした。花の赤がぼやけ、にじむ。

五年前——妻にとって最後の母の日に、子供たちは初めてカーネーションを買った。お年玉の貯金でママにプレゼントした、という名目だったが、幼稚園の年長組の裕子と三歳の俊輔の貯金では、二人が思い描いていたような胸いっぱいの花束はとても買えなかった。誠司は花屋の店員に目配せして一万円札をそっと手渡し、子供たちの話す声を聞いていたのだろう、店員は渡した金額ぶんより一回り大きな花束をつくって、「ママ、早くよくなるといいね」と子供たちの頭を撫《な》でてくれた。

病室に飾られたカーネーションは、淡いベージュ一色に塗られた壁を背にすると、赤の色合いが少し強すぎるような気がした。それでも、妻は痩《や》せこけた頬をせいいっぱいゆるめて喜んでいた。起き上がって花を眺める力は残っていなかった。余命半年と宣告された末期ガンの、四カ月め。入院生活は二度めで、もう我が家に帰ることはできないだろうと覚悟を決めていた。

花は、あっけないほど早く萎《しお》れ、早く散った。

そして、妻のいのちも。

次の年も、その次の年も、母の日のカーネーションは買わなかった、と思う。父親一人で幼な子二人の面倒を見る暮らしは、妻の死を悲しむ暇《いとま》すらないほど忙しく、いま振り返っても、あの頃の日々をどう過ごしていたのか思いだせない。

三年目の母の日、裕子が白いカーネーションを一輪だけ買ってきた。ブラウスの胸ポケットに花を挿して、「ブローチみたい」と笑った。ブラウスの襟や袖《そで》にはきちんと折り目がついていた。裕子が自分でアイロンをあてた。裕子は小学三年生になり、俊輔は幼稚園の年長組になっていた。

「ねえ、パパ、いいひといれば再婚しちゃえば？」——と子供たちがジョークの口調で言うようになったのも、その頃からだった。

電車が駅に着いた。誠司はまなざしの焦点を戻した。花びらの輪郭からはみ出ていた赤が、もとの位置に収まる。

誠司の真向かいに座っていたおばあさんが下車して、これで付近の乗客は全員入れ替わったことになる。

カーネーションは、まだ網棚にある。

誠司は紙バッグを抱え直して、首を傾《かし》げた。

忘れ物なのか？　あの花……。

＊

目がチカチカする。揺れる電車の中で、携帯電話の小さなディスプレイを見つめつづけたせいだ。ボタンを押しどおしだった指先も痛い。始発駅を出た頃には受信状態を示すアンテナマークが三本立っていたが、電車が郊外に向かうにつれて感度が悪くなり、いまでは一本きりのマークが点滅まで始めた。

聡子は携帯電話のスイッチを切り、ため息交じりに顔を上げた。

サイテー。閉じた口の中で舌を鳴らした。マジ、信じらんねーよ。ひらべったい息で、声にならないつぶやきを漏らす。

網棚の上のカーネーションが、まだ、ある。

誰かが置き忘れたとしか思えない。

バカだ、そいつ。せっかくの母の日のプレゼントを電車に置き忘れるなんて。

それとも——これ、チョー陰険なイヤミなんだろうか。「今日は母の日ですよお！　皆さん、カーネーション買いましたかあ？　まだのひとは早く買いなさいよお！」なんて。

よけいなお世話だっちゅーの。

流行遅れの言葉を、わざと遣った。ベタな、ダサダサの言い方をしたかった。

母親は一日中家にいたはずだ。『笑っていいとも！　増刊号』を観て、『やっぱりさんま大先生』を観て、テレビを点《つ》けっぱなしにしたままリビングで少しうたた寝をして、旅番組かなにかの再放送を観て、『笑点』を観て、『料理バンザイ』を観て、八時からのテレビを『ハッピーバースデー！』にするか『神々の詩《うた》』にするか迷いながら、いまは『サザエさん』を観ている頃だろう。

母親はテレビばかり観る。テレビしか観ない。テレビだけが心の友って？　泣けちゃうほど寂しい人生だ。

博多に単身赴任中の父親は、週末になってもめったに帰ってこない。ゴールデンウィークも、一泊してすぐに博多に戻ってしまった。家にいたのは十数時間。最初から最後まで居心地が悪そうだった。オヤジにとってはワンルームマンションに帰り着いたときにつぶやく「ただいま」のほうがリアルなんだろうな、と思う。

電車が駅に停まった。終点の二つ手前。乗客が何人か降りて、これで立っている客はいなくなり、シートにも空席ができた。

聡子はミニスカートの裾《すそ》に注意しながら、脚を組み替えた。ラメ入りルージュをつけた唇を前歯で軽く嚙《か》み、バッグから取り出したブラシで白メッシュの髪をといた。隣に座ったオバサンが一瞬顔をしかめたのがわかった。太ったオバサンだ。オンナであることを放棄したような、だらしない座り方をしている。こんなオバサンも、家に帰れば息子や娘からカーネーションを貰《もら》うわけ？　ボランティアみたいなもんじゃん、それ。

オトナになりたくない——なんて駄々をこねるほど幼くはない。人間は誰だってオトナになる。高校二年生は、もうオトナの入り口のすぐ手前まで来ている時期だろう。カッコいいオトナ、ハッピーな人生、目指すなら、それ。

でも、オトナになっても、なんかつまんねーだろーなあ。つくりもののあくびと一緒に、心の中でつぶやいた。母親を見ていると、つくづくそう思う。

母親が高校二年生の頃、どんな人生を目指し、夢見ていたのか、聡子は知らない。そんな話が親子でできるぐらいなら、苦労はしない。だが、母親がいまの暮らしを夢見ていたわけではないことはわかる。いくつもあるはずの夢と現実のギャップのひとつが、「いまどきのジョシコーセー」の自分だということも。

母の日のカーネーションを最後に買ったのは、中学一年生の頃だった。学校の先生やご近所から「まじめなコ」と呼ばれていた頃。その頃はまだ父親も家から会社に通っていて、テレビも買い換える前だった。

だから……やっぱ、「なし」だよ、カーネーションなんて。

去年も、おととしも、その前も、そう思った。

母の日から四、五日たった頃になって、でもさあやっぱ「あり」だったんじゃない？と思ってしまうのも、毎年のことなのだけど。

＊

終点の一つ手前の駅で、三人の若者がどやどやと乗り込んできた。髪を伸ばし、だらしない服を着て、我が物顔に大声でしゃべる、そんな連中だ。

康雄はムッとして腕を組み、シートに座り直した。タンクトップに半パン姿の男と目が合った。にらんでやるつもりだったが、男の右腕にタランチュラの刺青《いれずみ》を見つけると、ぎごちなくうつむいてしまう。

五月にタンクトップと半パンでいられる、その若さが恨めしい。世界の中心に自分がいるんだと思っていられるずうずうしさが、うらやましい。だが、ナンパの自慢話に夢中の若造たちも、いつかは歳をとる。自分よりずっと若い連中が傍若無人にふるまうのを、苦々しさと怯《おび》えの入り交じったまなざしで見る、そんな日が、奴《やつ》らにも、きっと訪れるのだ。

歳をとるのはつらいんだよ、と母の声がする。しつけに厳しかった母親から息子への、それが最後の教えになるのだろうか。

長生きしすぎた——というほどの歳ではない。入院した直接の原因だった腎臓《じんぞう》の具合も、主治医によると、急に生死にかかわるほど悪化することはないだろうとのことだった。ほとんど寝たきりの入院生活がつづいて足腰はさすがに弱ってきたが、心臓や血圧に異状はない。このままあと二、三年は確実に、ひょっとしたら五年、十年と、母は現実の世界から切り離されたまま生きつづけるだろう。康雄も、生きる。先に死ぬわけにはいかんだろうな、と覚悟を決めている。

子供の成長や会社の中での出世が楽しみだった頃は、もうとうに過ぎ去った。五年後や十年後の自分が、いまよりも幸せな日々を過ごしているかどうか、自信などない。生きていくのは尊いことなのだと、それすら、母を見ているとわからなくなる。

もしも母の頭と心が、ほんの一瞬でいい、現実に戻ったなら、訊《き》いてみたい。

お母さん、どうする？

望むとおりにしてやりたい。

「おまえはどっちがいい？」と聞き返されたら……答える言葉は、病院帰りの昼酒に酔っているときにしか出てこない。昔の母なら「男の子でしょう、はっきりしなさい」と言うだろう。叱《しか》られてみたい。最後に、一度だけでいいから。

腕組みをしたまま、目をつぶった。醒めきっていない酔いは、まだ瞼の裏側に残っている。だから、いまなら言える。息子として言ってはならないはずの言葉が、なにか誘うように、楽になれるんだと諭すように、暗がりのなかをふわふわと浮いている。

「よおよお、これ、いいじゃんよ」

ねばついた声に、目を開けた。

さっきの若い連中の一人が、網棚の上のカーネーションに顎《あご》をしゃくっていた。

「忘れ物だろ？　貰っちゃえよ」「だな、これよお、かーちゃんにやって、ゼニ貰うべ」

「ナンパに使ったほうが早えんじゃねーの?」「言えた、ボクのママになってくださいっつって」「オッパイ飲ませてくださいってか?」

カーネーションの赤い花が揺れる。おびえて身震いするように、か細い茎の先で、花が揺れる。

ちょっと待ってくれ——声にならない声が、康雄の口を小さくわななかせた。だめだ、それは絶対にだめだ——言葉になる前に、息は喉《のど》の奥でつっかえてしまう。

「じゃ、ゲットっつーことで」

タンクトップの男が網棚に手を伸ばした。

そのときだった。

「やめてよ!」

少し離れたシートから、女子高生が立ち上がって、強い口調で言った。

別の席から、デパートの紙バッグを持った中年男も立ち上がって怒鳴った。

「その花に触るな!」

二つの声に引っ張られるように、康雄も腰を浮かせると同時に叫んでいた。

「あっちに行け!」

若い連中も、驚いた。

だが、それ以上に怒鳴った三人が驚いた。唖然《あぜん》とした顔を見合わせて、シートに座り直すきっかけを探しあぐねたまま、その場にたたずんだ。

若者三人は見た目とは裏腹に気の弱い奴らなのだろう、舌を打ったりそっぽを向いたりして、誰からともなく隣の車両に移っていった。

＊

残ったのは、網棚の上の――。

聡子が、最初にカーネーションに目をやった。次に誠司、それから康雄。くすぐったそうな微笑《ほほえ》みを浮かべてシートに腰をおろす順番は、きれいに逆になった。

車内アナウンスが、もうすぐ終点に着くことを告げた。電車はスピードをゆるめ、窓の外には三人の暮らす街の夜景が広がった。

聡子はバッグから携帯電話を出して、電源をオンにした。友だちからの留守番メールが何件か入っていた。どれも、聡子が送った〈ゲンキ?〉への返事だった。〈ゲンキ!〉〈サトコハ?〉〈ダメ、シニソウ〉〈ゲンキダヨ　マタアシタ〉〈ヨウナシメールNG〉〈イキテルヨ〉……。

誠司は子供たちへのお土産の入ったデパートの紙バッグを膝《ひざ》に抱き直した。「こっちは青で、そっちは赤でお願いします」と店員にリボンの指示をした琴美の横顔と、電車を降りるときのつくり笑いの顔を思いだして、ふう、とため息をつく。

康雄は腕を組み直して、また目をつぶった。さっき浮かんでいた言葉は、どこへ消えてしまったのか、見あたらなかった。深呼吸を何度か繰り返して、酔いも醒《さ》めたことを知った。

だが、来週の日曜日に病院で母に会えば、帰りに酒を飲まずにはいられなくなるだろう。酔うと、やはり、母と自分が楽になるための言葉が浮かんでしまうだろう。わかっている。それをどうしても許せない自分がここに確かにいるんだということも、ちゃんと。

電車がホームに滑り込む。

ドアが開く。

三人は、もうまなざしを交わすことなく、電車を降りた。

*

改札へつづく階段を途中まで降りたところで、聡子は身をひるがえし、ダッシュでホームに戻った。

いま乗ってきた電車が、まだ停まっていた。車庫に入るのではなく、折り返し運転で都心に向かうのだろう、ドアも開いている。

「ラッキー……」

弾む息でつぶやいて、たしか前から三両目だったと見当をつけて車内に入った。

カーネーション——あった。網棚の上に、ぽつんと、赤い花が。

つま先立って、取った。両手で胸に捧げ持って香りを嗅《か》いでみると、ほんのりと、いいにおいがした。

ホームに出て、携帯電話のジョグダイアルを回した。コール音三回で、つながった。

母親の声が、なんだかむしょうに懐《なつ》かしい。

「いま、駅だから。すぐ帰る」

いつもどおりのそっけない声で。

「あのさ、お母さん、おみやげあるからね」

母親の声が返ってくる前に電話を切った。お金払って買ったわけじゃないけどさ。心の中で付け加えて、まあ、これなら「あり」ってことでいいか、とうなずいた。

携帯電話の液晶ディスプレイに、笑う前歯が映り込む。

ただいま——くらいなら言えそうな気がした。

＊

駅前の果物屋に、箱詰めのサクランボが出ていた。

「どうですか、お父さん、初物ですよ」

店のあるじに声をかけられた康雄は、冷やかし半分で箱を覗《のぞ》き込んだ。サイズと向きを揃《そろ》えてきれいに並べられたサクランボを見ていると、小学生が整列した光景を思いだした。いまの子供たちではない、四十年以上前の、いがぐり頭に赤い頬をした小学生だ。

「これで五千円もするのか。高いなあ……」

「いやいや、お父さんね、山形産だから。まあ、ちょっと味をみてくださいよ」

試食用のサクランボの載った小皿を差し出され、一粒つまんで、口に放り込んだ。糸切り歯でかじると、プチン、と皮の破れる歯触りと同時に、甘酸《あまず》っぱさが染《し》みわたる。

思わず口をすぼめ、肩をすくめ、目もつぶった。

ああ、これだ——つぶやきが、喉の手前で弾《はじ》けて消えた。

去年のこの時季も、おととしも、何度かは食卓に並んでいたはずなのに、ずいぶんひさしぶりにサクランボを味わったような気がした。

「今度の日曜日の朝、買うよ」

康雄は種を掌《てのひら》に吐き出して、歩きだした。

病室で、母と一緒に食べよう、と決めた。今年もサクランボの季節が来た、またひとつ季節が巡った、そのささやかな喜びを、時間が止まったままの母と二人で分かち合いたかった。

幸せとは呼ばなくていい。死んだほうがよほど幸せな生があることを、母が教えてくれた。もしかしたら、自分もいずれ、そんな生を生きることになるのかもしれない。「それができれば苦労しないわよ」と妻にうんざりされながら、「俺が惚《ぼ》けたら、さっさと安楽死させてくれよな」と口癖のように繰り返している。

その気持ちに変わりはなくても、喜びは生の側にしかないんだと、いまは思っていたい。

しばらく歩いたところでふと思い立って果物屋に引き返し、箱詰めより安いお椀《わん》型のプラスチック容器に入ったサクランボを買った。

「歩きながら食べるのはおよしなさい」と母によく叱られた。

遠い遠い昔のことだ。

＊

子供たちは、白いカーネーションを買っていなかった。代わりに、赤いバラの小さな花束が食卓に置いてあった。花束の隣には〈ははの日おめでとう〉と書かれたカードも。

「なんだ？　これ」と誠司が訊いても、裕子も俊輔も目配せして笑うだけだった。

「裕子、おまえ五年生なんだから、『母』ぐらい漢字で書けるだろう」

「いーのいーの、これで、いーの」

裕子が節をつけて言うと、俊輔も「いーんだよね、おねえちゃん」と大きくうなずく。

誠司は小首を傾《かし》げながら、デパートの紙バッグから包みを二つ出した。

「あのな、これ……パパの会社のひとが裕子と俊輔に、って……女のひとなんだけど……」

帰り道に何度も練習したのに、声は途中からくぐもってしまい、子供たちに向けていたまなざしも足元に落ちてしまう。

「それで、じつは……パパ、そのひとと……」

再婚——が唇から滑り落ちる前に、裕子が「この花束、明日、会社に持ってけば？」と言った。

「プロポーズしちゃえば？」と俊輔。

「あたしと俊輔がお小遣い出し合って買ったんだからね、ふられたりしないでよ」

呆然《ぼうぜん》とする父親の反応を楽しむように、子供たちはクスクス笑いながらペンをとった。

「あたしは、いいよ。再婚、マルだから」

裕子は〈ははの日〉の最初の〈は〉の斜め上に○をつけた。ペンを受け取った俊輔も同じように「ぼーくも、マルッ」と、下の〈は〉に○をつける。

〈ぱぱの日おめでとう〉

カードの文字が揺れて、にじんで、「ありがとう」が言えなかった。

誠司は、ただ黙って子供たちを力いっぱい抱きしめた。

桜《おう》桃《とう》忌《き》の恋人

そんなわけで、オレは大学に入った。

唐突な話で申し訳ない。

しかし、退屈な身の上話をえんえん聞かせるよりはましだろう。

自主規制というやつだ。さまざまな身体的および精神的なハンディキャップをマスコミが「不自由」の一言でまとめてしまうように、オレはいま、オレ自身の十八年間の人生を「そんなわけで」に凝縮してみたのである。

たいして不都合は感じなかった。その程度の十八年間なのだと思い知らされた。

ちぇっ。


大学に合格して暇になったので本を読んだ。オトタケなんとかさんの、ベストセラーになった『五体不満足』。泣けたね。ソンケーしたね、オトタケさんのこと。ガキの頃に読んだ『一杯のかけそば』以来のカンドーである、ってあんまり嬉《うれ》しくない褒め言葉っすかね、オトタケさん。

「障害は不便だけど不幸じゃない」とか、いいこと言うんだ、このひとがまた。あんまり感心したもんで、大学受験に失敗したダチに「浪人は不便だけど不幸じゃない」と励ましのファックスを送ってやったら、マジ、絶交されそうになった。

とにかく、オトタケさんはえらい。オレの一万倍ぐらいえらい。べつにオトタケさんは他人から「えらい」と褒めてほしくてあの本を書いたわけじゃないと思うけど、オレはバカだから、他に感想が出てこない。

で、こーゆーところが激マジウルトラバカの所以《ゆえん》なんだけど、オレは、オトタケさんのこと、えらいからあんまり好きになれない。

でも、オトタケさんを好きになれない自分のことはもっと嫌いだ。自分を嫌う自分のことも、すげー嫌いだ。嫌いだ嫌いだと言いつづける自分が、はてしなく嫌いだ。

いわば、五体不満。カンドーしてくれる奴《やつ》なんて、世界中のどこにもいない。

オレの専攻は、教育学部の国語国文学科。ヒロスエと同じである。

オレの苗字《みょうじ》は「広瀬《ひろせ》」。五十音順でいけば、「ヒロスカ」とか「ヒロスシ」とか「ヒロスヨ」なんてとぼけた名前の奴がいないかぎりは、まず間違いなく出席番号がヒロスエと並ぶことになる。

自分で言うのもナンだが、幸せな男である。ヒロスエと同時代を生きる喜びを嚙《か》みしめたくなってくる。

しかし、オレとヒロスエは大学が違う。

ヒロスエはワセダで、オレは、ワセダに受かるような連中なら小学生時代に受験しても合格するんじゃないかというレベルの大学だ。

まことに不幸なことである。

不便かどうかは、知らない。

オレの同級生も、当然のことながら勉強のできない連中ばかりだ。

ただし、ただのバカや間抜けではない。

考えてもみるがいい。この出口の見えない真《ま》っ暗闇《くらやみ》の不況の御時世に、国文学を四年間も学ぼうというのだ。「なにを好きこのんで……」と、まともな奴なら言うだろう。

好きこのんでいるのである、オレたちは。それも、ワセダの学生とはまるっきり違うレベルでの「好き」だ。

たとえば、オレといっとう仲のいい安田は、中学時代の国語の教科書に載っていた『徒然草《つれづれぐさ》』に「これが人の生きる道だあっ！」とカンドーして、国文科に来た。クラスでいちばんの美女の島本さんは、大和和紀のマンガ『あさきゆめみし』で『源氏物語』

にハマッて、高校時代には光源氏のやおい本をせっせと描いてはコミケで売りさばいていたらしい。ちなみにオレは『暴れん坊将軍』で江戸時代に興味を抱いたクチである。怒らないでいただきたい。「こんな奴らのために、わしらは敗戦の焦土から死ぬ思いで這《は》い上がってきたのか」と嘆かないでいただきたい。老後は任せろ。年金、払ってやるから。

ま、とにかく、そんなオレだ。いろいろと至らぬところも多々ありましょうが、これがオレだ。文句のある奴は表に出ろ。オレは裏口から逃げる。縁があったら、また会おう。なんつって。

大学に入ってすぐ、国文科のクラス名簿をつくった。〈自分の性格〉の欄に、オレは〈ゆるい奴〉と書いた。ただし、オレのつかう「ゆるい」は、オッサンたちの思い浮かべる「ゆるい」とは微妙に意味が違う。オレ的な「ゆるい」の対義語は、「きつい」じゃなくて、むしろ「濃い」とか「熱い」とか、あるいは「波瀾《はらん》万丈」とか「疾風怒濤《どとう》」とか、そんな感じ。つまり、薄くてぬるくて平板な奴、そーゆー日々を過ごしてるボク、なのだ。自分のことがよくわかっている。自己洞察力があるってやつ？　自虐《じぎやく》的ともいうのかもしれない。

〈好きな作家〉の欄には、女の子にウケそうな名前を並べた。

宮沢賢治、中原中也、梶井《かじい》基次郎、太宰治、村上春樹、村上龍、山田詠美《えいみ》、吉本ばなな、江國香織、馳星周《はせせいしゅう》、京極夏彦……。

これだけ書いておけば、「えーっ、マジ？　あたしも○○のことちょー好き、みたいな」と話しかけてくる女の子の一人や二人はいるだろう。ルーレットのチップをばらまくようなものだ。

そのもくろみは、みごとにあたった。

名簿が配られた翌日、髪の長い女の子に「広瀬くん？」と声をかけられた。おとなっぽい感じの子だった。ケバめ系の好きなオレからすると、ちょっと暗そうな印象で、すぐに貧血を起こしてしまいそうなほど顔色も青白かったが、ストライクゾーンには入っている。外角低め。ホームランは難しいが、センター返しのクリーンヒットなら楽勝で狙《ねら》える。四年間の大学生活、まずはランナーをためることから始めなければ。

「はいはいはい、広瀬っす」

軽く答えて、まずは一発、自慢の流し目気味スマイルを浮かべた。

だが、彼女はにこりともしない。緊張しているのかと思ったが、そうじゃなかった。そうか、こいつが広瀬か、というふうに大きくうなずきながら、オレをじっと見つめて……いや、にらんでいた。

「ちょっとね、これ、どういうこと？」

怒った声と同時に、クラス名簿が目の前に突き出された。オレのページ、彼女が指さしたのは〈好きな作家〉の欄だった。

「なんだよ、なんかまずいこと書いたっけ、オレ」

半分ビビって、半分ムカつきながら作家の名前を読み返した。

宮沢賢治、中原中也、梶井基次郎、太宰治……太宰治？

思わず「あらっ」と間抜けな声が出た。

字を間違えていた。太宰の「宰」のウカンムリの下を、「辛」ではなく「幸」と書いてしまったのだ。正真正銘のバカである。

「あんた、太宰治をなめてるの？」

彼女はドスの利《き》いた声で言った。目つきはさらに鋭くなる。殺気を感じた。返答しだいでは、ナイフくらい出てくるかもしれない。

オレはとっさに「そんなことないって、オレ、太宰のこと大好きだもん」と言った。声がうわずり、裏返りそうになった。

「じゃあ、なんで名前間違えるのよ」

「だから……ほら……」

バカは理論武装できない。しかし、そのぶん、アドリブには強い。

「オレさあマジ好きなのよ、太宰が」

とりあえずそう言って、「マジよ、マジマジ、激マジ」と時間を稼ぎ、パッと浮かんだワラにすがった。

「あのさ、だから、太宰って辛《つら》い人生を送ってきたひとじゃん。せめてオレ的には幸せになってほしかったわけ。そーゆー深い意味を込めたわけ。わかる？」

「はあ？」

名簿をけげんそうに見つめた彼女は、マンガなら豆電球がピカッと点《つ》くような感じで顔を上げ、「うわあっ、ほんとだっ」と声をはずませた。笑うと意外とかわいらしいひとだった。

「すごい、ほんとに広瀬くん、太宰のことを愛してるんだあ」

「いや、まあ、愛してるってほどじゃないけどさあ……ま、共鳴はするよな、あいつの文学には」

一冊も読んでないけど、と心の中で付け加えた。

「どういうところが一番好き？」と彼女は勢い込んで訊《き》く。

「ぜんぶだよ、あたりまえだろ。すべてが好きなんだ」とオレは答えた。つっこんで訊くなよ、具体例なしだぞ、と祈りつつ。

彼女は、いきなりオレの手をとった。

「ねえねえ、広瀬くん、お茶でも飲まない？　もっとゆっくり話したいから」

一気にキャラが変わった。外角低めの直球が、ググッと真ん中に寄った。

それが、オレと彼女――永原《ながはら》ゆかりさんとの出会いだった。

喫茶店に入ってからも、永原さんはやたらと明るかった。

永原さんに言わせれば、オレは「太宰治に似ている」らしい。はっきり言って、ちょー嬉しい。これが「武者小路実篤《むしやのこうじさねあつ》に似ている」や、高校時代の国語便覧を見なくちゃ漢字で書けない「葛西善蔵《かさい》に似ている」および「嘉村礒多《かむらいそた》に似ている」だったらゲロ泣けてくるけど、なにせ太宰だ、モテモテ太宰クンだ、喫茶店の洗面所の鏡の前で顎《あご》に手をあてて、おっといけない、こりゃ芥川龍之介だぜ、なんつって一人で盛り上がった。

永原さんは「あたしって山崎富栄《とみえ》に雰囲気似てると思わない？」とも言った。誰だっけ、そいつ。モーニング娘。とかのメンバーに、そんなのいたっけか。よくわかんないけど、今度CD借りればいいや……。

永原さんがトイレにたった隙《すき》に、クラス名簿の彼女のページをめくった。〈好きな作家〉は当然ながら太宰治だったが、それ以外の欄は空白のままだった。住所も生年月日も趣味も特技も所属サークルも、ぜーんぶ真っ白。まるで彼女の世界には太宰治しかいないかのようだ。

そこがちょっと気にはなったが、席に戻った永原さんに「でも、ほんと、広瀬くんって太宰と同じ雰囲気持ってるよね」としみじみ言われると、つい「人間失格！」なんて両手でバッテンをつくって言って笑いをとってしまうオレなのだった。

まったく、オレの話は展開が早くていい。

あまりにも展開が早すぎて、永原さんのヤバさを知る前に、深みにはまってしまった。

「山崎富栄って、太宰が心中した相手じゃなかったっけ？」

次の日に安田に教えられたとき、オレはすでに永原さんから「太宰治の生まれ変わり」という称号を授けられていたのである。

＊

皮肉なことに、オレと永原さんが太宰好き好きコンビを結成するのを待っていたかののように、彼女についての噂話《うわさばなし》がどんどんオレの耳に入ってきた。

永原さんはオレより七歳年上だった。留年つづきで、今年が八回目の一年生。

毎年六月半ば——太宰治が玉川上水に身を投げた頃、永原さんは自殺を図る。一命をとりとめたあとは大学から姿を消して、翌年の四月に再び一年生の教室に現れるのだ。

自殺未遂歴、七回。それが永原さんの太宰への愛の証《あかし》なのである。

もちろん、太宰治には熱狂的なファンがいるということぐらい、オレだって知っている。「太宰は私にだけこっそり語りかけてくれている」とか、「ここに描かれているのは私だ」とか、「いままで誰にもわかってもらえなかった私の素顔を、太宰だけは知っている」とか、勝手な妄想をどんどんふくらませ、作品や太宰自身と自分を一体化してしまう皆さんがいらっしゃるのだ。

いわば太宰教の信者である。マインドコントロールである。恐るべし、太宰治。

だが、永原さんの場合は、それが度を超している。

作家と読者の関係をコンサートにたとえるなら、永原さんは客席から声援を送るだけでは飽きたらず、ステージに駆け上がって、太宰とハモろうとしているのだ。しかも、自殺という、これぞ太宰、太宰はやっぱりこうでなくちゃ、というサビのフレーズを。

あぶねー奴。文系の電波系っての？

永原さんをめぐる逸話は、まだある。

太宰ファンを自称する同級生の女の子に、剃刀《かみそり》で手首を切った傷跡を見せて「あんた、太宰のために死ねるの？」と迫ったのが、七年前。その翌年には太宰研究の第一人者の大学教授の講演会に乱入して「死の誘惑を理解できない輩《やから》に太宰を語る資格なし！」とわめきちらした。

さらにその翌年には、芥川賞が欲しくて欲しくてたまらなかった太宰の無念を晴らすべく、歴代の芥川賞受賞者のもとへ「芥川賞を返上せよ」との手紙を送りつけたらしいし、高校時代には、『男はつらいよ』のタコ社長が「太宰」を名乗るとは不届き千万という理由で、いまは亡《な》き俳優の太宰久雄さんに芸名を変えさせるための署名運動をしていたという噂だ。

　メーワクな奴である。かかわりあいになりたくない。誰だってそう思う。ひょっとしたら、太宰治本人だって。

　破防法は、こーゆー奴には適用されないんだろうか。


　オレはなるべく永原さんには接触しないよう心がけた。当然である。オレはバカだが、命知らずではない。

　しかし、永原さんは、どんどんオレを太宰にしていく。

「広瀬くんって、なにか全身から『生まれてすみません』っていうオーラがたちのぼってるのよね」——なんなんだよ、こいつ。

「広瀬くんって、みんなの前では道化を演じちゃうのよね、だからいつもバカなことばかり言ったりやったりしてるんでしょう?」——素なんだよ、天然なんだよ、オレのバカは。

「広瀬くんって、虚構の中で生きてるひとだと思う。『広瀬くん』を演じてるっていうのかなあ、自分の一生をそのまま物語にして、そこに殉じていくのよね、きっと」——

わけわかんねーよ。

「広瀬くんって、ずっと死にたかったひとでしょ？　そうでしょ？　いいのいいの、わかるから、なにも言わなくていいって」――勝手に決めんなっつーの。

「ほらあ、またそっけない態度とっちゃって。屈折してるのよね、含羞《がんしゅう》があるのよね、広瀬くんって。聞こえてくるんでしょ、トカトントンって」――誰か、こいつ、なんとかしろよ。

五月の初め、永原さんは休日の予定を訊くような口調で言った。

「それで、広瀬くん、いつ死ぬの？」

え？

なに、それ……。

「なるほどね、永原さんの世界からいったら、そういうのもありだろうな」

安田は『徒然草』仕込みのやけに冷静な口調で言った。「広瀬は太宰なんだから、そりゃ死ななきゃまずいわ、うん」と勝手に納得して、「木登りも、登るときより降りるときのほうが難しいんだから」なんてわけのわからないことを付け加える。

「おまえなあ、ひとごとだと思って無責任なこと言うなよ」

頭を一発はたいてやろうとしたら、安田はオレの手を素早くかわして、逆にオレを怒るような顔になった。

「っていうか、広瀬がマジに受け止めすぎてるんだよ。永原さんが勝手にそう思いこんでるだけなんだから、シカトでいいじゃんよ」

「そりゃあ、まあ、そうだけど」

「いくら永原さんでも、おまえが嫌がってるのを無理やりナイフとかで刺すわけ……」

安田は「あ、そうか」と言って、つづく言葉を引っ込めた。「無理心中っていう手もあるのか」

「ちょっと待てよ、おまえ」みっともないが、声が震えた。「シャレになんねーだろ、そーゆーのってよお……」

「いや、でも、マジに可能性あるぜ。だって太宰も心中だったわけだろ、で、永原さん、自分のことを山崎富栄だって言ってるわけだろ。それにたしか、太宰の心中って、山崎富栄が無理やり玉川上水に引きずり込んだっていう説もあるらしいぜ。だったら、マジ、心中ありじゃん」

うなずきたくなかったが、うなずくしかない。

「とりあえず、六月中はどっかに逃げといたほうがいいんじゃないかなあ。代返とかは、オレがなんとかしてやるからさ。マジ、ばっくれたほうがいいと思うぜ」

「待ってたりしないかなあ」

「だいじょうぶだろ、いままでだって一人でやってたんだから」

「あとで文句つけられるのって、やだなあ」

言ったあとで、あまりのガキっぽさに自分でも情けなくなった。

安田は笑いながら言った。

「永原さんが自殺に成功すればオッケーじゃん」

「だよな」とオレも笑い返した。

だが、次の瞬間、バカ二人の笑顔はタイミングを合わせたみたいにしぼんだ。しばらく話が途切れる。言葉が出てこないというより、なにか頭の中が白く抜けてしまったようで考えがまとまらない、そんな沈黙だった。

先に安田が笑った。オレも笑った。ビデオのポーズボタンを解除したみたいに。

「八回めかあ……今度は、マジ、成功しちゃうかもな。だから、やっぱ広瀬は逃げといたほうがいいと思うぜ」

「うん、オレもそう思う」

「まいっちゃうよなあ、ビョーキの奴《やつ》って」

「ほんとだよ、もうサイテー」

「でもまあ、ほら、どーせ七月にはノストラダムスだし」

「二〇〇〇年問題もあるし」

「ビッグバンだし」

「テポドンだし」

「ドラゴン・アッシュだし、って違うか」

しゃべりながら、ほんとうはそういうこと言いたいんじゃないんだよな、と思った。さっき沈黙する直前に浮かんだ思いは、もっと別のことだった、ような気が、しないこともない、かもしれない、という可能性も、なきにしもあらず、みたいな……ってか？

安田が、遠くを眺める目になって言った。

「人間、生まれてきたのは親の勝手なんだから、死ぬのぐらいは自由でいいんだよ、権利なんだよな、個人の」

「なんだよ、それも『徒然草』？」

「オリジナル」

そっけなく返された。そんなのあたりまえじゃねーかよ、というふうに。

オレだって、それくらいわかっていた。

＊

五月の半ばを過ぎた頃から、永原さんは学校を休みがちになった。毎年のことらしく、国文学演習の教授は出席カードを集めながら「また、例の季節ですねえ」とうんざりした顔で言った。

じっさい、たまにキャンパスで見かける永原さんの様子は、六月が近づくにつれて、迫力というか妖気《ようき》というか、死のオーラみたいなのが色濃くたちのぼるようになってきた。生気のない青白い顔を長い髪にほとんど隠し、けだるそうな足取りで歩く。ずいぶん痩《や》せた。歩きながら、なにごとかつぶやいていることもある。

オレはケータイの番号を変えた。アパートにもなるべく帰らないようにして、ダチの家を泊まり歩いた。永原さんの姿を見つけると、ソッコーで逃げる。なんだかストーカーに追われているみたいだ。

安田と二人で集めた噂話によると、この時期の永原さんはヤバいクスリをキメているらしい。歩くときのつぶやきは、「生まれてすみません、生まれてすみません、生まれてすみません……」と、ただその一言を繰り返しているらしい。

オレだって噂話を百パーセント信じ込むほど単純ではないが、過去七年のデータに基づく確かな情報もある。

リストカット二回、首吊《くび》り一回、ガス一回、睡眠薬二回、飛び降り一回と、毎年バラエティに富んだ方法で自殺未遂を繰り返す永原さんのXデー——自殺決行日は、太宰が愛人の山崎富栄とともに玉川上水に身を投げた六月十三日から、遺体が発見された十九日までの間だ。

少なくともその一週間は、大学に、いや東京にいるわけにはいかない。国外逃亡も、じつはけっこう真剣に考えた。

とりあえず北海道あたりでも旅行してみることにした。大学生協でガイドブックも買った。ちょっとのんきすぎないかと思ったが、「旅をするには経験者のアドバイスが必要なんだよ」と『徒然草』哲学をふりかざす安田に強硬に勧められたのだ。「そっかそっか、ゆく川の流れは絶えずして、しかももとの水にあらず、だもんな」と納得したら、いきなり蹴《け》りを入れられた。それは鴨長明《かものちようめい》の『方丈記』で、安田は『徒然草』のライバルの『方丈記』が大っ嫌いなのである。

まあ、そんなことはどうだっていい。とにかくオレは逃げる。断じて逃げる。なにがあっても、心中になんか付き合うわけにはいかないんだ……。

固く誓って『いい旅いい宿北海道』を手に生協を出た瞬間——ゾクッとするような気配を感じた。

足が止まる。身がすくみ、息が詰まった。

目の前に永原さんが立っている。

笑っていた。まぶたの下に隈《くま》のできた目を細め、瘦せこけた頰をゆるめて、「ひさしぶり」と言った。

オレは、「あ、どーも……」と息だけの声で答えた。逃げられない。死のオーラが、オレを包み込む。

永原さんは、笑顔のまま言った。

「ゆうべ、玉川上水に行ってみたの。水は少なかったけど、ちゃんと沈めばなんとかなりそうだった」

淡々とした口調だった。だから、本気だ。

「なんの本、買ったの？」

「いや、あの……ちょっと……」

ごまかすことも考えたが、いっそ正直に言ったほうがいいかもしれない、と思い直した。代わりの相手を探すのなら、いまなら、まだ間に合う。

「あのさ、オレね、旅行に行こうかと思って。六月、うん、来月、ぱーっと行っちゃうの、もうね、一カ月ぐらいさ、遠ーいところに行って、ぶわーっと気分転換？　って感じで」

身振り手振りを交えて言って、おそるおそる反応をうかがった。

永原さんは、ふうん、とうなずいた。笑顔だ。オレを見るまなざしも、怒ったり責めたり恨んだりといったふうではない。

「いいなあ、旅行かあ」

皮肉には聞こえない。正真正銘うらやましがっているみたいだ。

それが不思議で、不気味で、じわじわと押し寄せるプレッシャーから逃げたくて、つい「永原さんもいっしょに行く?」なんてバカなことを言ってしまった。

永原さんの笑顔が深くなる。

「ごめん、行きたいけど、無理よ」

「……だよね」

またバカなことを言ってしまう。

「広瀬くん、あたしのぶんも楽しんできてよ。広瀬くんが楽しんでくれればくれるほど、あたしも嬉《うれ》しいから」

永原さんは笑っている。ほんとうに、笑っている。

クスリ――? それとも、頭の中が、もっとヤバいことになってる――?

背筋がこわばった。怖いのに、目をそらせない。逃げたいのに、足が動かない。

永原さんは胸にたまった空気をそっくり入れ換えるように大きく息をついて、もう一度あらためて笑顔をつくった。

「あたしは一人でいいから」

「……はあ」

「そのかわり、ずっと忘れないで。あたしのこと、ずーっと覚えてて。背負って、生きていって」

オレの返事を待たずに、永原さんは、じゃあ、と軽く手を振って歩きだした。

追いかけようとしたが、背筋はあいかわらずこわばったままで、足も動かない。永原さんの後ろ姿がキャンパスの雑踏に紛れるのを、オレはその場に立ちつくしたまま見送るだけだった。

いまのって、遺言、みたいな？

マジ？

ケータイが鳴った。

安田からだった。図書館にいる、という。いま永原さんに会ったんだと話そうとしたら、その前に「広瀬、おまえ、ヤバいぜ」とあせった声が耳に飛び込んできた。

「おまえ……もう、永原さんから逃げられないぜ、北海道に行ってもむだだよ」

ケータイの薄っぺらな声でも、安田が真剣に言っていることはわかる。オレは「すぐ行く」と答えて電話を切った。

だが、駆けだそうとした足はすぐに止まった。天を仰いで、「サイテー……」とつぶやいた。オレはまだ、図書館に入ったことはおろか、場所さえ知らなかったのである。

キャンパスの案内板を頼りに図書館にたどり着くと、安田は建物の外にいらだった顔をして立っていた。時間厳守も『徒然草』の教えだったっけ、なんてボケてる場合ではない。

「ちょっと、これ見てみろよ」と渡されたのは、『日本近代文学史事典』の太宰治の欄のコピーだった。

「ここだよ、蛍光ペンでチェックしといたから」

言われるままに、年譜に目をやった。

初めて知った。太宰治は、何度も自殺に失敗していた。数えてみたら、五回めでやっと死ねたことになる。

「二回めの自殺未遂、あるだろ。そこ、よく読んでみな」

二十一歳のときだ。太宰は銀座のバーの女給と江ノ島で、投身自殺を図ったが、自分だけ助かってしまい、自殺幇助《ほうじょ》罪でパクられそうになったのだという。『道化の華』という作品は、その事件をモデルにしているらしい。

「へえー、いろいろあったんだな、太宰も」

正直な感想を漏らすと、安田の奴、とことんあきれはてた顔になった。

「おまえ、太宰のこと、なんにも知らないわけ?」

「うん、まあ」

「文庫本とか読んだりしなかったのか? 解説に出てるだろ、いろいろ」

「いや……つーかさ、ほら、あんまり深入りしたらヤバそうな気がしたんで……」

「じゃあ広瀬、ぜんぜん読まずに話を合わせてきたわけ？」

「……けっこーキツかったぜ、毎回」

安田は「おまえなあ……」と言いかけたが、気を取り直して「それはどうでもいいや」と本題を切りだした。

心中の生き残り――。

永原さんはそれを狙《ねら》っているんじゃないか、というのが安田の推理だった。

「永原さん、広瀬のことを『太宰治の生まれ変わり』って言ってたんだよな。ってことは、おまえのことを太宰みたいに心中の生き残りにしたいと思っても不思議じゃないよな。なんつーかさ、現代に太宰を蘇《よみがえ》らせることが、太宰への究極の愛、ってな感じで」

強引な理屈だ。非常識な発想でもある。だが、だからこそ、妙な説得力がある。なにしろビョーキの永原さんだ、文系の電波系の永原さんだ。そして、太宰に命すら捧《ささ》げる永原さんだ。

安田は重々しい口調でつづけた。

「だから、たとえ北海道に逃げても、おまえが心中の生き残りになることは変わらないんだよ。べつに自殺幇助罪にならなくても、永原さん的には、広瀬は『生き残り』になるわけだ」

さっきの永原さんの言葉の意味が、やっとわかった。背中が、また固くこわばってしまう。

オレは無理に笑って言った。

「ま、でもさ、オレ的には無関係だもんな。勝手に死ぬわけじゃん、そんなの知らねーよ、なあ。オレが『生き残り』になるんだったら、世の中の人間、五十八億人だっけか、みーんな『生き残り』じゃんよ」

筋が通った。ひさびさに理論武装できた。だが、筋は通っていても、どこかが根本的に間違っている、そんな気もする。

安田も「そうだそうだ、おまえの言うとおり」とは返してくれなかった。「まあ、どう受け止めるかは広瀬自身の問題だけどな」と最後の最後でケツをまくって、「次の授業、語学だから」と立ち去っていった。吉田兼好ってのは、こんなにクールな奴だったんだろうか。

その場に残されたオレは、右手に持った文学事典のコピーと左手のガイドブックを交互に見た。

太宰治——一人の女が命を賭《か》けるほどの、そこまでの作家なのだろうか。永原さんは太宰のどこに惹《ひ》かれたんだろう。太宰のなにが、彼女をそこまで突っ走らせてしまうんだろう。

「とりあえず、『道化の華』っての読んでみっか」

わざと声に出してつぶやき、「読んでみますかあ」と自分で受けて、オレは図書館に入っていった。

＊

ハマった。

みごとに、ハマってしまった。

一週間、ほとんど家に閉じこもったきりで、ひたすら太宰治を読みふけった。言葉が全身全霊に染《し》みていく。太宰の背負った悲しみは、いままで気づかなかったオレ自身の悲しみでもあった。

マイ・コメデアン――。『斜陽』のラストの言葉が頭の中をぐるぐると巡る。「僕は自分がなぜ生きていなければならないのか、それが全然わからないのです」なんてフレーズも。

「ああ、人生は単調だ！」は『正義と微笑』だ。

「とにかく、私は、うんざりしたのだ。どうにも、これでは、駄目である。まるで、見込みが無いのである」は『花吹雪』。

それから「お別れ致します」は『きりぎりす』で、『人間失格』のクライマックスは「死にたい、いっそ、死にたい、もう取返しがつかないんだ、どんな事をしても、何をしても、駄目になるだけなんだ、恥の上塗りをするだけなんだ」……。

そうなのだ。まったく、そうなのだ。どうしようもなく、そうなのだ。

太宰がもしも生きていれば、駆け寄って肩を叩《たた》いてやりたい。「オレも同じなんだ!」と声をかけて、酒でも飲んで語り明かしたい。

薄くてぬるくて平板な、ゆるい毎日を過ごしているオレは、だからこそ、こんなにも深い悲しみを背負って、そんな自分を道化にしてごまかしつづけているのだ。太宰は、それをわかっている。太宰だけが、オレの素顔を知っている。オレだって、太宰、あんたの思いは誰よりもわかってるつもりさ。あんたは誤解されてるよ、生きていた頃も、いまも。あんたの真の姿を感じ取れない連中が、わかったふりをしてゴタクを並べてるだけなんだ。いや、そういうことだってあんたは計算ずみなのかもしれないな。オレが世間に対してわざとバカなふりをしているのと同じように……。

いかん! いかん、いかん、いかん!

文庫本をあわてて閉じて、妄想を振り払うべく冷たいシャワーを頭から浴びたことは、何度もある。

だが、しばらくたつと、オレの手はまるで魅入られたように文庫本のページを開いてしまう。

「富士には月見草がよく似合う」と太宰が言えば、こっちまで「そうだそうだ、月見草しか似合うものか！」と激しくうなずき、「朝、食堂でスウプを一さじ、すっと吸ってお母さまが、『あ』と幽《かす》かな叫び声をおあげになった」という一文を読むと、オレも「あ」と叫び声をあげてしまう。

ロックコンサートのコール＆レスポンスと同じだ。

「子供より親が大事と思いたい」――思いたい、思いたい。

「あの男と、それから、ここにいる僕と、ちがったところが、一点でも、あるか」――ない、ない、ない、ない。

「朝は、意地悪」――う〜ん、意地悪っ。

「ただ、一さいは過ぎて行きます」――行く、行く、行く。

「君、思い違いしちゃいけない」――すみません、してました。

「絶望するな。では、失敬」――失敬！

わずか一週間で、オレは太宰治の虜《とりこ》になった。あっさりマインドコントロールされてしまった。

恐るべし、太宰。そして、情けなし、オレ――という反省も、十日を過ぎた頃からは胸に浮かばなくなった。

六月に入ってすぐ、オレは永原さんに新しいケータイの番号を教えた。「旅行に行くの、やっぱり、やめたから」——その一言ですべてを察したように、永原さんは大きく、嬉しそうにうなずいた。

「十三日に、死ぬから」

「わかった」

「どこで逃げても、あたし、恨んだりしない。そのかわり、ちゃんと背負ってね。広瀬くんは、心中事件の生き残りなんだからね」

「ああ……わかってるさ……」


安田は「本気か？」と三度繰り返した。最初は、よほど驚いたのだろう、すっとんきょうな甲高い声で。二度めはオレの肚《はら》を探るように、ゆっくりと。三度めは、念を押して、てめえマジなんだなマジだったらマジでこっちにも考えがあるからな、というふうに。

「オレだって、たまには濃い体験したいんだよ」とオレは言った。

「なんだよ、それ」

気色《けしき》ばんで聞き返す安田に、オレは言葉のひとつひとつを嚙《か》みしめて答えた。

「太宰ってさ、やっぱ、すげえわ。ゆるい奴《やつ》の気持ちが死ぬほどわかってて、で、自分の人生はめちゃくちゃ濃くて、熱くて、波瀾《はらん》万丈で疾風怒濤《どとう》なわけじゃん。すげえよ、マジ、たいした奴だと思う。オレと似たところがあるぶん、よけい違いがはっきりわかるんだよなあ」

「どこが似てるんだよ、どこが」

「魂の根っこ。わかる奴にはわかるんだよ、わかんねー奴には一生わかんねーけど」

「……ま、いいや、それで？」

「オレ、少しでも太宰に近づきたいわけよ。死ぬところまでは真似《まね》できないけどさ、なんつーの、生と死のぎりぎりの地点つーか、完全燃焼一歩手前つーか……」

さすがに、そのものずばりを口にするのはためらわれた。

安田も「わかったよ、もういいよ」と途中でさえぎって、「信じられねーなあ、こいつ」と舌を打った。

オレだって、何度も自分に「信じられねーなあ」と言った。明日になれば考えが変わっているかもしれない、と毎日のように思ってきた。だが、変わらない。むしろ日がたつにつれて、どんどん強くなっていく。

「広瀬、言っとくけど、永原さんとぎりぎりまでいっしょにいたら、自殺幇助罪が成立するかもしれないぜ。それくらいおまえにもわかるだろ？」

オレは黙ってうなずいた。覚悟の上だ。

「なんでだよ、なあ、オレにはわかんねーよ」と安田はつらそうな顔になった。いい奴だな、優しいよ、マジ。それでも、わかんねー奴には一生わかんねーんだな。太宰治と吉田兼好が同じ時代に生きていたとしても、絶対に友だちになんかなれなかったはずだ。

「太宰は、濃いんだよ。永原さんだって、熱いよ。オレ、負けてるもん。こんな、ゆるくて、ぬるくて、薄くて……」

「うざったいじゃんよ、濃い奴とか熱い奴とか。広瀬、おまえ、そーゆータイプって嫌いじゃなかったのか?」

たしかに、そうだ。だが、九十九パーセントはうざったくても、残り一パーセントに、うらやましさが、ある。

文学に命を賭けた太宰、太宰に命を賭けた永原さん。

オレにはそんなもの、なにもない。

オレにできることは、濃くて熱くて波瀾万丈&疾風怒濤の生を駆け抜けたひとの死を背負って生きつづけることだけだ。

永原さんは、オレのために死んでくれる。オレは永原さんの死を見守ることで、太宰になることができる。ゆるかったオレの青春が、一気に濃くて熱くて波瀾万丈&疾風怒濤な日々に変わってくれる。ありがとう、ありがとう、永原さん。

「なあ、広瀬、おまえどうしちゃったんだ？」

「どうせ永原さんは一人でも死ぬんだよ。オレと知り合わなくたって、自殺したいひとなんだよ。ビョーキなんだから、あのひと」

笑いながら言った。安田はにこりともしない。いい奴だ、心の底から思った。

オレは目をつぶって、言った。

「……選ばれてあることの恍惚《こうこつ》と不安と二つわれにあり……」

太宰の処女作品集『晩年』の巻頭、『葉』という作品に添えられた、ヴェルレーヌの詩の一節である。通販の化粧品みたいな、こじゃれた名前のおフランス野郎だが、いまのオレにはその言葉が熱く染《し》みる。

安田はもうなにも言わなかった。いや、別れ際《ぎわ》に一言だけ――。

「オレ、一生、太宰なんて読まないよ。永原さんや広瀬みたいになりたくないからな」

不幸な男である。

＊

六月十三日、日曜日。

陽が暮れるのを待って永原さんのワンルームマンションを訪ねると、焦点がどこに合っているのかわからない、厚みのないまなざしで迎えられた。クスリでもキメているんだろうか。それとも、体より先に心があっち側の世界に旅立ってしまったんだろうか。

オレの目はどうなんだろう。さっき電車に乗っているとき、オレと目が合った奴らはみんなうつむいた。幼稚園ぐらいの男の子がオレの前を通ろうとしたら、母親があわてて抱き上げげた。ふん。ガキなんて嫌いだ。生きることになんの疑いも持たない奴なんて、未来は限りない可能性に満ちていると信じ込んでいる奴なんて、大っ嫌いだ。

永原さんの部屋に入るのは初めてだった。きれいに片づけられた部屋は、整理整頓《せいとん》されすぎて、映画やドラマのセットみたいに思えた。本棚には、太宰治の全集と研究書と文庫本がぎっしり並んでいる。新潮文庫の太宰の本は、背表紙が黒。新潮社はどうしてそんな色を選んだんだろう。黒は死の色だから？　それとも、太宰は文学の黒帯だって？　なんちゃって――とボケるのは、ずいぶんひさしぶりのような気がする。

永原さんはオレを部屋に迎え入れると、「あと三十分ぐらいで出るから」とつぶやくように言ったきり、ベッドに腰かけて、ぼんやりと窓の外を見つめていた。

カーペットを敷いた床に座り込んだオレも、なにも話さなかった。明かりの点《つ》いていない部屋に、少しずつ夜の闇《やみ》が流れ込んでくる。

キッチンの奥、洗面所のほうから、ときおり乾燥機の音が聞こえる。「ふんわりモード」だな、と気づいた。ほとんど乾ききった洗濯物を、何分かに一度ドラムの中で回転させて、ふんわりと仕上げていくのだ。なに考えてるんだよ。思わずため息が漏れた。時間をかけてやわらかく乾かした洗濯物を、いったい誰が着るんだ？　不合理というか矛盾というか、ぜんぜん筋が通っていない。だが、その筋の通らなさが、逆にゾッとするようなリアリティを感じさせる。

このひとは、もうすぐ死ぬんだ――。

いま、ここにいる永原さんが、もうすぐいなくなる。

身近なひとの死に出会うのは、初めてだ。死体は凍りつくように冷たいっていうのは、ほんとうなんだろうか。「土気色」というのは、どんな色なんだろう。

沈黙のなか、オレはゆっくりと息を継いで、あらためて永原さんの横顔に目をやった。彼女の姿は、もう闇に半分溶けてしまった。オレの姿も、きっと同じだろう。

このひとが、死ぬ。いま生きているこのひとが、もうすぐ、死んでしまう。

永原さんが、ふとこっちを見た。オレと目が合うと、力なく微笑《ほほえ》んだ。

「もうすぐだよ、広瀬くん」

黙ってうなずくと、永原さんは微笑んだまま、歌でも口ずさむような調子で言った。

「……とにかくね、生きているのだからね、インチキやっているに違いないのさ……」

知ってる？　というふうにオレを見る。もちろん、とオレはまた黙ってうなずいた。

『斜陽』の中の一節――ヒロインの弟が自殺する前に書いていた日記だ。

永原さんはつづける。今度はヒロインの独白部分だった。

「……死んで行くひとは美しい。生きるという事。生き残るという事。それは、たいへん醜くて、血の匂《にお》いのする、きたならしい事のような気もする……」

わかる。わかりすぎるぐらい、よくわかる。

だけど、なぜだろう、今度はうなずけなかった。胸が高鳴る。永原さんから目をそらし、うつむいて、唾《つば》を何度も呑《の》み込んだ。

永原さんは声をあげて笑った。なにがそんなにおかしいのか、けらけらと甲高い声でしばらく笑いつづけた。

こいつはビョーキなんだ、ビョーキだから死ぬんだ、オレは自分に言い聞かせて、けばだったカーペットをにらむように見つめたまま、いつまでも顔を上げなかった。

部屋が窓の外の闇とひとつになった頃、永原さんはベッドから立ち上がり、本棚に置いてあった小さな薬瓶から白い錠剤を取り出して、何錠かまとめて口に入れた。

「広瀬くん、もしよかったら、いっしょに行く?」

瓶をオレに差し出して、オレが目を伏せたのを確かめてから、腕をひっこめる。

「だよね、そうだよね」

フフッと笑う永原さんに、オレはかすれた声で「ごめん」と返した。ほんとうは別の言葉を返さなくちゃいけないような気がしたけど、口がうまく動かなかった。

「じゃあ、生き残りになってね。ずっと、背負ってて」

「……そうする」

覚悟はできている。オレは太宰になる。オレを太宰にすることで、永原さんの太宰への愛は成就《じょうじゅ》する。ビョーキだ。こいつはビョーキだ、だからオレにはどーしようもないってわけ……。

永原さんはふらつく足取りで玄関に向かった。マンションから玉川上水までは徒歩十分たらず。金曜日は雨だった。きっと上水の水かさは増しているはずだ。

永原さんは、もうすぐ死ぬ。オレは女を見殺しにした奴という汚名を着て、だからこそ、明日から生まれ変われる。薄くてぬるくて平板な日々が、濃くて熱くて波瀾万丈&疾風怒濤な日々に変わってくれる。

いいよな？　どーせ、こいつ、ほっといても自殺しちゃうんだもんな？

玄関から、永原さんが外に出ていく音が聞こえた。オレは床に寝ころがって、天井を見つめた。ひでー奴。自分でツッコミを入れて、へへッと笑い、寝返りを打ったとき、『斜陽』のフレーズがふと頭の片隅をよぎった。

けれども、私は生きて行かなければならないのだ。

目をつぶり、頭を腕で抱え込んだ。「けれども」なんだ、と思った。「だから」じゃなくて「けれども」ってのが、なんか、いいな。

薄くてぬるくて平板な日々、バカでお気楽でどーしようもない毎日、なんの展望もない未来、湧《わ》いてこないやる気、一晩寝れば忘れる反省と教訓、オレってサイテーの奴だ……け・れ・ど・も……オレ、か。

ふうん、と目をつぶったままうなずいたとき、洗面所のほうからびっくりするほどの大きさで断続音が聞こえた。乾燥機の、作業完了を知らせるブザーだ。

オレは起きあがり、目を開けた。

「忘れてるよ、あいつ……バカだよなあ……」

声に出してつぶやくと、胸の奥に溜《た》まっていた重苦しさが少しだけ抜けてくれた。

「けれども」「けれども」、うん、「けれども」だ。

洗面所へ行って、乾燥機の蓋《ふた》を開けた。ドラムからあふれ出る洗濯物を両手と胸で抱き止めた。タオルがある、ネットに入ったブラジャーやショーツがある、ソックスがある、シャツがある。温かくやわらかい手触りの洗濯物に顔をうずめると、ほのかな洗剤の香りが鼻をくすぐった。

そして、『女生徒』の中の、こんな一節が浮かぶ。

明日もまた、同じ日が来るのだろう。幸福は一生、来ないのだ。それは、わかっている。けれども、きっと来る、あすは来る、と信じて寝るのがいいのでしょう。

ほら、すげえよ、ここでも「けれども」じゃんかよ。な？　な？　そーなんだよな？　嬉《うれ》しくなった。うまく言えないけど、うまく言えたってしかたないんだけど、なんかさ、マジ、いい感じ。

永原さんに訊《き》いてみたい。太宰ってさ、意外と生きていたかったんじゃないの？　最後の最後で一発逆転しようと思って、生きることの嫌な部分ばかり並べあげて、「けれども」の手前でけつまずいて転んじゃっただけなんだって、そんな太宰治論って、ない？　なくても「あり」だと思わない？

洗濯物をベッドに放った。洗いたての、乾きたてのシャツを着るのは気持ちいい。その気持ちよさを味わうために生きていくってのも、ま、いいじゃん。

永原さん、知ってるかな。知らなかったら教えてやりたい。いまは梅雨で、うっとうしい天気がつづいて、梅雨が明けると今度は嫌になるほど暑い日がつづく。け・れ・ど・も、ふんわり乾いたシャツを着るのは、ほんとうに、マジ、マジ、気持ちいいんだから。

玄関で靴を履きながら玉川上水までの道順を思い描き、ドアを開けると、ダッシュ――。

死なせるわけにはいかない。死んでほしくない。死ぬのは自由だ。け・れ・ど・も、生きるのもいい、よくなくても生きるのはいい、生きるから、いい、ような気がする、かもしれない、みたいな。

間に合うか。間に合う、絶対に。なにがあっても間に合わせてやる。

走った。夜の街を、あえぎながら全力疾走した。何年ぶりだろう、こんなにマジに走るのって。息が切れる。脇腹《わきばら》がひきつったように痛い。だが、オレを取り巻く空気がグンと引き締まったのがわかる。

オレはいーかげんな奴だけど。ゆるい毎日をだらけた気分で過ごして、たぶん情けない人生しか送れないと思うけど。け・れ・ど・も、いまはただ、走れ、走れ、走れ……。

オレ、いま、メロスだ。

サマーキャンプへようこそ

目が覚めると、車はもう高速道路を降りて一般道に入っていた。『そよかぜライン』と書いた標識が見えた。道の右側は牧場だった。牛がいる。ざっと見ただけで五、六十頭はいそうだったけど、それがほんのちょっとの数に思えてしまうほどの、一面の草原だ。左側は森。道路に沿ってシラカバの並木がずうっと先までつづいている。

「広いよなあ、ほんと……」

車を運転するパパが、あきれたようにつぶやいた。

「家なんてぜんぜん見えないね」とぼくが言うと、パパはZARDのCDをかけていたカーステレオのボリュームを少し下げて、「もともと人間の住むところじゃないんだよ、こんなところ」と笑った。

「でも、このあたり、縄文時代の遺跡がけっこうあるんだよ。先住民の伝説もあるって」

「おい、すごいなあ。五年生って、そんなことまで社会の教科書に出てるのか?」

「出てるわけないじゃん。学校だと、もっとバカっぽいことしかやらないもん」

「じゃあ自分で調べたのか？」

「うん、ゆうベネットで」

ぼくの答えに、パパはまた笑った。どうして笑うのかよくわからなかったけど、嫌な顔をされるよりいい。小学校のクラス担任の松原先生は、社会や理科の授業で班発表をするときにぼくがインターネットで集めたデータを使うと、必ずしかめつらになるんだから。

それにしても、広い。見渡すかぎりの草原と、森と、対向車のほとんどない道路と、山と、空だ。道路標識に標高が書いてあった。もう七百メートルを超えて、道はゆるやかにカーブしながら、さらに高くのぼっていく。

「土地は余ってるんだよなあ、ほんとになあ、こんな田舎にこれだけ土地があって、なんで東京があんなに狭いんだよ。不公平だと思わないか？　なあ、圭太《けいた》」

パパの理屈は筋が通っているようで、通っていない。

「田舎なのに土地があるんじゃなくて、田舎だから土地があるんじゃないの？」とぼくは言った。

「だったら、ここも都会にしちゃえばいいんだよ」

ほら、またムキになって、わけのわからないことを言いだす。

いつものことだ。パパは矛盾のかたまりみたいなひとだ。「もう一生酒なんて飲まないぞお……」と二日酔いの朝にうめきながら言って、その日の夜にはまた酔っぱらって帰ってくる。会社の悪口ばかり言っているくせに、リストラされないよう課長や部長にせっせとゴマをすっている。「パパは権力をふりかざす奴《やつ》が大嫌いなんだ」という理由で、アンチ・ジャイアンツ。その筋道がよくわからないし、プロ野球の中でレギュラーの選手の名前と背番号を全員覚えているのはジャイアンツだけというのも、なんでなんだろう。

窓を少し開けた。涼しくて、ちょっと湿った風が吹き込んでくる。もうすぐ朝九時になるけど、アスファルトの照り返しはほとんどない。風がうっすらと白いのは、これが朝霧っていうやつなんだろうか。朝霧と朝もやは、どう違うんだろう。ネットで調べるときには、検索ワードは「霧」でいいのかな、先に「天候」とか「気象」で絞り込んでおいたほうが早いかな……。

「おっ、あったあった、看板出てるぞ」

パパは、ほら、と前のほうに顎《あご》をしゃくった。少し先の道路脇《わき》に、トーテムポールのような柱が立っていた。

『わんぱく共和国まで　あと5キロ』

パンフレットを見たときから覚悟はしていたけど、実際に「わんぱく」というベタベ夕の死語を目にすると、肩からガクーッと力が抜けてしまう。

「ねえ、パパ。やっぱり、やめない？ キャンセル料払えばいいんでしょ？ ダサいよ、こーゆーのって」

「まあなあ……センスは、ちょっとなあ……」

パパも笑いながらうなずきかけたけど、すぐに「いや、それが大事なんだよ、うん」と声を強めて言った。どこがどう大事なのかツッコミを入れるのは、やめてあげた。どうせまともな答えは返ってこないだろうし、今日から二泊三日、パパとテント生活だ。できるだけ友好関係は保っていたい。

パパが『父と息子のふれあいサマーキャンプ』に参加を申し込んだのは、六月の終わり頃だった。

パンフレットを取り寄せたのは、ママ。

「圭ちゃんもたまには思いっきり汗かいてみたら？ 男の子にとっていちばん大切なのは、たくましさなんだから」

サイテーの理屈だ。急にそんなことを言いだした理由も見当がつくから、よけいウゲーッとなった。

「圭太がそういうの嫌いだっていうのはわかるけど、ママね、松原先生の言うことにも一理あると思うのよ」

やっぱり。オバサン太りの松原先生の、腰のところが横にパンパンに張ったスカートが思い浮かんで、シャレじゃなくてウゲーッと吐きそうになった。

ぼくはクラスで一番勉強ができる。スポーツだって得意だ。ルックスにも自信がある。二月のバレンタインデーには、同級生はもちろん、五年生や六年生のおねーさんからもチョコをもらった。クールなところがカッコいい、と誰かのラブレターに書いてあった。だろーね。自分でも思うし、友だちもみんな「中田みたいじゃん」とうらやましがるし、ママだって去年までは「圭ちゃんは都会的な子だから」とよく自慢していた。

でも、五年生のクラス担任になった松原先生に言わせると、そういうのはコドモとしてサイテーなんだそうだ。

『3年B組金八先生』に憧《あこが》れて教師になった松原先生は、クラスの団結をいっとう大切にするタイプで、出来が悪くても一所懸命がんばる奴らが大好きで、そういう連中に「どうせやってもむだじゃん」と言うぼくのことが大嫌いだ。むだなことに時間をかけるよりは、発想を変えて別のことにチャレンジしたほうが、あいつらにとっても得だと思うけど、そんなのを言いだしたら松原先生によけい嫌われてしまうだろう……と、そういうふうに先回りして考えるのも、やっぱり嫌われるんだろうな、あのオバサンには。

六月の保護者会の個人面談で、先生はママに言いたい放題だった。妙におとなびているとか、醒《さ》めているとか、コドモらしくないとか、こまっしゃくれているとか、ゴーマンだとか、一人っ子は協調性がないから困ったものだとか……。仕上げの脅し文句は、「このままだと、中学に入るとイジメに遭いますよ」。

ママはきっと、それにショックを受けて、ビビったんだろう。

「ねえ、圭ちゃん、自然の中で過ごすのって、ぜーったいにいいことなのよ。いまの社会がおかしな方向に進んでるっていうのもわかるから」

「逆に、文明のありがたさが身に染《し》みるんじゃないの?」

「もう、屁理屈《へりくつ》言わないの。とにかく、いいわね、パパだって賛成してるんだから」

ママは、ねえ、とパパに話を振った。すぐそうやって勝手にひとの意見を決める。屁理屈よりよっぽどタチが悪いと思う。

「土曜日の朝集合で、月曜日の朝に解散だろ? 七月中は休みとれないんだよなあ」

パパは気乗りしない声で言った。そうそうそう、とぼくも心の中で応援した。ぼくだって週末は忙しい。塾の夏期講習があるし、毎週日曜日は模試だ。

パパは面倒くさそうにパンフレットのページをめくった。

「二日や三日キャンプしたからって、性格なんてそう簡単には変わら……」

「ない」が、聞こえなかった。

パパは急に真剣な顔になった。パンフレットに書いてあるコピーをじっと見つめ、うーん、と低くうなった。

〈おとうさんの背中が、ひとまわり大きくなった〉

ヤバい――と思った。矛盾のかたまりのようなパパは、ロマンのかたまりでもある。

パパは顔を上げて、ちょっと力んで言った。

「なあ圭太、たまには男同士、星でものんびり見るか。気持ちいいぞお」

「……でも、パパ、仕事が忙しいんでしょ？」

「会社なんてどうにでもなるさ。ママの言うとおりだよ、圭太も五年生なんだから、もうちょっとワイルドにならなきゃな。このままじゃオタクになっちゃうぞ」

ワイルドと来たか、ワイルドと。オタクの意味もちょっとはき違えているみたいだ。でも、こうなったら、パパは止まらない。ママも「そうよ、パパ、たまには圭太にいいところ見せなきゃ」と張り切って言った。

単純なパパに、心配性のママ。二人はしょっちゅうケンカをしているけど、たまに意見が合ったときは抜群のコンビネーションを見せる。

「圭太、おまえプレステの新しいソフトが欲しいって言ってたよなあ」とパパが言うと、ママも「そろそろウチもＩＳＤＮにしようと思ってるんだけどなあ、どうしようかなあ」とぼくに目配せした。

メリット、あり。

松原先生の嫌いそうな言葉を、わざと思い浮かべた。そんな言葉を知ってることじたい、先生はむかつくだろう。でも、受験組の五年生をナメちゃいけない。ぼくはこの四月から、朝日新聞の『天声人語』を毎朝読んでいる。

「わかった、行くから」とぼくは言った。

ママは「ほんと、計算高いんだから」と笑い、パパは「キャンプなんてひさしぶりだなあ」と両肩をぐるぐる回した。

「ひさしぶりって、パパ、何年ぶりなの？」

「子供会で一度行ったきりだから……えーと、何年だろうなあ」

「子供会のキャンプなんてあった？　ぼく、行ったことないよ」

「違う違う、パパの子供の頃の子供会だよ。だから、まあ、三十年ぶりってところかな、三十五年ぶりぐらいかなあ」

「……だいじょうぶなの？　そんなので」

「だーいじょうぶ、だーいじょうぶ、小学生のキャンプじゃないか。いいからパパにまかせとけ、なっ」

パパはそう言って、もう一度パンフレットのコピーを見つめた。まだ出かけてもいないのに、一仕事終えたみたいな嬉《うれ》しそうな顔で大きくうなずいた。

そんなわけで、ぼくとパパは、夏休み最初の週末を二人で過ごすことになった。

土曜日の早朝——、外がまだ暗いうちに家を出て、いま、キャンプ場まであと二キロの看板を過ぎたところだ。

パパは大きくあくびをして、缶入りのポカリスエットを一口飲んだ。あくびがぼくにも移ったのを見て、「眠そうだなあ」と笑う。

まあね、とぼくは窓を細めに開けてうなずく。「興奮して眠れなかったんじゃないのか？」と訊《き》かれると、こっそり親指を下に向けて、ブーイングのポーズもとった。

「パパもさあ、まだ二日酔い治らないよ。頭痛くて」

もう一度、ブーイングのポーズ。

ゆうべは早い時間にベッドに入ったのに、十一時過ぎに起こされた。酔っぱらって帰ってきたパパが、台所でゴキブリを見つけて大声を出したせいだ。ママがコックローチと新聞紙でゴキブリを退治するまで、パパは玄関に避難して「早くしろ、早く、なにやってんだ！」と叫びどおしだった。

パパは虫が嫌いだ。ゴキブリはもちろん、蠅《はえ》が一匹飛んでいるだけで大騒ぎになる。「パパは不潔なのが嫌いなんだ」と自分では言うけど、ぼくもママも、「パパって怖がりだよね」で意見が一致している。

虫のことだけじゃない。パパは古新聞に紐《ひも》をかけられないほど不器用で、食べ物に好き嫌いが多くて、アレルギー体質で……つまり、アウトドアとはぜんぜん無縁のタイプなのだ。

出がけにママが「パパのこと、よろしくね」とぼくに耳打ちしたことは、もちろん、パパは知らない。

車は『そよかぜライン』からデコボコ道に入って森をつっきり、『ようこそ　わんぱく共和国へ』と書かれたアーチをくぐった。

集合時刻の三十分以上前だったけど、もう数十人の親子連れが来ている。

駐車場に並ぶ車は、ゴツい4WDや屋根に荷物を載せたワゴン車ばかりだった。ピックアップトラックや、サイドカー付きのハーレーダビッドソンもあった。セダンなんてほとんどない。ましてや、ママの街乗りがお似合いの軽四なんて、ウチだけだ。

車だけじゃない。ログハウスの前に集まった親子連れ、特に父親のほうは、登山靴にザックにチロリアンハットにポケットのたくさんついたベストに厚手のワークシャツと、みんなC・W・ニコルみたいだ。

「なんだ、おい、本格的だなあ……」

パパはうわずった声で言った。

「だから言ったじゃん、靴ぐらい買えばって」

「うるさいよ、おまえ、少し黙ってろ」

声はどんどんうわずっていく。

パパは、半年前に仕事用から休日用に格下げされた、踵《かかと》の磨《す》り減ったローファーを履いてきたのだ。

＊

だまされた——。

パパはテントを組み立てながら、何度も言った。最初は怒った声だったけど、失敗を繰り返すたびに、だんだんグチっぽい言い方に変わってきた。

キャンプサイトに残って作業をしているのは、ウチだけだ。あとの親子連れはみんなとっくにテントをつくり終えて、オリエンテーリングに出かけた。

「ねえ、パパ、ポール曲がってない?」

「うるさいなあ、いいんだよ、これで。ほら、シートかぶせるから手伝え」

地面に立てた三本のポールの上に、テントの屋根をかぶせた。

「グラグラしてない?」

「なに言ってんだ、ほら、ぜんぜん……」

だいじょうぶじゃなかった。ポールは三本ともあっけなく倒れてしまった。また失敗。

草むらに座りこんで「だまされたよなあ」とつぶやくパパの声は、もう半べそに近くなっていた。

「テントなんて、もっと簡単なやつがあるんだぞ。こないだテレビ通販でやってたんだ、折り畳んであるのをポーンと放ったら、ジャンプ傘みたいにテントができるんだから」

「しょうがないじゃん。レンタルのテントって、これしかないんでしょ?」

「だから、テントを借りる客は初心者なんだから、簡単なやつを用意しとくのがスジってもんだろう。ったく、いいかげんなキャンプ場なんだから……」

「レベルの高いキャンプ場なんじゃない?」

「うるさい、よけいなこと言わなくていいんだよ、おまえは」

パパは煙草《たばこ》をくわえ、顔のまわりを飛び交うヤブ蚊をうっとうしそうに手で追い払う。

「おい圭太、ちょっと虫よけスプレー貸してくれ」

「さっき塗ったじゃん」

「汗でぜんぶ流れちゃったんだよ、いいから持ってこい」

パパのリュックサックは、そのまま救急箱として使えそうだ。バンドエイドにオロナイン軟膏《なんこう》にバファリンにパンシロンに、あと水虫の薬と痔《じ》の薬、アンメルツもあるし、目薬や鼻炎用カプセルまである。病気やケガの薬だけじゃない。蚊取り線香にキンチョールまで持ってきた。ママに止められなかったら、ゴキブリよけのホウ酸団子も持ってくるつもりだったらしい。

ぼくはスプレーをパパに渡すと、自分のリュックからケータイとデジカメとノートパソコンを出した。

塾の友だちに暑中見舞いのメールを送るのを約束していた。学校の友だちはほとんどパソコンを持っていないので、はがきで送ることにしている。松原先生は「小学生のうちはパソコンなんて使わないほうがいいのよ」と言うけど、便利な道具はどんどん使えばいいんじゃないかとぼくは思う。パソコンでつくった暑中見舞いと手書きのはがきの暑中見舞いに、差なんてない。パソコンだから心がこもっていないなんて偏見だ……そんな言葉をつかうと、また先生は嫌な顔をするだろうな……。

パソコンの液晶ディスプレイに、デジカメの画像が映し出された。草原に、森に、青空に、雲に、遠くの山なみ——牧場をそのまま使った『わんぱく共和国』は、『そよかぜライン』から眺めた風景とほとんど変わらない。最初はきれいだと思い、それなりに感動もしたけど、半日も過ごすと、もう飽きてしまった。ふーん、きれいだね、でもそれがどーしたの？　って感じだ。

ディスプレイでモニターしながらデジカメの角度を変えて、ベストアングルを探した。パパがくわえ煙草で「おい、圭太、パパが撮ってやろうか」と言ってくれたけど、笑って断った。パパが撮ったデジカメの画像はいつもあとで補正しなくちゃいけないし、ぼくの顔は画像ソフトではめ込み合成するつもりだ。Vサインをつくった写真は、もう東京で撮ってある。文面は〈ぼくはいま大自然の中にいまーす（笑）〉。ほんものなのに、つくりもの。そういうのが、なんとなく、いい。

デジカメの画像をパソコンに取り込んでいたら、ログハウスのほうからホイッスルの音が聞こえた。

サファリハットにバンダナにアーミーシャツにハーフパンツにハイソックスという、アフリカの密猟者みたいなファッションの『わんぱく共和国』のスタッフが、マウンテンバイクでこっちに向かってくる。

たしか、最初の自己紹介で「リッキーと呼んでください」と言ってたひとだ。断っておくけど、このひと、日本人。スタッフはみーんなどこから見ても日本人で、だけど名前はリッキーにマイケルにジョニーにローズにリンダ……。ビジュアル系バンドみたいだ。

「なんなんだ、うるさいなあ」

パパは煙草を足元に捨てて、ローファーのつま先で火を消した。

すると、リッキーさんはまたホイッスルを吹いて、シャツの胸ポケットから出した黄色いカードを高々と頭上に掲げた。

イエローカード――ってやつ？

パパとぼくが三十分かけても屋根すらかけられなかったテントを、リッキーさんはたった一人で、五分たらずで組み立てた。煙草のポイ捨てを注意されてムッとしていたパパも、思わず「へえーっ」と感心するほどの手際《てぎわ》のよさだった。

リッキーさんは作業を終えるとぼくを振り向き、パソコンを差した指をワイパーみたいに左右に振った。

「おいおい、都会のもやしっ子、大自然の中じゃそんなものは役立たずさ。風を肌で感じてみなよ、森の息吹《いぶき》を全身で受け止めてみなよ、パソコンなんかよりずっと楽しいんだぜ」

巻き舌で、おおげさな身振りを交えて、今度パソコンを出したらイエローカードだぞ、と警告する。

ドーッと疲れた。「もやしっ子」と呼ばれたことを怒る気力すら湧《わ》いてこない。

風を肌で感じる。森の息吹を全身で受け止める。

うひゃあっ、と声が出そうになる。

なんか、それって、すごく嘘《うそ》っぽくない？

キャンプに参加した五十組の親子の中で、ぼくたちはサイテーのペアだった。

トップから一時間近く遅れてスタートしたオリエンテーリングは、けっきょく第一チェックポイントにすらたどりつけなかった。パパの「こっちだ」を信じたのが間違いだった。捜しにきたジョーさんとチャーリーさんのジープに乗せてもらい、無線でログハウスに連絡するジョーさんの「救助、完了」という言葉を聞いたときには、情けなくて泣きそうになった。

テントに戻って夕食の支度にとりかかっても、やっぱりサイテー。ログハウスの売店で「せっかくこういうところに来たんだから、野性の味でいくか」と鹿肉《しかにく》をブロックで買ったのに、料理もなにも、焚《た》き火にちっとも火がつかない。

百円ライターじゃ無理だと思っていたぼくは最初からあきらめモードだったけど、パパは煙にむせかえったり、熱くなったライターの先を触ってやけどしそうになったりしながら、一時間近くがんばった。でも、最後は「もういい、やめたやめた」と石組みのカマドを蹴飛《けと》ばして、ギブアップ。いつだったたっけ、プレステの『電車でGO!』を教えてあげたときと同じだ。

「今夜はパンだ、いいな、圭太。おまえパンのほうが好きだもんな」

「お肉、どうするの？」

「鹿肉なんて、そんなの食ったら腹こわすぞ。寄生虫いるんだから、ああいう肉には」

「捨てちゃうの？」

「……クーラーボックスに入れとけばだいじょうぶだろ。ママにおみやげだ、珍しいから喜ぶぞお」

強がって笑うパパの背中が、悪いけど、どんどん小さく見えてしまう。

「ま、とにかくサンドイッチでも食うか。パン、売店で売ってたの知ってるんだ、ちょっと買ってくるよ」

「サンドイッチ、パパがつくるの？」

「あたりまえだろ、いいからまかせとけ」

駆けだすパパの背中に、ぼくは「手、洗ってきてね」と言った。パパの手は炭を触ったせいで真っ黒だ。その手で汗を拭《ふ》いたり虫に刺されたところを掻《か》いたりするから、顔も首筋も黒ずんでいる。軍手を持ってこなかったパパが悪い。でも、せっかく売店があるのなら軍手ぐらい売ってればいいのに。ついでにチャッカマンとか固形燃料とかも。売店担当のマイケルさんはあいさつのとき、「テント以外の基本的な道具は、あえて売店には置いていません。忘れたひとは、ご自分で工夫してください」とすまし顔で言っていた。

ログハウスの窓から、パパがマイケルさんと話しているのが見える。なにか質問されているんだろうか、パパは身振り手振りを交えて、いかにも言い訳を並べたてているみたいに、しどろもどろにしゃべっている。

マイケルさんは、食パンといっしょに二枚めのイエローカードを出した。売店で買ったものをむだにしてしまうのは、アウトドアのルールに違反しているらしい。おみやげで肉を買ったんだとパパが何度言っても信じてもらえなかったらしい。給食を食べ残すと昼休みに遊ばせてくれない松原先生に負けないぐらい厳しい。

都会の窮屈な暮らしを忘れる三日間——。

パンフレットには、そんなコピーも書いてあったと思うけど。

カレーやバーベキューの香りがあちこちから漂ってくるなか、ぼくたちは肩をすぼめてトマトを挟んだだけのサンドイッチを食べた。焚き火のない暗がりで食事をしていると、なんだか親子でホームレスになった気分だ。

「圭太、懐中電灯持ってきたよな？　それ、点《つ》けようか」

「いいよ、そんなの。かえってむなしくなるから」

「……だよなあ」

すぐそばのテントでは、何組かが集まってランタンの明かり付きのにぎやかな夕食を楽しんでいる。「こんばんは、よろしく」なんて言って合流するペアもいる。父親はみんなアウトドアの達人ふうで、息子たちは揃《そろ》って、栄養が頭より体にまわるタイプの連中だ。

パパはそいつらをちらちら見ながら、どうする？　というふうにぼくに目配せした。

「行かなくていいよ」ぼくは迷わず言った。「パパと二人でいい」

「そっか、うん、そうだよなあ。せっかく二人でキャンプに来てるんだもんな」

パパはホッとした笑顔を浮かべた。

これ以上恥をかきたくないもん――なんて言うほど、ぼくは意地悪な息子じゃないし、たまたま同じキャンプ場に来ただけの奴《やつ》らと、あんなふうに友だちっぽくしゃべるのって、なんか嫌だ。劇をやってるみたいで恥ずかしいし、もしかしたらすごく気の合う奴もいるのかもしれないけど、こういうときに友だちになるのって、ちょっと嘘くさいよなあ、と思う。

「それでも、まあ……あれだよなあ……」

パパはしみじみと言って、「うん、あれだよ、うん」と、なにも話していないのに一人でうなずいた。

ぼくも、なにかしゃべったほうがいいとは思いながら、言葉が浮かばず、黙ってパンをかじるだけだった。

朝からずっとパパと二人きりだったんだ、とあらためて気づいた。こんなに長い時間をママ抜きで過ごすのは初めてだ。明日の昼間は親子別行動だけど、夕方からはまたパパと二人になる。同級生の中には、自分の父親のことを「オヤジ」と呼んだり、「親なんて関係ねーよ」なんて言ったりしてワルぶる奴もいる。そういうのって、けっきょくガキっぽさの裏返しだと思うから、ぼくはなにも言わない。オトナっぽく見せたがるガキっぽさって、どうにかならないかなあ——あいつらを見てると、いつも思う。

パパはサンドイッチを食べ終えて、おでこに巻いたタオルをほどきながら言った。

「なんか、あれだよなあ、悪かったかな、無理やりキャンプなんかに付き合わせて」

ぼくもサンドイッチの最後の一口を頰張って、「そんなことないよ」と答えた。「おもしろいよ、すごく」

「……そんな、おまえ、いいんだぞ、気をつかわなくたって」

「だって、ほんとだもん、おもしろいもん」

嘘をついたわけじゃない。でも、もっとにっこり笑って言ったほうがよかったかも、と思った。昼間も、もっとガキっぽくはしゃげばよかった。さっきから花火をあげて大騒ぎしている、あのあたりの連中みたいに。

「花火、売店に売ってたぞ。買ってくるか？」

「ううん、いらない」

「そっか……ま、ひとがやってるのを見てりゃ、それでいいか、金もかかんないし」

パパは「ちょっとセコいか」と自分でツッコミを入れて、タオルで首筋をこすりながら笑った。ぼくも笑い返す。ツッコミがおもしろかったというより、そんなふうにベタなツッコミを入れるパパのことが、おかしかった。

　笑いながらふと顔を上げると、パパと目が合った。パパはもう笑っていなかった。怒っているというほどじゃなかったけど、なにかあきれたような、まいったなあというような顔でぼくを見ていた。

「圭太、ほんとに、キャンプ楽しいか?」

「うん……楽しいよ」

「じゃあ、もっと楽しそうな顔しろよ」

「笑ったじゃん」

「でもなあ、ちょっとおまえ、そういう笑い方やめたほうがいいぞ。なーんかパパ、バカにされたような気がしちゃうんだよ。友だちに言われたりしないか? おまえに笑われたら傷つくって」

　ぼくは黙って首を横に振った。嘘じゃないけど、ちょっとだけ嘘かもしれない。友だちは「傷つく」とは言わないけど、ときどき「むかつく」と言う。

　でも、ぼくはパパをバカにして笑ったつもりはない。今日だって、いろんなことがあったけど、楽しかった。

　一学期の通知表のことを思いだした。生活の記録に〈もっとがんばりましょう〉が二つあった。〈クラスのみんなと協力しあう〉と、〈明るく元気に学校生活をすごす〉が、どっちもだめだった。

　個人面談につづいてショックを受けたママに、ぼくは「こんなの松原先生の主観なんだもん、関係ないよ」と、また先生の嫌いそうな言葉をつかって言った。「中学入試は内申点なんて関係ないんだし、世の中にはいろんなひとがいるんだもん、たまたま松原先生とは気が合わないだけだよ」とも言った。励ましてあげたつもりだったのに、ママはぽろぽろと涙を流してテーブルに突っ伏してしまった。パパはそのことを知らないはずだ。晩ごはんまでに立ち直ったママが「これ、まいっちゃった」と通知表を見せると、「圭太は誤解されやすいタイプなんだよなあ」と笑っていた。

　そうだよ──と思った。パパだって、いま、ぼくのことを誤解してるんだ。

「ねえ、パパ」

「うん？」

「ぼくってさあ、誤解されやすいタイプなんだよ、きっと」

　終業式の日にパパが言った言葉をそのまま返したのに、パパは困ったような顔で笑うだけで、「そうだな」とは言ってくれなかった。

　急に気詰まりになって、腕を虫に刺されたふりをして「スプレーしてくる」とテントに戻った。

　パパのリュックをかたちだけ探っていたら、マジックテープで留めた内ポケットの中に、書類が入っているのを見つけた。グラフや表のぎっしり並んだ、よくわからないけど仕事の書類のようだ。

こんなところで仕事なんかできるわけないのに。アウトドアをなめてるんだよなあ、パパって。

笑った。でも、この笑い方がだめなのかな、と気づくと、笑顔はあっというまにしぼんでしまった。

テントから出ると、パパは夜空を見上げて「もう寝るか」と言った。あくびをする背中が、ちょっと寂しそうに見えた。

*

次の日は、朝からコドモたちだけで河原に出かけた。

五人一組で班をつくった。メンバーは全員ぼくと同じ五年生だったけど、学校の同級生だったらぜーったいに仲良くなりたくないタイプの奴らばかりだ。

なんでこんなにすぐに大声出すんだ？　なんで無意味にダッシュしたがるんだ？　体を動かさずにはいられないって？　心臓が動いてりゃ、それでじゅうぶんじゃないの？

おまけに、ぼくたちの班のリーダーはリッキーさんだった。

「へーイ、どうした、元気ないぞお、もやしっ子。狭っ苦しい都会で背負い込んだストレスなんてパーッと捨てちゃえばいいんだ。昨日配った歌集があるだろ、そこの六ページ、『フニクリ・フニクラ』を歌おう！　さん、にー、はいっ！」

リッキーさんは意地でもぼくを「わんぱく」にしたいらしい。東京のマンション暮しで、ちょっとスリムな男の子は、みんな「もやしっ子」ってわけ？　ちょー単純。

歩きながら、ゆうべのパパを思いだして空を見上げた。陽射《ひざ》しはそれほど感じなかったけど、雲ひとつなく晴れ渡った空の、青い色がまぶしい。

東京の天気はどうだろう。もうアスファルトがじりじりと熱くなっている頃だろうか。いつもなら、この時間は塾の日曜模試を受けている頃だ。日曜日は忙しい。朝七時に家を出て、電車に乗って都心の塾に向かい、模試が終わってまっすぐ帰っても夕方近い。「せっかくの日曜日なのに……」とリッキーさんなら言うだろう。松原先生でもきっと言うはずだ。

でも、塾の模試はめちゃくちゃ難しい問題ぞろいだけど、やる前から百点が見えている学校のテストよりずっとおもしろい。試験の出来に自分でも手ごたえがあるとき、塾のビルから出て空を見上げると、思わずその場でジャンプしたくなる。お酒なんて飲んだことはないけど、ビールのコマーシャルの、あの「サイコー！」っていう気持ちよさと、けっこう似てるんじゃないかな、とも思う。

リッキーさんや松原先生の好みには合わないかもしれない。でも、「そんなの間違ってる」なんて言われたくない。本人が「サイコーだ」って言ってるんだから、それでいいじゃん……。

上を向いて歩いていたら、みんなから遅れてしまった。

「おーい、もやしっ子、チームワーク、チームワーク！」

リッキーさんはぼくを振り向いて、駆け足のポーズで言った。笑っていた。リッキーさんは松原先生ほど短気じゃないようだ。でも、笑えば笑うほど、いろんなことが嘘《うそ》っぽく感じられる。

歩きながら、まわりの風景を見渡した。目に見えるものはほんものの空や山や森や草原なのに、それをまとめて「大自然」と言われたら、ぜんぶつくりものみたいに思えてしまうのは、なんでだろう。

河原で拾った小石にアクリル絵の具で色をつけろと言われた。ストーン・ペインティングというらしい。

「石って、いろんな色や形をしてるだろ？　象に見えたり、魚みたいだったり、電話機みたいだったり。自由な発想で、さあ、君はこの小石からどんな隠れキャラを見つけるかな。レーッツ・チャレンジ！」

バカらしくなって、テキトーに拾った小石を茶色に塗りつぶした。

「へーイ、もやしっ子、なんだい？　それは」

「うんこ」

「は？」

「うんこに見えたんだもん」

ギャグだよ、シャレだよ、ボケたんだよ。

でも、リッキーさんはツッコミを入れてくれなかった。なにか信じられないものを見てしまったような顔になって、ゆっくりとポケットからイエローカードを取り出した。

ほらみろ。リッキーさんの言う「自由な発想」って、「ここからあそこまで」が決まってるんじゃないか。だったら、なんで「自由」なんて言葉をつかうんだろう。

ストーン・ペインティングが終わると、川の浅瀬に手作りの簗《やな》を仕掛けて魚を捕った。肥後守《ひごのかみ》を使って魚をさばく方法を教わった。カマドを組んで火をおこし、ブリキ缶を使って魚を燻製《くんせい》にした。

ひとつずつの体験はおもしろかった。でも、リッキーさんが「どうだい、テレビゲームの一万倍ぐらいおもしろいだろ？　男の子は、やっぱり自然を遊び場にしなくちゃ」なんて言うたびに、気持ちが冷めていく。

アウトドアもおもしろいけど、テレビゲームだっておもしろい。それでいいんじゃないの？　なんで比べるわけ？　遊び場なんてどこでもいいじゃん。マンションの駐車場で遊ぶのも楽しいし、ノートパソコンがあれば一日中たっぷり遊べる。なんで自然が「やっぱり」なわけ？　「しなくちゃ」って決めつけるわけ？

そんなふうに考えてしまうのって、ひねくれた「もやしっ子」だから？　「わんぱく」なコドモはそんなこと考えたりしない？

今度、塾の日曜模試で「わんぱく」の同義語を書く問題が出たら、「単純」と書いてみようかな……。

空が少しだけ夕方の茜色《あかねいろ》に染まりかけた頃、キャンプ場に戻ってきた。

パパがいた。ほかの父親といっしょに、今夜のキャンプファイアーのメインイベント、子牛の丸焼きの準備をしていた。

といっても、正確には「いっしょに」じゃない。ほかの父親はみんな、レンガでカマドを組んだり薪《まき》を割ったりタープを張ったりしているのに、パパだけ仕事がない。人数の要る力仕事を見つけたらメンバーに交ぜてもらって、へっぴり腰でくっつくけど、それが終わるとまたひとりぼっちに戻って、近くのゴミを拾ったり、タオルで汗を拭《ふ》いたりするだけだ。

とびっきり不器用で、腕力がなくて、なによりアウトドアの超初心者のパパだ。しかたないといえば、しかたない。へたに難しい仕事をやらされたら、ぜーったいに恥をかくし、みんなに迷惑をかけてしまうだろう。むだな努力は、しないほうがいい。それがお互いのため。ぼくは知ってる、こういうの、「適材適所」っていうんだ。

頭ではちゃんと納得できる。でも、パパの背中を見ていると、おなかの奥のほうが重くなってしまう。たまに家族三人でデパートに出かけて、屋上のゲームコーナーで遊ぶときには、めちゃくちゃ張り切るパパなのに。ほんとうかどうかは知らないけど、「ウチの営業所はオレがいないとアウトだからなあ」なんてママに自慢してるパパなのに。

ログハウスの裏手から、丸太が運ばれてきた。パパは待ってましたというふうに駆け寄ったけど、人数は足りているみたいで、アポロキャップをかぶったヒゲづらのオッサンに、そっけない手振りで手伝いを断られた。

「あ、どうもどうも、そうですか」なんて声が聞こえてきそうなしぐさで会釈《えしゃく》しながら引き下がるパパの背中は、何十人もいる父親の中でいっとうしぼんで見えた。

ヒゲづらのオッサンに文句を言いたくなった。手伝わせてやればいいじゃん、一人増えたからって、べつにいいじゃんよ、ウチのパパのこと、シカトすんなよ……。

パパはタオルでまた顔の汗を拭いて、こっちを見た。

ぼくに気づくと一瞬ビクッと肩を動かして、それから笑った。

おう、圭太、がんばってるか——なんていうふうに、無理して。

ぼくは顔をそむけ、班分けして以来初めて、自分のほうからみんなの輪に入っていった。

オトナが子牛の丸焼きの準備をしている間、ぼくたちはターザンごっこをすることになった。

もやい結びで太い枝に結わえつけたロープを両手でつかんで、勢いよく体を投げ出す。

「アーア、アーッ！」

出るぞ出るぞと思っていたら、やっぱりリッキーさんはターザン・シャウト付きのお手本を見せた。

班のメンバーも、大声を出しながらロープに乗って跳んでいく。恥ずかしくないんだろうか、こいつら。デリカシーってものをまったく持ってないんだろうか。

ぼくの番が来た。

「おっ、次は、もやしっ子か？」

ロープをぼくに渡すリッキーさんの顔と声は、はっきりとわかる、オレはおまえみたいなガキは大嫌いなんだ、と伝えていた。

べつにいいさ。ぼくだって、あんたみたいなオトナは大っ嫌いだ。

「怖くても『ママー！』なんて言っちゃダメだぜ」

言わないよ、バーカ。

ロープを両手で握りしめて、跳んだ。声なんか出すもんか。ぼくは確かにひねくれてるのかもしれないし、コドモらしくないのかもしれない。でも、ぼくは、ぼくだ。

ロープがピンと張って、ぼくの体は振り子みたいに地面すれすれのところから持ち上がっていく。サイコーのタイミングで手を離して、誰よりも遠くまで跳んでいってやろう。負けない、あいつらになんか——。

あとちょっと、のところでパパの姿が見えた。みんなから離れて、ひとりぼっちで、組み上がったカマドのまわりのゴミを拾っていた。

目をそらしたら、いっしょに体のバランスも崩れた。ロープをつかんだ手が滑る。

ヤバい——と思った瞬間、体がふわっと軽くなった。

まっさかさまに、落ちた。

*

ケガといっても、たいしたことじゃない。地面に落ちるときに腰を打ち、てのひらを擦りむいた、それだけだ。

でも、リッキーさんたちはあわてふためき、担架でぼくをログハウスの宿直室に運び込んだ。レントゲンだの傷害保険だのといった言葉が、ドアの向こうから聞こえてくる。

いや、リッキーさんたちは、ぼくを心配しているだけじゃなかった。

「とにかく、参加しようとする意志が見られないんですよね。なにをやってもつまらなさそうな態度で、こっちが盛り上げようとしても、ぜんぜんノってこないんですから」

「はあ……どうも、すみません……」

パパの声が聞こえて、ぼくは体を起こした。腰がズキッと痛む。やっぱり、けっこう、ひどいケガなのかもしれない。

「シラけたポーズがカッコいいんだと思ってるのかもしれませんが、そんなのね、しょせん小学生が斜に構えてるだけなんですから、ぼくらから見るとあきれるしかないんですよ」

しょせん——とリッキーさんは言った。

ふうん、とぼくは腰を手で押さえたまま、黙ってうなずいた。なるほどね、そうなんだ、ふうん。何度もうなずいた。終業式の日に通知表を渡されて、〈もっとがんばりましょう〉を見つけたときも、こんなふうにうなずいていたような気がする。

『わんぱく共和国』に来てからずっと感じていた嘘っぽさは、やっぱり間違ってなかった。リッキーさんが自分で種明かししてくれた。ぼくらはみんな「しょせん小学生」で、そんなぼくらに、あのひと、営業用スマイルでにこにこ笑ってたんだ。ぼくが営業用わんぱく少年にならなかったから、あんなにむかついてたんだ。

パパの返事は聞こえない。うつむいて黙りこくっているんだろうか。そんなの嫌だ。絶対に、嫌だ。

ぼくはベッドから降りて、ドアに耳をつけた。

「失礼ですが、圭太くん、東京でも友だちが少ないタイプじゃないんですか？　ちょっとね、学校でもあの調子でやってるんだとしたら、心配ですよねえ。お父さんも少し……」

言葉の途中で、大きな物音が響いた。机かなにかを思いきり叩《たた》いた、そんな音だった。

ぼくはドアをちょっとだけ開けた。正面はリッキーさんの背中、その脇《わき》から、机に両手をついて怖い顔をしたパパの姿が見えた。

ケンカになるんだろうか、とドアノブに手をかけたまま身を縮めた。

でも、パパは静かに言った。

「圭太は、いい子です」

「いや……あの、ぼくらもですね、べつに……」

リッキーさんの言い訳をさえぎって、「誰になんと言われようと、あの子は、いい子です」と、今度はちょっと強い声で。

照れくさかった。嬉《うれ》しかった。でも、なんとなくかなしい気分にもなった。「ありがとう」より「ごめんなさい」のほうをパパに言ってしまいそうな気がして、そんなのヘンだよと思って、「いい子」の意味がよくわからなくなって、困っていたら手に力が入ってドアノブが回ってしまった。

ドアといっしょに前のめりになって出てきたぼくを見て、リッキーさんは、まるでゴキブリを見つけたときのパパみたいに「うわわわっ」とあとずさり、そばにいたジョーさんやリンダさんも驚いた顔になった。

パパだけ、最初からぼくがそこにいるのを知っていたみたいに、肩から力を抜いて笑った。

「圭太、歩けるか?」

「……うん」

「帰ろう」

「うん!」

リッキーさんは「ちょ、ちょっと待ってくださいよ、勝手な行動されると困るんですよ」と止めたけど、パパはその手を払いのけて、「レッドカード、出してください」と言った。

『わんぱく共和国』から『そよかぜライン』に出るまでのデコボコ道を、パパの運転する軽四は砂埃《すなぼこり》をまきあげながら走った。来たときと同じように小さな車体は揺れどおしで、カーステレオのZARDの歌はしょっちゅう音が飛んでしまう。でも、お尻《しり》を下からつつかれる、痛いようなかゆいような感じが気持ちよかった。

「圭太、腰だいじょうぶか？　痛かったら、もっとゆっくり走るからな」

「だいじょうぶだいじょうぶ」

「どこかに病院あったら……痛っ！」

「パパ、しゃべんないほうがいいよ、舌嚙《か》んじゃうから」

「うん……そうだな、うん……」

デコボコ道の途中で、陽が暮れた。ヘッドライトに照らされた森をぼんやり見ていると、ディズニーランドのジャングル・クルーズを思いだした。あのジャングル、マジ不気味だったよな、とも。

ほんものを見てつくりものを思いだすのって、やっぱりひねくれてるのかな。バーチャル・リアリティっていうんだっけ、ほんものよりつくりもののほうが、ほんものっぽい気がする、それってやっぱり間違ってるのかな。テレビゲームのせいなのかな。アニメやCGがいけないのかな。よくわからないけど、しょうがないじゃん。

横を向いたら、サイドウインドウにぼくの顔がうっすら映っていた。「もやしっ子」でーす、としょぼくれた顔をつくってみた。「わんぱく」でーす、とほっぺたに力を入れてみた。どっちも簡単で、どっちも嘘っぽくて、オトナってめっちゃ単純じゃーん、と笑った。

「おまえ、なに一人でにらめっこしてるんだ？」とパパが言った。

「べつに、なんでもない」

顔のどこにも力を入れないと、いつものぼくになる。つまらなそうに見える、のかもしれない。醒《さ》めた顔、なのかもしれない。これからもずっと、リッキーさんや松原先生みたいな単純なオトナには嫌われっぱなし、なのかもしれない。

それで、べつにいいけど。かまわないけど。ぜんぜん気にならないし、ふうんそうなの、でいいんだけど。

「ねえ、パパ」窓に映るぼくを見たまま言った。「あのさ……」

「うん？」

「キャンプってさ、けっこう楽しかったよ、ほんとに」

「いいよいいよ、無理しなくて。悪かった、パパ反省してるんだ」

「違うって、ほんと、おもしろかったもん」

やだな、いま、一瞬、泣きそうな声になった——と気づくと、喉《のど》が急にひくついて、まぶたが重くなった。

「パパにはわかんないかもしれないけど……楽しかったもん」

ぼくはもう五年生なのに。ガキっぽいのって嫌いなのに。

鼻の頭を手の甲でこすると、ぐじゅぐじゅ濡《ぬ》れた音がした。

パパは、カーステレオのボリュームを少し上げて、「そんなのわかってるよ」と言った。怒った声だったけど、なんだか頭をなでてもらっているような気がして、まぶたがもっと重く、熱くなって、あとはもう、どうにもならなかった。

パパは黙って車を運転した。ときどきぼくのほうを見て、何度かに一度はため息もついたけど、ずっと黙ってくれていた。


『そよかぜライン』をしばらく走って、展望台を兼ねた駐車場で休憩した。

車の中からだとわからなかったけど、外に出ると、月が頭上にあった。まん丸で、ちょっとレモン色がかったお月さまだった。車から降りて深呼吸すると、涼しさを通り越して寒いぐらいの風が胸いっぱいに流れ込んだ。

「ちょっと見てみろよ、圭太。すごい星だろ、こういうのを星降る夜空っていうんだよ」

パパはグリコのマークみたいに両手を大きく広げて、嬉しそうに言った。

ぼくは自分の影のおなかを軽く蹴《け》って、ゆうべと同じだ、腕を蚊に刺されたふりをして、虫よけスプレーを取りに車に戻った。

パパのリュックを探っていたら、仕事の書類の入っていたのとは別の内ポケットに、本の入っている手触りがあった。キャンプの夜、焚《た》き火とランタンの明かりで読書——ロマンチストのパパの考えつきそうなことだ。

泣いているのを見られたお返しにからかってみよう、とマジックテープをはずして本を出した。月明かりだけを頼りに表紙のタイトルを読んだ。

『父から息子へ贈る50の格言』

マジ？　これ、マジなの？　大自然の中で親子でキャンプをして、息子にしみじみと人生を語るつもりだったたってわけ？

いかにも、パパ。それが空振りに終わるところも、やっぱり、パパだ。笑った。笑えた。この笑顔、ちょっと自信があったけど、車の外に出たら、パパは自動販売機で飲み物を買っているところだった。ちぇっ、とうつむくと、夕立のあとで葉っぱから落ちる雨粒みたいに涙がにじんだ。

車のそばに戻ってきたパパは、二本買った缶コーヒーの一本をぼくに渡して、首をひねりながら言った。

「十一時頃には帰れると思うけど、ママ、びっくりするだろうなあ」

「……だね」

「鹿肉《しかにく》なんて持って帰っても、困っちゃうかもなあ」

「……かもね」

さっきはうまく笑えたのに、もう一度笑ってみようと思っても、口元がうまく動かない。

「それにしても、みんなすごかったなあ。パパなんか、もう邪魔者みたいなものだったから、はっきり言って、圭太がケガしなくても帰りたかったよ」

「向いてないんだよ、ぼくもパパも」

「圭太はまだわかんないだろ。おまえはまだコドモなんだから、これからいろんな可能性があるんだぞ」

「パパは？」

「オッサンだからなあ……まあ、とにかく、アウトドアはだめだ、それがわかっただけでも、いいな、うん」

「でもさ、パパ、『ウンジャマ・ラミー』で競争したら、絶対にトップだよ。あと、『ポケモンピンボール』だって、めっちゃうまいじゃん、パパ」

「なに言ってんだ」

パパはすねたように笑って、早くコーヒー飲めよ、と顎《あご》をしゃくった。

パパの買ってくれたコーヒーは無糖ブラックだった。甘くないコーヒーを飲むのなんて、生まれて初めてだ。それに、たしかコーヒーはミルクを入れないと胃に悪いんだとなにかの本に書いてあった。

でも、まあ、いいか。

一口啜《すす》って、舌が苦さを感じないうちに呑《の》み込んだ。

おいしいかどうかは、わからない。でも、まずいってほどじゃない。

パパは自分のコーヒーをごくごく飲んで、小さなゲップをした。ぼくと同じ無糖ブラックをあんなふうに飲めるだけでも、すごい。パパはあまり喜ばないと思うから、言わないけど。

「なあ、圭太……カッコ悪かったよなあ、パパ。失敗ばっかりだったもんなあ」

ぼくはコーヒーをもう一口飲んだ。今度は、こくん、と喉が鳴った。やっぱり苦い。舌の付け根が縮んだみたいだ。

「カッコ悪くてもさ、パパ、背中おっきくなったみたい」

まだ、喉の奥に苦さが残っていた。

パパはなにも答えなかった。

ぼくもそれきり黙って、コーヒーを少しずつ飲んでいった。苦いけど、この苦さがおいしいんだ、と決めると、ほんとうにおいしい気がしてくるから不思議だ。

「よーし、じゃあそろそろ行くか」

パパの声に、ぼくは敬礼つきで答えた。

「了解！」

振り向いたパパは、くしゃみをする寸前のような顔で、笑った。

セプテンバー’81

ひさしぶりに早起きをした。目覚まし時計にセットしておいた時刻より一時間、ふだんに比べると二時間近く早い朝だ。

目覚めの気分は悪くない。自分でも不思議なほどすっきりと起きることができた。

隣のベッドの妻を起こさないよう、そっと寝室を出た。マンションの狭い廊下にたたずんでいると、子供部屋の二段ベッドで眠っている娘二人のおだやかな寝息が聞こえてきそうな気がする。

リビングのカーテンを開ける。まだ陽射《ひざ》しと呼ぶほどの強さはない空の明るさが、部屋に静かに流れ込んでくる。いい天気だ。陽がのぼりきると、きっと、暑くなる。

今日は家族で遊園地のプールに出かけることにしていた。夏休み最後の日曜日だ。渋滞やプールの混雑は覚悟している。小学三年生の長女はぼくが車の中で煙草《たばこ》を吸うたびに「パパ、くさいよお」と文句を言うだろうし、幼稚園に通う次女は、車の中でアニメの主題歌を歌いどおしだろう。「ねえ、パパもおぼえてよ、いーい？ もういっかいうたうから、いっしょにうたってよ」

と付き合わされるのも、まあ、たまにはいいか。

キッチンの冷蔵庫から缶ビールを取り出した。ミニサイズのやつもあったが、いつもは一人では持て余してしまう五百ミリリットルの缶を選んだ。出かけるまでに酔いは醒《さ》めるだろう。だいじょうぶだいじょうぶ、と鼻歌を口ずさむようにつぶやくと、軽いイタズラをする子供のような気分になった。

最初はリビングのソファーで一口啜《すす》ったが、ふと思い立ってバルコニーに出ることにした。九階建ての最上階。通勤に時間がかかるぶん、なだらかな丘陵地が視界いっぱいに広がる眺望はなかなかのものだ。三十年ローンに価《あたい》する眺めかどうかは、知らないけれど。

フェンスに頬づえをついて、あらためて、ビールをもう一口。小さなゲップといっしょに、息がほとんどの声でつぶやいた。

「ハッピー・バースディ……」

三十七回目の誕生日だった。

妻は近所の洋菓子店にケーキを予約注文していた。遊園地の帰りに受け取る。長女のリクエストのチョコレートケーキで、ポケモンの飾りは次女のリクエスト。〈パパ　おたんじょうび　おめでとう〉のチョコプレートもついているらしいが、照れくさいのでロウソクを消したらすぐにはずしてしまおう。三十七本のロウソクは、運動不足の体で一息に吹き消せるだろうか。

ビールの苦みが鼻に抜ける。無数の泡が、舌と喉《のど》をひっかいていく。

「ハッピー・バースディ」

もう一度、今度ははっきりと声に出して言った。

三十七歳。

嘘《うそ》みたいだな、と思う。

子供の頃のイメージでは、三十七歳といえば完全にオジサンだった。たんに年をとるというだけでなく、どう言えばいいのだろう、なにか人生というものをしっかりと背負ったオトナ、そんな印象だ。

だが、いまの自分は――。

苦笑いが浮かぶ。

まあいいよな、いつまでも若いほうがいいに決まってるよな、とビールを啜る。

東京暮らしは十八年を超えて、上京以前の日々よりも長くなった。

大学入学を機に上京したのは、一九八一年のことだ。

街のあちこちから『ルビーの指環《ゆびわ》』のメロディーが流れ、レイヤードの髪にタータンチェックの巻きスカートにポンポン付きのハイソックスといったいでたちの女の子がウォークマンでボズ・スキャッグスあたりを聴いていた、そんな頃。

ジャイアンツに原辰徳が入団し、赤ヘル軍団の守護神だった江夏豊は広島カープを追われて日本ハムファイターズに移籍した、そんな頃。

来日したローマ法王がミサをおこなった後楽園球場では、一カ月後、ピンクレディーが解散コンサートを開いた。マザー・テレサも来た、中国残留孤児団も初めて来た、黒柳徹子の『窓ぎわのトットちゃん』が大ベストセラーになった、そんな頃。

十九歳になったばかりのぼくは、十八歳のカラスに会った。

関西弁をしゃべるカラスだった。

いまどきの女子高生にも負けないくらいのミニスカートを穿《は》いていた。

ヤンバルクイナが嫌いだ、と言っていた。

「うち、沖縄のあの鳥、好かんねん」

少しハスキーな声も、すねたような口調も、意外とくっきり覚えている。

そういうところが、まだオトナになりきっていないゆえんなんだろうな、とも思う。

＊

一九八一年の誕生日は、うだるように暑い土曜日だった。

　ぼくは新宿にいた。大学の仲間たち、男ばかりの四人組で、夕方からひたすらナンパに励んでいた。陸《おか》サーファーに、にせトラッドに、ハンパなツッパリに、見かけだけのテクノ。一週間前には、同じメンバーでレンタカーのシビックに乗って湘南《しょうなん》にナンパに出かけ、道に迷ってなぜか御殿場《ごてんば》に出てしまった間抜けな上京組だ。

　ルックスには、全員自信がなかった。気を抜けばすぐに方言が出てしまう面々でもあった。ナンパも、「女の子をひっかける」というより「女の子にひっかかっていただく」、「誘惑」よりも「懇願」のほうが似合う。

　ディスコの入った雑居ビルの前で、暇そうな女の子たちが通りがかるのを待った。「おねーさん、自衛隊に入りませんか」と最初にウケを狙《ねら》うのは、ぼくの役目だった。「やだぁ」「うそぉ」と甘ったるい声を出して立ち止まってくれたら、残りのメンバーが取り囲んで口々に「お願いしますよお」「グループ交際したいんですよ」とお願いする。

　うまく話がまとまれば、『B&B』や『サーフ&サーフ』といったフリードリンク・フリーフードの安上がりのディスコに入る。仕送りやバイトの金が入ってフトコロに余裕のあるときは「入り口だけでいいですから付き合ってくださいよお」と女性同伴限定の高級なディスコを目指すのだが、八月の終わりだ、ぼくたちはみんなビンボーで、「今夜は割り勘OKの女以外はパス」と決めてあった。

　約束事は、もうひとつ。

ナンパに成功したら、いちばんイイ女はぼくがもらう。

それが、仲間たちからのバースディ・プレゼントだったのだ。

夜八時過ぎ、やっと四人組の女の子をつかまえた。偏差値でいえば42から45のルックス。短大のサークルで揃《そろ》えたヨットパーカを着て、長めの袖《そで》に掌をほとんど隠して、「えーっ、うそぉ、やだぁ、わっかんなーい」と頭のてっぺんから声を出す、そんな四人組だ。

もっとも、顔の偏差値の高くない女の子たちにも、それなりにメリットはある。ナンパ大学生にとって最も屈辱的な事態は、フロアで踊っているうちに女の子を他の男に奪われてしまうことだ。なまじ早慶上智クラスのルックスの女の子をナンパしてしまうと、その可能性は大いにある。薄暗いディスコの片隅で男同士が肩を寄せ合い、せめてフリードリンク・フリーフードの元だけはとろうと、ノーブランドのウイスキーをがぶ飲みし、ポテトフライやミックスピザやはんぺんフライやかっぱえびせんやピラフやフルーツポンチを食べつづけて始発電車を待つ——そんな夜を、ぼくたちは何度も過ごしてきたのだった。

「このレベルなら、朝までOKだと思うぜ」

見せかけテクノ小僧がぼくの耳元でささやいた。

「よかよか、こげなオナゴでも穴はあろうもん。これもご縁ったい」

十日前まで博多の実家に帰省していたハンパなツッパリ野郎が、せっかく覚えた標準語も忘れて言った。

「真ん中の女の子、誕生祝いでおまえにやるからさ、ありがたく受け取ってくれ」と、にせトラッドのクリスタル族くずれがぼくの肩を抱いて指さしたのは、アラレちゃんみたいなメガネをかけた女の子だった。

一九八一年、夏。大学生のナンパは、かくも牧歌的で、紳士的なものだったのである。ぼくは仲間たちの友情に感謝しつつ、ディスコの受付をすませるとアラレちゃんに声をかけた。

「ねえねえ、大瀧詠一《おおたきえいいち》の『ロング・バケイション』、聴いた？」

「えーっ、うそぉ、知らなーい」のリアクション一言で、ジャブは空振り。アラレちゃんは、ガンダムとシャネルズとザ・ぼんちのファンだったのだ。

一九八一年、夏。何度でも言う、牧歌的な時代だった。いま思いだしても……違う、いま思いだすからこそ、涙が出そうなほどの。

週末の夜だ、フロアはちょっと派手に踊るとまわりとぶつかってしまうほど込み合っていた。ストライプのプルオーバーシャツを着た奴《やつ》が、男も女もやたらと多い。ほとんんど制服みたいなものだなとあきれかけたが、それが流行っていうものだろうと思い直し、奴らと同じいでたちのぼくは、なめんなよなめんなよ、と意味なく胸の奥でつぶやきながら踊った。

アース・ウインド&ファイアーの『セプテンバー』とワイルド・チェリーの『プレイ・ザット・ファンキー・ミュージック』が、二回ずつフロアに流れたところで、休憩した。

アラレちゃんは、ぼくが「なにか飲み物とってくる?」と言う前に、自分でさっさとドリンクコーナーに向かった。

よくない兆候だ。ドリンクコーナー周辺は、現地調達ナンパ組のたまり場になっている。アラレちゃんだって、それくらい知っているはずだ。ひょっとして、あいつ、ぼくに見切りをつけて現地調達されたがっているんだろうか……。

不安を押し隠して、汗で濡《ぬ》れたビームスのマリンシャツの胸元から風を送った。今夜アラレちゃんとヤレるだろうか。コンドームは用意してある。財布の、マジックテープで留めたポケットの中に、いつも。上京間もない四月に買ったきり一度も使うチャンスがなかったが、今夜は使う。ぜったいに使う。アラレちゃんが初めての相手になる、はずだ。

曲が終わり、ちょっと長めのインターバルのあと、ビリー・ポールの『ミー&ミセス・ジョーンズ』のイントロがフロアに響きわたり、ミラーボールが回りはじめた。

お待ちかねのチーク・タイムだ。ボックスで休んでいたカップルが満を持してフロアに出て、入れ替わりに、男だけで踊っていた連中はすごすごとボックスに向かう。

仲間たちは三人とも、珍しくフロアに居残っていた。偏差値40台のルックスの女の子を選んだのは正解だったようだ。

ぼくは――ボックスのいっとう奥の席に、ぽつんと一人で座っていた。

アラレちゃんは、まだ戻ってこない。

二曲目のハロルド・メルヴィン&ブルー・ノーツ『二人の絆《きずな》』になっても、まだ。三曲目はマンハッタンズ『夢のシャイニング・スター』だったけど、そこでも、まだ。

「まだ戻ってこない」を「もう戻ってこない」に切り替えるまでに、サントリーレッドに味の素をぶちこんだという噂《うわさ》のウイスキーをストレートで三杯がぶ飲みした。

情けない。アラレちゃんにふられたことではなく、東京での初めての誕生日をナンパでしか祝えない自分が、情けなくてたまらなかった。

「わしゃあ、なにしに東京まで来たんじゃろうのう……」

わざと故郷の言葉でつぶやいて、四杯目のウイスキーをあおったとき、ソファーのスプリングがたわんだ。振り向くと、隣に黒い棒きれが、あった。

「こんばんわぁ、元気ぃ?」

棒きれが、しゃべった。女の声だった。言葉の頭にアクセントを置いた、関西弁だ。

黒ずくめの服を着て、長い髪に顔をほとんど隠した、痩《や》せて小柄な女の子──第一印象の棒きれが、カラスに変わった。

「ジブン、一人でお酒飲んでんのん？　彼女にふられたん？　さーびしいなあ」

勝手に決めつけて、キャハハッと笑う。かなり酔っているようだ──と気づく間もなく、ぼくの肩にしなだれかかってくる。

「うちも、さーびしいねん」

痩せているのに、カラスの体はびっくりするほどやわらかだった。カラスと触れ合った腕や首筋や腰にぱあっと鳥肌が立ったのがわかる。経験不足だ、悔しいけれど。

「……ふられた、わけ？」とぼくは言った。かすれて、うわずった声になった。

「そうやあ」顔にかかる髪を手で払って、上目遣いにぼくをにらむ。「あかんのんか？」

泣いていた。アイメイクが涙で流れ落ちた顔は、偏差値50そこそこ。盛り上がりかけた気持ちが急にしぼんでいく。泣き上戸《じょうご》のからみ酒に付き合う気分じゃない、今夜は。

「いいです、いいです、どーもすみませんでした」とおざなりに答えて席を立とうとしたら、腕を思いきりつねられた。

「あかんに決まっとるやんか、アホ……」

しわがれた声で言って、肩で大きく息を継ぎ、中腰のままのぼくを見つめる。

「うちなあ、明日、大阪に帰るねん」

「はあ……」

「東京に、ふられたんや」

ぼくは黙って、つねられた腕をさすりながらソファーに座り直した。カラスにじゃない、東京にふられた、という言葉に惹《ひ》かれた。

わかるような気がする。

ぼくも四月から、いや、地元に残れという親の反対を押し切って東京の大学を受験すると決めた一年前からずっと、東京に片思いしつづけているのだから。

『セプテンバー』を何回聴いただろう。はずむビートとファルセットのボーカルが、耳というより肌から体に染《し》みわたるまで、ぼくとカラスはウイスキーを飲みながらいろんな話をした。

カラスは大阪の高校を二年生の夏に中退して、上京した。丸二年の東京生活で体重が七キロ減り、髪が二十センチ伸びて、三度の引っ越しと十二種類のアルバイトをした。

「なにやっても、あかんかったなあ」

ひとごとみたいに言う。

「わしもどうせ、なーんもできんのじゃろうのう……」

ぼくも故郷の言葉でひとごとみたいにつぶやき、ミラーボールがはじくまばゆい光をぼんやり見つめた。ひとごとのようにしか話せない自分のことが、ある。

上京した理由を尋ねると、カラスは細い肩をさらにすぼめ、くすぐったそうに笑いながら首をかしげるだけだった。

「ジブンはなんで東京に来たん?」と聞き返され、「大学に受かったから」と答えた。だが、「せやったら、なんで東京の大学受けたん?」と重ねて訊《き》かれると、もう答えが見つからない。

「なあ、世界中で東京にしかないもんて、わかる?」

「さあ……」

「かんたんやんか、東京、やねん。東京は東京にしかないねん、大阪にも神戸にも広島にもないねん」

カラスは「せやから」とつづけ、また首をかしげて「せやけど」と言い直した。

「東京も、ただの街や。大阪とおんなじや、なーんも変わらへん。アホはどこの街行ってもアホなんや」

阪神タイガースの江本投手が「ベンチがアホやから野球ができへん」と言ったのは、つい四、五日前のことだ。

「なあ、ジブン、なんで東京に来たん」

　さっきと同じ質問だったが、さっきと同じようには答えられないだろう、と思った。

　黙っていたら、カラスは空になった自分のグラスにウイスキーを勢いよく注いで、

「でも、ええやん」と言った。

「大学に受かったんやったら、東京に来た大義名分があるさかいな」

　水差しを渡そうとしたら、グラスに手で蓋《ふた》をして、つづける。

「田舎に帰るときも、もう大学卒業やしィ、いうて言い訳たつやん」

「……卒業しても、できれば東京で就職したいけどな」

　故郷は小さな町だ。県庁の職員か地元の銀行がエリートコースになる。そのなかでも学閥というものがあるらしく、へたに東京や大阪の私大を卒業するより、地元の国立大学の経済学部を出ておいたほうが、先々ずっと有利なのだという。

「就職って、ジブン、大学出たあと、なにすんのん」

「まあ、どっかの会社に入ると思うけど」

「どっかって、どこやねん」

「わかんねえよ、そんなの」

「わからへんけど、サラリーマンになんねんな?」

「たぶん……」

　カラスは鼻を鳴らして笑った。「サラリーマンて、それ職業違うで、身分やろ」とウ

イスキーをオンザロックで啜《すす》る。キツい言い方だったが、上京して初めての誕生日の夜の話題には、意外とふさわしいのかもしれない。

お返しに、ひとつ訊いてみた。

「じゃあさあ、あんたは将来なにやるわけ？」

返事はなかった。無視されたのではなく、音楽に邪魔されて声が届かなかったのかもしれない。もう一度繰り返す気はなかった。べつに答えが欲しくて訊いた言葉でもない。箸《はし》立てのようなプラスチックの黒い容器に手を伸ばし、ポッキーを取るしぐさに紛らせて目をそらした。

フロアの照明はストロボになっていた。踊る連中は、みんな笑っていた。ボックスで酒を飲む奴らも笑っている。瞬《また》くように切り替わる光と闇《やみ》のなか、数えきれない笑顔が目に飛び込んでくる。

だが、ぼくは知っている。あいつらみんな、終電でも始発でもいい、仲間と別れて家に帰り着いたら、急に不機嫌な顔になってしまうだろう。わずらわしいものを払い落とすような手つきで服を脱ぎ捨てて、汗くさい布団《ふとん》にもぐり込み、一晩で遣った金と費やした時間を、「なに」と名付けることのできないなにかに換算して、うんざりしたため息をつくだろう。あいつらとぼくは、いつでも入れ替わることができる。

アラレちゃんを見つけた。男連れで踊っていた。相手の男は、フィラのウェアの襟を立ててビヨン・ボルグを気取った、のりお・よしおの、よしおみたいな顔をした奴だった。

ポッキーを一本かじって目を戻すと、カラスもフロアをぼんやり眺めていた。口元に薄い笑みが浮かんでいる。悪い感じの笑い方ではない。お姉ちゃんが弟や妹を見るような笑顔だった。

ポッキーを、もう一本取った。容器に落書きがある。銀のマーカーで描いた相合い傘。男は「HIROクン」、女は「AKKO」。傘の上のハートマークは右上のほうが剝《は》がれ落ちていた。ここでナンパしたんだろうか。それとも、恋人同士で遊びに来た？　どっちにしても、いまはもう別れたんじゃないかという気がして、そんなふうに考えてしまう自分が少しいやだった。

カラスはグラスに残ったウイスキーを一息に飲み干して、ぼくを振り向いた。

「あんた、いまなんぼ持ってんのん？」

「七千円」と答えると、「リッチやーん」とおおげさに目を丸く見開いて、「ほな、ええとこ行こか」と言う。

一瞬——ほんとうに、ほんの一瞬だけだ、ラブホテルが浮かんだ。

カラスはそんなぼくの胸の内を見抜いたのか、しなをつくって笑い、「ゆうべまで、うちのバイトしとった店に行こうや」と言った。

「バイトって、喫茶店とか？」

「そやね、喫茶店いうたら喫茶店やね……ま、ええやん、行けばわかるし」

服に合わせたような真っ黒の、大きなショルダーバッグを肩にかけた。酔いに足元をふらつかせて立ち上がり、テーブルやスツールに何度もけつまずきそうになりながら出口に向かう。

ぼくもしかたなくあとを追った。フロアを見ると、仲間たちは全員ドリンクコーナーにいた。ヤベえよお、オンナ誰かいねえのかよお、という声が聞こえてきそうな、さえない顔をしていた。あいつら揃《そろ》いも揃って、ルックス偏差値40台前半の女の子にふられてしまったようだ。

『セプテンバー』が、また流れる。

あさってからもう九月なんだな、と気づいた。

あと二週間ほどで大学の後期の授業が始まる。出席カードに名前を書いたらすぐに教室を抜け出し、雀荘《ジャンそう》や喫茶店やパチンコ屋やロータリーで暇をつぶす、そんな日々が、また始まる。

＊

歌舞伎町《かぶきちょう》の雑踏を、カラスの肩を抱いて歩いた。カラスは「そこを右」「まっすぐ行って、二つめの角を左」と指示を送るだけで、体の重みをほとんどぼくに預けていた。すれ違う男たちがミニスカートの裾《すそ》に無遠慮な視線を向けても、カラスは気にしない。見られることに慣れていて、それを楽しんでいるみたいに歩く。

目が痛くなりそうな色とテンポで点滅するイルミネーションに照らされ、笑い声や怒鳴り声に包まれていると、ここは東京なんだ、とあらためて実感する。日本でも有数の規模と設備を誇る大学の図書館や通学の満員電車では感じられない、上京の手ごたえといえばいいのか、それがここには、ある。盛り場でしか東京を実感できない。親には話せないよな、と思う。

カラスは歩きながら、六月に沖縄で発見された鳥――その年の秋にヤンバルクイナと命名されることになる鳥のことを話した。

「うち、沖縄のあの鳥、好かんねん。飛べへんのやろ？　そんなん鳥と違うわ。鳥いうたら、飛べるさかい鳥なん違うん？」

「ダチョウやペンギンだって飛べないけどな」

「うち、どっちも好かん」

「飛べなきゃダメなんだ」

「そう。カラスでもスズメでも、鳥は飛べるからええねん。でな、いっちゃん好かんのん、飛べるくせにカゴん中入っとる鳥やねん、もう、ごっつ腹立つわ」

ロックでもニューミュージックでもマンガでもアニメでもいい、おなじみの発想だ。笑って聞き流すと、自分でもそう思っていたのだろう、カラスは「よけいなお世話やね」とつまらなそうに言った。

歌舞伎町のはずれまで来て、ようやくカラスは足を止めた。

エントランスに大理石を敷き詰めたビルだった。喫茶店のあるようなたたずまいではない。

どんな店が入っているのかテナントのボードを確かめようとしたが、カラスはぼくの腕をとってエレベータホールへ向かう。もう逃がさないというふうに、両手で、強くつかまれた。

木目調のエレベータに乗って三階で降りると、そこがもう店の入り口だった。

「いらっしゃいませ」とパンチパーマの店員に最敬礼された。

カラスも、さあどーぞ、とうやうやしく手を広げたが、ぼくはエレベータの前に立ちつくしたまま歩きだせなかった。

たしかに、喫茶店は喫茶店だ。

だが、フロアを行き交うウェイトレスは皆、トップレスだった。スカートも、パンティーもない。パンストを穿《は》いて、カラスのスカートよりも丈の短いエプロンで前を隠していても……ちらちら、黒いのが、見える。

ここは、ノーパン喫茶だったのだ。


「ジブン、初めて?」とカラスに訊かれ、ぬるいアイスコーヒーをストローで啜りながらうなずいた。喉《のど》が渇いてしかたない。

「うちも、こないしてテーブルから見るの初めて。なんやしらん、絶景やね」

カラスはビールを旨《うま》そうに飲んで、小さなゲップといっしょに「男ってアホやね、毛ェ見てどないすんのん」と笑った。ぼくも余裕のポーズをつくって笑い返したけれど、頬はほとんどゆるまなかった。

「まあ、アホな男に毛ェ見せてゼニ稼ぐ女も、たいがいなアホやけど」とカラスはまた笑い、通りがかったウェイトレスと二言三言しゃべった。ウェイトレスは、東北訛《なま》りの早口で、元気でね、というようなことを言った。小さなおっぱいが、ぷるっ、と揺れる。干したアンズのような乳首を見て、なぜだろう、故郷のおふくろのことを、ふと思いだした。

ウェイトレスが立ち去ると、カラスは「うちなあ……」と、またひとごとみたいな口調で言った。

「九月から、大阪でOLになんねん。おじさんのコネで、高校中退いうの隠して。小さな会社やけど、制服な、なんとかさんいう有名なデザイナーさんがデザインしてん」

「まともに働くんだ」

「まともって……なんやねん、それ」

つまらなそうに笑われた。実際つまらない言い方をした、と自分でも思った。

「まあ、せっかく来たんやから、よう見とき。毛ェいうても、生え方も濃ゆさも、ひとそれぞれやろ?」

たしかにそうだった。ブラシみたいに密集した黒いかたまりもあれば、細い筋がへそに向かって延びているようなものもあるし、燃えたつ炎のように広がったかたちのものもある。

「客のほうも、ひとそれぞれや。おもろいで、こっちも人間観察できるねん」

これも、そう。先客は二十人ほどで、ほとんどが背広にネクタイ姿の中年たちだった。数人でやってきて大声で騒いでいる連中は、意外と恥ずかしがっているのかもしれない。その隣のボックスでは、一人で来た若いサラリーマンが、うつむきがちに、おどおどとウェイトレスたちに目をやっている。常連なのか、サーファーふうのウェイトレスと親しげに話し込んでいるおっさんもいるし、いったいなにをしに来たんだろう、腕組みをして眠っている作業服姿のあんちゃんもいた。

「土曜日の店は、ごっつ、せつないねん」とカラスは言った。

せつない——という言い方がちょっと唐突に聞こえ、「どういう意味？」と聞き返すと、カラスは、ジブンにはわからんかもしれんなあ、というふうな苦笑いを浮かべた。

「みんな、週休二日のない会社のサラリーマンや。中小企業いうん？　エリートさんとは違うねん」

「うん……」

「まあ、休みの日にわざわざ歌舞伎町に来るようなんがおったら、もっとせつないけどな」

カラスはバッグから煙草《たばこ》とライターを出した。煙草はメンソール入りのサムタイム、ライターは細身のジッポーだった。

煙草をくわえ、火を点《つ》けるのを待って、ぼくは言った。

「オレは、悪いけど、こういう店に来る奴《やつ》の気持ち、わかんない」

「オトコの本能違うん？」

「サラリーマンが酔っぱらってるのとか、こういう店に来てるのとか、嫌いなんだよな」

「せやけど、ジブンもサラリーマンになるんやろ?」

「あんなサラリーマンにはならない」

「……ま、ええわ。がんばり」

カラスは煙を吐き出すのといっしょに小刻みにうなずいて、「カノジョ、おるん?」と訊いてきた。

「いないけど、いまは」

「できそう?」

「できると、いいけど」

「カノジョができたら、するんやろ」

なにを、とは訊かなくていい。黙ってアイスコーヒーを啜った。

カラスはくわえ煙草で笑った。煙が揺れて、煙草の先の灰がテーブルに落ちる。

「カノジョ、でけるとええな」

くわえ煙草のままつぶやくように言って、もう一言、もっと低い声で付け加えた。

「ゼニ出して毛ェ見るんも、そないなことせんのも、ひとそれぞれや」

あたりまえのこと——だから、妙に胸に染《し》みた。

日付の変わる少し前まで、その店にいた。「十二時過ぎると深夜チャージがかかるさかい」とカラスは親切顔で教えてくれたけれど、伝票にはアイスコーヒーとビール一本ずつで七千円と記されていた。

ボられたのか？　カラスは客引きだったのか？　頭のなかをめぐりかけた思いを断ち切るように、カラスは屈託のない顔と声で「次の店からは、うちがおごったる」と言った。


ビルの地下の居酒屋で飲んだ。カラスは「こんな魚、大阪に帰ったら食べられへんよ」とホッケの開きを頼み、「大味やわあ、ほんま」とぶつくさ言いながら一人であらかたたいらげた。モツ煮込みにハンペン焼きも食べた。モツ煮込みは大阪のほうが旨いけど、ふわふわしたハンペンは東京に来るまで食べたことがなかったという。大阪でいう「ハンペン」は東京のサツマ揚げで、同じものをぼくの故郷では「天ぷら」と呼んでいたのだった。

ノーパン喫茶のことは、カラスはなにも話さなかったし、ぼくも訊《き》かなかった。何人ものウェイトレスの、パンストの布地に押しつぶされた黒い茂みが、瞼《まぶた》の裏にまだ焼きついている。ビニ本や自販機本にだって陰毛が透けて見える写真はいくらでもあるが、やはり「生」とは違う。蒸れた汗のにおいや、肌のやわらかさが、実際に嗅《か》いだり触ったりしなくても、そこにたしかにあった。

カラスはホッピーを、ぼくはレモンサワーを、何杯も飲んだ。ときどき座敷のほうから「一気！　一気！」のかけ声が聞こえる。カウンターでサラリーマンと飲んでいたOLが、危なっかしい足取りでトイレにたったきり戻ってこない。連れの男が心配して店員に事情を話すと、ほどなく彼女は店員に両肩を支えられてトイレから出てきた。「あーあ、今夜はでけんなあ、あの二人」とカラスはおかしそうに言った。ククッと笑った拍子に、テーブルについた頬づえから細い顎《あご》が滑り落ちかける。飲みすぎだ、みんな。体が揺れている。しゃべる声がもつれる。ぼくの目や耳がおかしくなっているのかもしれないけれど。

ラストオーダーを取りにきた店員に、カラスはホッピーをもう一杯頼んだ。もうほとんど手つかずになったぼくのジョッキをちらりと見て、腕時計に目を移し、「あと六時間や」とひとりごちた。

朝九時ちょうどの新幹線に乗るのだという。アパートには帰らず、このまま東京駅に向かう。一人暮らしだったのかどうかは知らない。二年間の東京暮らしのことは「なーんもええことなかった」と言うだけで、ぼくがなにを訊いても答えてくれなかった。

新しいホッピーが届くと、カラスは自分のジョッキをテーブルに置いたままのぼくのジョッキに軽くぶつけて、言った。

「あのな、先輩としてええこと教えといたるな。家を出るときには、ほんまは理由いらんねん。子ォが親元出ていくんは、あったりまえのことや。田舎より東京のほうがおもろい、それもあったりまえや。ほんまに理由がいるんは、帰るとっきゃねん、そこがきちっと決まっとらんと、ずうっと後悔したままやねん」

わかるような気がする。

だが、「わかる」と答えるのは、カラスに――彼女がこの街で過ごした二年間に、申し訳ないような気もした。

カラスはホッピーを一口飲んで、テーブルに頬づえをつき直した。

「うち、なーんで東京来たんやろなあ……」

たったいま、理由はいらないと言ったばかりなのに。

「なーんで帰るんやろなあ……」

遠い目をして言う。

それでも、ぼくが「後悔しそう？」と訊くと、笑いながら首を横に振った。

だよな、そうでなくちゃな、と笑い返して、ぼくは言った。

「オレさ、今日っていうか、もう昨日なんだけど、誕生日だったんだ」

「ほんま？　なんぼの？」

「十九」

「ウチも来月、十九。タメ歳《どし》やね」

「オレのほうがぜんぜんガキだけどさ」

「なァん、そしたら、うちオバン？　なんやねんそれ、好かんこと言うなあ」

唇をツンととがらせたら、今度は頬づえの肘《ひじ》ごとテーブルから落ちそうになった。

「あかん、もう限界やわ、お酒」

つぶやいて、また腕時計に目をやって、顔を上げる。

「なあ、牛丼《ぎゅうどん》、食べに行こか」

「オレ、もう腹一杯だけど……」

「ええやん、お新香でもかじっとき」

壁に手をついて立ち上がったカラスは、少し疲れた顔で言った。

「あと五時間三十五分や」

外に出ると、もう空は白みかけていた。

カラスは先に立って歩きながら、『セプテンバー』をハミングで口ずさんだ。

八月はあと二日で終わる。あさっての朝には、カラスは通勤電車に揺られるＯＬになる。そんなのぜんぜん似合わないような、意外と似合うような、よくわからない。

確かなことはただひとつ——ぼくたちは、もう二度と会うことはないだろう。

『吉野家』で牛丼を食べた。カラスは紅しょうがを山盛りで丼《どんぶり》にとって、「口の中がスースーするのが好っきゃねん」とご飯粒を唇の横につけた顔を嬉《うれ》しそうにほころばせた。

ぼくはお新香をかじりながら、酔いと眠気で焦点の合わないまなざしで、他の客をぼんやりと眺めた。ネクタイをはずした赤ら顔のサラリーマンを見ても、いつもとは違って、いやな気分にはならない。感動とまでは言わないけれど、なにか、胸が締めつけられるような、瞼の裏側が熱くなるような……カラスが言っていた「せつない」という感じは、こんなふうなのかもしれない。

カウンターの端の席では、ツッパリのカップルが遊び疲れた顔で牛丼をかきこんでいた。男のリーゼントはトサカがひしゃげて、紫のシャドウを入れた女の顔も化粧が落ちかけていたが、七味とうがらしをかわるがわる丼に振りかける二人は、なんだかすごく幸せそうに見えた。

店を出て、ひとけのない通りをしばらく歩き、最初の交差点でカラスは立ち止まった。

「ほな、ここで。もう電車、動いとるやろ」

カラスが「うち、あっちに行くさかい」と指さしたのは、駅とは反対の方角だった。どこに行くのか、訊かなかった。たとえ訊いても教えてくれないことがわかっていたから、未練がましく思われるのがいやで、バーイ、と軽く手を振っただけで歩きだした。

何歩か進んだところで、「誕生日のプレゼント、忘れとった」と呼び止められた。

振り返ると、カラスはぼくの正面に立って、ミニスカートの前を両手でめくりあげていた。

脚の付け根に、茂みがあった。

パンティーとパンストは膝《ひざ》までおりていた。

目をそらせなかった。茂みは、黒というより栗色《くりいろ》。かすかに揺らいでいるように見えた。興奮はしない。ただ、山道を抜けて不意に目の前に海が広がったときのように、唖《あ》然《ぜん》として、呆然《ぼうぜん》として、そして……感動した。きれいだった。ほんとうに。

カラスはパンティーとパンストを穿《は》き直して、「男に毛ェ見せるん、これでしまいや」と笑った。ぼくも笑った。それ以外になにをどう返せばいいのかわからなかった。

「がんばりや。東京な、ごっつおもろい街やねんから、ほんま、がんばって」

言葉の途中で、カラスはまた歩きだした。「元気でな！」と半分だけこっちを向いて、ジャンプして手を振って、それきり、もう後ろは振り向かなかった。

ぼくも駅に向かって歩く。一人になって気づいた、明け方の街は、もう夏の盛りほど暑くない。

さっきのカラスを真似《まね》て、『セプテンバー』を口笛で吹いた。

一九八一年の夏が、もうすぐ終わる。

ぼくの十九歳の日々は、始まったばかりだった。

そして、始まりと終わりがくっついた夜が、明ける。

＊

トーストの焼ける香りが、リビングダイニングに漂う。

「パパ、ほんとにプール行けるの？　酔っぱらい運転にならない？」

責めるように訊く長女に、「だいじょうぶさ、ビールだけなんだから」と三十七歳になりたてのぼくは返す。

一九九九年の夏——あれから十八年後の、今年もやはり暑かった、夏。

次女は「まだあ？　まだあ？」と繰り返しながら水着の入ったビニールバッグを振り回し、ぼくはソファーに座って朝刊をめくり、妻にいれてもらったアイスコーヒーを酔いざましに啜《すす》る。

出会いとも別れとも呼べないカラスとの一夜が、ゆっくりと記憶の奥深くに沈んでいく。

大学の仲間たちとは週明けの月曜日に会った。みんな、ぼくがディスコから一人で抜け出したことを怒っていたが、カラスのことをかいつまんで話すと、今度はあきれて笑った。

「それ、客引きだよ、だまされたんだよ」と言われ、「そのノーパン喫茶に行ってみろよ、ぜったいにいるから」とも言われた。

ぼくは「いいよ、もう」と苦笑いでかわすだけだった。

どっちだろうとかまわない。いまでも、その思いは変わらない。

ぼくは、カラスにとって「なーんもええことなかった」東京で大学時代を過ごし、就職をして、家庭をつくった。「ええこと」があったのかどうか、今後あるのかどうか、なにもわからないけれど、これからもおそらく東京で生きるだろう。

結婚前は性風俗の店にもときどき出かけた。ノーパン喫茶は大学生のうちにすっかりすたれてしまったが、いままで陰毛を見た女性は十人や二十人ではきかないだろう。それでも、カラスのあの栗色の茂みほど美しいものはなかった。

明け方まで酒を飲んだことは、子供ができてからは一度もない。そんな体力もなくなったし、タクシー代を倹約して終バスで帰宅するには、新宿を九時半には出なければならない。

サラリーマン生活は十五年になる。結婚して、十年。「幸せか不幸せか」という二者択一を迫られたら、「幸せ」のほうに手を挙げるつもりだ。手を下ろしたあと、理由のはっきりしない苦笑いが浮かぶだろう。「元気?」と訊かれたら、たぶん、同じ笑顔でうなずく。

カラスも、もうすぐ三十七歳になるはずだ。結婚しているだろうか。子供はどうだろう。幸せでいてくれればいいな、と思う。そうでなくても、元気で。

「パパ、早く行こうよ」

長女がせかす。次女は早くも浮き輪をママにふくらませてもらった。

「よーし、行こう」

ぼくはソファーから立ち上がる。

玄関を出て、エレベータホールまで廊下を娘たちとかけっこしながら、『セプテンバー』のメロディーを頭の中に浮かべてみた。

懐《なつ》かしい歌は、いまはもうほとんど思いだせなかった。

寂しさ霜降り

五月のカレンダーを勢いよく破り捨てると、全身に力がみなぎってきた。壁に掛けた、買ったばかりの今年の新作水着を見ると、両肩がキュッとすぼまる。アースカラーの、無地の水着にした。ビキニ。パレオ、なし。シンプルそのものの、だからこそごまかしの利《き》かないやつを、あえて選んだ。

「六月いっぱいで勝負つけるから」

つぶやいて、カレンダーの日付の〈30〉をにらみつけた。

「目標は?」と後ろからおねえちゃんの声がする。笑いをこらえているのがわかる。言葉がはっきりとしないのは、カステラを頬張ってるせいだろう、たぶん。

「体重五キロ、ウエスト三センチ」

わたしはカレンダーから目を離さず、きっぱりと言った。

吹き出す笑い声を背中にぶつけられた。追いかけて、「あんまり無理しないほうがいいんじゃない?」という声も。

振り向かない。カレンダーの絵のほう——石畳の路地を駆けるタンタンに目を移して、自分自身に宣言するつもりで言った。

「一カ月あればできる」

「そりゃあできるかもしれないけどさあ、そこまでしなくていいんじゃない？　ぜんぜん太ってないんだから」

「そんなことないよ。おなかとか、たぷたぷしちゃってるもん」

「それくらい脂肪ついてないと、おなか冷えちゃうよ」

思いつきの、いいかげんなことばかり言うひとだ。

こっちが張り切ってるときにかぎって、水を差すひとでもある。

そして、努力とか自己実現とかにはまったく無縁のひと。

「あたしは、いまのままの彩香《あやか》でいいと思うけどなあ」

「おねえちゃんに『いい』って思われてもしょうがないんだよ」

「じゃあ、なに？　カツトシがもっとやせろって言ってんの？」

「なんで言われなきゃいけないのよ、あんなのに」

ムカッときて、手に持ったままだった五月のカレンダーをくしゃくしゃに丸めた。カフェでお茶するタンタンの絵が素敵で、カッターで切り取っておこうと思っていたんだけど、ま、もう、いいや。

こういうときにカツトシの名前を出されると腹が立つ。それがおねえちゃんの口からだったら、なおさら。

「ねえ、彩香」もごもごした声になった。「最近トウガラシでダイエットするのが流行《はや》ってるんだって？」

「そうだよ」またカステラ頰張ったな、おねえちゃん。「どうでもいいけど、もの食べながらしゃべるのやめない？」

「あ、ごめんごめん」

喉《のど》を鳴らしてコーラを飲んで、派手なゲップをひとつ。コーラ&カステラ。寝る前の小腹しのぎに食べるものじゃないぞ、こんなの。

「で、さあ、彩香って体の中にトウガラシ植わってるようなものじゃない？　いまみたくカッカして怒ってれば、自然にやせたりして」

自信作のギャグだったのか、おねえちゃんは自分で言って、自分で大笑いして、またゲップをした。

うんざり、だ。

振り向いちゃうぞ、もう。

反面教師にしちゃうぞ、おねえちゃんのこと「悪い例」にして、ダイエットの決意を一気に固めちゃうぞ。

振り向いた。

ダイニングテーブルにおねえちゃんがいる。

身長百五十六センチ、体重九十二キロの、肉と脂肪のかたまりが、お皿に残ったカステラの最後の一切れに手を伸ばしている。

こんなになったら人間おしまいだ。ぜったい、おねえちゃんみたいにはならない。なってたまるか。なにがあっても。

背筋にピーンと決意の芯《しん》が通った。

おねえちゃんは、ソバージュの長い髪を片手で押さえ、頬にめり込むメガネの奥で目を細めて、幸せそのものの顔でカステラを食べている。

それを見ていると、わたしは逆に泣きたいような気分になってしまう。

おねえちゃんは、どうしてこんなになっちゃったんだろう……。

いま、おねえちゃんは二十四歳で、わたしは十八歳。姉妹二人きりの暮らしは三カ月めに入った。

仲良し——とは思わない。おねえちゃんはのんきに「そう?」なんて言うかもしれないけど、わたしはカリカリしどおしだ。おねえちゃんのつまらないギャグに乗っかるのは悔しいけど、たしかにいつもおなかの中にトウガラシが詰まってる感じがする。

「ここが気に入らない」「あそこがいやだ」というんじゃない。

そういう理由がないから、キツい。

おねえちゃんというひと、そのものが、いや。

どんどんいやになっていく。

おねえちゃんが高校に入った頃から、ずっと。

*

「無理してやせることないんじゃねーの？　いまでも楽勝で細いじゃん」

わたしのダイエット計画を聞いたカツトシは、おねえちゃんと同じことを同じような口調で言った。違いといえば、頬張ってるのがマックのダブルバーガーになってるぐらいのものだ。

「あんまりやせると、冬場、風邪ひいちゃったりして」

カツトシはそう言って、喉に詰まりかけたハンバーガーをマックシェイクでおなかに流し込んだ。

おねえちゃんとカツトシは似てる。イトコだからあたりまえかもしれないし、ひょろっとしたカツトシの体の横幅はおねえちゃんの半分ほどしかないけど、いつも思う、あんたとおねえちゃん、一卵性イトコだよ。

「あんたねえ、ほんと、発想がガキだよね。ガキっていうか、イージーだよ、惰性の発想だよ、わかる？」

おねえちゃんに言えなかった言葉を、カツトシにぶつけてやった。

カツトシはぽかんとした顔で、わかってもいないくせに小さくうなずく。こういうところがあたしをいらだたせるんだ、カツトシも、おねえちゃんも。

「太いからやせなきゃいけないとか、スリムだったらやせなくていいとか、そんなのじゃないの」

「はあ？」

「自分で目標をたてて、そこに向かって努力するっていうのがたいせつなのよ」

「……ふうん」

「受験だって同じでしょ」

「ひええーっ、そこにオチが来ちゃうわけ？」

もう十八なんだから、ハ行でリアクションするなよなあ。

「マケトシには一生わかんないと思うけどね」とわたしは言った。

「その呼び方やめろっつってんじゃんよ」

カツトシは舌を打って、ポテトを煙草《たばこ》みたいにくわえた。

でも、こいつ、「勝利」なんて完全に名前負け。高校受験は第一志望の県立を落っこちたし、大学受験も滑り止めまで全滅。いちおうキムタクかソリマチ意識してロン毛に日焼け入れてるけど、ルックスがよくないぶんかえってみじめだし、スポーツも苦手、歌もへた、オタクになってなにかをきわめる根気もなけりゃ、ストーカーになるほどの熱意もない。ついでに予備校の奨学生試験にも落っこちたし、格安の寮の抽選にもはずれた。なにをやっても負けっぱなしのマケトシ、だ。

カツトシはくわえたポテトを、手を使わずに口だけで食べていく。鳥みたいだ。しつけがなってない。一人息子で、叔母さんにべた可愛《かわい》がりされてるもんな、こいつ。浪人が確定した春休みに自動車学校に通わせてもらえたなんて、幸せっていうか、ばか。

「でさあ、話って、なに?」

わたしは腕時計に目をやって訊《き》いた。

「うん……」カツトシは指についたポテトの塩をこすり落として、窓ガラス越しに夕暮れの街に目をやった。「そうなんだよなあ」

ひとごとみたく言うなよな、自分で呼び出しといて。

「忙しいんだけど」ポテトを食べたいのを、こらえて。「早くしてくれない?」

「うん……あのさ……」

開きかけた口が、ため息といっしょに閉じる。目をそらしながら「やっぱ、ミーちゃんもいたほうがいいかなあ」とつぶやいて、マックシェイクを一口。

ミーちゃん——おねえちゃんのことだ。美津子《みつこ》だからミーちゃん。十八にもなって、二十四のオンナをガキの頃のあだ名で呼ぶなよなあ、マケトシ。

「だったら、ゆうべのうちに電話でそう言えばいいじゃん」

「いや、だからさ、ゆうべはアヤ一人のほうがいいと思ったんだよ。けっこー悩んで、そのほうがいいと思ったんだけどさあ……」

「やっぱ、おねえちゃんもいたほうがいい、って？」

「かもしれない」

「なんなの、それ」

「ちょっとさ、マジ、オレにもどうしたらいいかわかんないんだよね、この話」

もったいをつけてるわけじゃなさそうだ。もともと優柔不断ではあるけど、ひとを呼びつけておいて話をはぐらかすほど、性格がゆがんだ奴《やつ》じゃない。

だから、よけいイライラしてくる。おなかの中にトウガラシがすり込まれていく感じだ。ついポテトに伸びそうになった手を、あわててひっこめた。ミルクもガムシロップも入ってないアイスコーヒーを啜《すす》って、苦みに顔をしかめた。

「どうするの、決めちゃってよ。あんたもこんなところでまったりしてられるような立場じゃないでしょ」

とがった声になった。予備校生にとっていちばん傷つく言葉を、わざと選んだ。やつあたり。認める。ダイエットを始めて一週間、カンシャクの導火線がどんどん短くなっていくのがわかる。

カットシはうつむいていた顔を上げて、「ちょっと話、変わるけどさ」と言った。

「変えなくていいって」

「いや、まあ、本筋と関係あるっていえばある話なんだよ」

「……じゃあいいよ、なに？」

「ダイエット、アヤだけなの？　ミーちゃんはやってないわけ？」

思わず笑ってしまった。

カットシも「だよなあ」と苦笑いを浮かべかけたけど、すぐに真顔に戻った。

「ミーちゃん、ぜったいダイエットやらないかなあ」

「そんなの無理に決まってるじゃん。『がまん』とか『忍耐』とか、ぜんぜんできないひとなんだから」

「やらせるのって、不可能？」

ギャグじゃないな、この顔も、声も。

わたしはテーブルに身を乗りだして「どういうこと？」と訊いた。

カットシもハラをくくったのか、もう目はそらさなかった。

「伯父さんのことなんだよ」

相槌《あいづち》をうつタイミングを逃した。カットシの伯父さん——つまり、わたしの、そして
おねえちゃんの父親。

ふうん、と笑ってみせた。頰はあまりうまくゆるまなかったけど。

「あのひとが、どうかしたわけ？」

悔しい。声がうわずった。

わたしは咳払《せきばら》いでおなかに力を入れて、えいやっ、と素早い手つきでポテトを一本だけ口に放り込んだ。

掟破《おきてやぶ》りも、やむなし。すきっぱらで話を聞くと胃けいれんを起こしそうな、そういうひとなのだ、おとうさんは。

あらためて、わたしは言った。

「まさか、あのひと、死んじゃったとか？」

ニコッ——心の中で擬音をつけて、だいじょうぶ、今度はちゃんと笑えたはずだ。

でも、カットシは笑い返してくれなかった。残り少なくなったシェイクをストローを鳴らして啜り、メロンのにおいのする息を深々とついて、「近いよ」と言った。

*

「おとうさん」が「あのひと」に変わったのは、わたしが小学三年生だった年の秋のことだ。おねえちゃんは中学三年生で、両親はどちらも四十歳になるかならないかの頃。

　もう何年も開いていない家族アルバムには、その年の夏休みに一家で出かけた海水浴の写真が貼《は》ってある。

　海パン姿のおとうさんと水着の上にパーカを羽織ったおかあさんが両脇《りょうわき》に立って、おかあさんの隣にわたし、おとうさんの隣におねえちゃん。おねえちゃんの体は、まるで別人のように細い。紺色のスクール水着のストラップがちょっとたるんで、顎《あご》はとがって、左右の太ももをくっつけても隙間《すきま》がちゃんとあって、肩には鎖骨まで浮いている。

　セルフタイマーだったっけ、通りがかったひとにシャッターを押してもらったんだっけ、細かいところは忘れてしまったけど、とにかく四人とも楽しそうに、幸せそうに笑っている。これが家族で撮る最後の写真だなんて夢にも思わず……いや、もう、おとうさんは考えていたのかもしれない。

　二学期が始まって間もない頃から、おとうさんの帰りが遅くなった。いままでは夕食を家族そろって食べるのがあたりまえだったのに、わたしが布団《ふとん》に入る頃になっても帰宅していないことが増えた。日曜日にも、朝寝坊して居間に顔を出すと、もうおとうさんはいない。おかあさんは「ゴルフに行っちゃった」と言ってたけど、いま、思う、土曜日の夜に帰ってこなかったことも多かったんだろうな。

やがて、夜中に両親の言い争う声が聞こえてくるようになった。布団を頭からかぶって耳をそばだてると、おかあさんの声ばかり飛び込んできた。怒って、泣いて、おとうさんを責めて、ののしっていた。おとうさんはたいがい黙り込んでいた。たまに聞こえるのは、「すまん」と繰り返す声だけだった。

なにかおかしい——。

子供ごころにもそう感じて、感じていたからこそ、家族の誰にもいきさつを訊けなかった。

そんな状態のまま、季節は秋から冬に移り変わり、そろそろクリスマスプレゼントのリクエストを考える時期になった。

でも、おとうさんもおかあさんもいつもの年と違っておねだりしづらい雰囲気で、困ったなあと思っていたら、何日かおとうさんの顔を見ない日がつづいて、おかあさんはクリスマスにはまだ早いのにわたしにオモチャを買ってくれて、そして「おとうさんとおかあさん、離婚したの」と告げたのだけど、わたしは買ってもらったオモチャが欲しかったものと違っていたことのほうがショックで、だからポロポロと涙が出てきて、勘違いしたおかあさんも「悔しいねえ、悔しいねえ」と泣きくずれたのだった。

日本語、ヘンかな。

まあ、それくらい頭が混乱しちゃったんだ、ってことで。

離婚の原因は、おとうさんの不倫だった。

何年もつづいていたらしい。

不倫相手が妊娠して、堕《お》ろせだの産むだの、認知しろだのしないだの、さんざんもめたすえ、おとうさんはおかあさんとおねえちゃんとわたしを捨てて、不倫相手と新しい家庭をつくることを選んだ。

言ってみれば、「できちゃった離婚」。

ひどい話だ。許せない。離婚よりも、むしろそれ以前の日々——なにくわぬ顔をして不倫をつづけていたことが。わたしたちをだましつづけていたということが。

離婚後は、あのひとには一度も会っていない。小学校を卒業するまでは、おかあさんの意地で。中学生になってからは、わたし自身の意志で。

養育費の振り込みだけの親子だ。それでいい。あのひとの親戚《しんせき》で離婚後も付き合っているのはカツトシの一家だけで、ときたま叔母さんやカツトシからあのひとの近況を聞くことはあったけど、そんなの、どっかの他人の話と同じだ。

というより、はっきり言えば、他人以下。

死んじゃえばいい、と思っていた。

死ねよバーカ、とも。

十年以上たったいまでも、その気持ちは変わらない。もしも、あのひとがドブ川で溺《おぼ》れそうになっているところに通りがかったら、誓ってもいい、わたしは助けない。竹竿《たけざお》でつっついて、沈めてやる。

でも、あのひとは、とことんまでずるい。

ガンだってさ。

余命三カ月なんだ、ってさ。

告知もされて、覚悟もできて、それで、死ぬ前に一目でいいから、自分がかつて捨てた娘たちに会いたい、ってさ。

竹竿持って行ってやろうか、なんてさ。

日本語が、またヘンになった。

お見舞いに来る気になったらすぐ教えてほしい、と叔母さん——あのひとの妹は、カツトシに伝言していた。

「おふくろは、できれば来てほしいって言ってたけど……」

カツトシは歯切れ悪く言って、もっとくぐもった声で「オレ、伯父さんの気持ちもわかるけどな」と付け加えた。

わたしだって、わかる。

でも、わかることと、それに応《こた》えられることとは、違う。

結論の出ないまま、カツトシと別れた。

けっきょく、箱に入っていたポテトをあらかた食べてしまった。ダイエット計画、ぶち壊しだ。せっかく予定どおり一週間で一キロやせたのに。

「頼むぜ、ミーちゃんに訊いといてくれよ」とカツトシは店を出てからもしつこく念を押していた。

「たぶん『行かない』ってなると思うけどね」とわたしが言うと、あいつもそれは覚悟してるんだろう、半分あきらめ顔で「訊くだけ訊いてくれればいいから」と返した。

「被害者なんだもん、おねえちゃん」

「……だよな」

カツトシは、寂しそうに笑った。

＊

両親の仲がおかしくなってから離婚するまで、おねえちゃんはいろんなことを背負ってきた。

おとうさんはずるいひとだったけど、おかあさんは弱いひとだった。オトナの世界のぐちゃぐちゃしたことを自分一人の胸におさめておくことのできない、『おもいッきりテレビ』でみのもんたに電話をかけてくるような、ああいうタイプのおばちゃん。

おねえちゃんは、おとうさんの不倫のことをぜんぶおかあさんから聞かされていた。「おとうさんにオンナがいるみたいなの」から始まって、離婚後の引っ越し先をどこにするかまで、とにかくぜんぶ。おかあさんは「相談」と言ってるけど、どうせほとんどはグチや泣き言やおとうさんの悪口だったはずだ。

信じられない。

おねえちゃんはまだ中学三年生だったんだよ？

多感な思春期で、しかも高校受験の追い込みの時期だったんだよ？

まともな親なら、相談しなくちゃいけないことだって、グッとこらえて黙ってるものじゃないの？

しかも悪いことに、おねえちゃんはダメな両親のぶんも誠実で強いひとだった。成績優秀、品行方正、スポーツ万能。歳《とし》が六つも離れているぶん、妹のわたしから見ると手の届かないような憧《あこが》れのおねえさまだった。で、ついでに言っとくと、本人は認めないと思うけど、カツトシの初恋の相手って、おねえちゃん。

そんなおねえちゃんだから、おかあさんが預けてくる重苦しい厄介事をきちんと受け止めてあげた。真夜中の夫婦ゲンカの仲裁をしたことも何度もあったらしいし、ぐでんぐでんに酔っぱらって帰ってきたおとうさんの面倒まで、ふて寝したままのおかあさんに代わって見てあげたんだという。

偉いよ。ほんとうに、尊敬する。ガキんちょだった自分が情けなくなるぐらい。

でも、その反動は思いがけない時期に、思いがけないかたちであらわれた。

年明けからの母娘三人の生活にも慣れて、めでたく第一志望の県立高校に入学した頃から、おねえちゃんは「おなかすいた」を連発するようになった。食欲もハンパじゃない。起きている間じゅう口を動かしているようなありさまだった。

五十キロそこそこだった体重は夏までに六十キロを超えて、やがて七十キロの大台も突破。高校のセーラー服を一年生のうちに二度も仕立て直すほどのペースだった。

異常な食欲は二年生に進級する頃にはおさまったけど、体重はすでに九十キロを超えてしまい、いまに至るまで、そのまま。

体重が増えるのに比例して、きちょうめんで生真面目《きまじめ》だった性格が、どんどんずぼらでいいかげんになっていった。「そんなの、どうでもいいよ」が口癖になって、なにをするにもおっくうがるようになって、寛大でおおらかと言えば聞こえがいいけど、ひとつのことに真剣に打ち込むということがなくなった。

成績も、ほとんどフリーフォールじゃないかというぐらい急降下した。入学式では新入生総代で挨拶《あいさつ》もしたのに、試験を受けるたびに順位が下がって、一年生の終わりには追試を四科目も受けた。二年生からぎりぎりセーフで三年生に進級すると、早々に進路を就職コースに決めた。成績はヤバくても、慰謝料の貯金もあるし、養育費も月々きちんと振り込まれていたから、高望みさえしなければ大学にじゅうぶん通えたのに、「そんなの、どうでもいいよ」。就職先を決めるときも、「そんなの、どうでもいいよ」。そのくせ、故郷を出て東京で一人暮らしをすることには、こだわった。そこにかんしては、おかあさんがどんなに反対しても聞き入れなかった。

ムジュン——とは思わない、わたしは。

これが、自分を壊してしまった両親に対する、おねえちゃんなりの復讐《ふくしゅう》なんだという気がする。

わたしは、まるでおねえちゃんからバトンをもらったみたいに、両親が離婚してからきちょうめんで生真面目な性格になった。そのぶん怒りっぽくなって、ずるいひとや弱いひとやいいかげんなひとが許せなくなった。おとうさんのことはもちろん、おかあさんのことも、それから、太ってしまってからのおねえちゃんのことも、大っ嫌いだった。

おかあさんは、わたしがおねえちゃんと同じ高校に入学した年に再婚した。新しい父親は、弱いひとの連れ合いにふさわしい、優しいけどおもしろみのないひとだった。その頃から、わたしの当面の夢は、「家を出る」ということになった。

この春、高校を学年ベスト5の成績で卒業して、中学時代のおねえちゃんが憧れていた東京の私大の法学部に入学した。復讐とまでは言わないけど、わたしなりに落とし前をつけたつもりだ。

でも、ひとつだけ、小学三年生までの自分が残っているところがある。おねえちゃんと二人で暮らしたかった。そばにいて、少しでも昔のおねえちゃんの面影を見つけて、できればあの頃のおねえちゃんに戻ってもらいたかった。

その夢は、同居を始めて二カ月で、粉々に砕けてしまったけど。


とにかく、悪いのは、あのひと。おかあさんも共犯かもしれないけど、主犯は、ぜったいに、あのひと。

痛みがわからなくなるほどの深い傷を負ってしまったおねえちゃんは、「関係ないよ」と笑って、「そんなの、どうでもいいよ」と付け加えるかもしれない。

でも、わたしはあのひとを許さない。

おねえちゃんだって、心の奥底ではわたしと同じように思ってるはずだ。

なぜって、四月から二人でいろんなおしゃべりをしてきたけど、家族が四人だった頃の思い出話をおねえちゃんが自分から振ってきたことは、ただの一度もないんだから。

あのひとへの復讐の手口は、二つ、ある。

一つは、このまま会いに行かないこと。あのひとは娘たちを見捨てた罪を背負ったまま死んじゃうわけだ。

もう一つは、いまのおねえちゃんを見せること。びっくりするだろうな。なにしろ、別れた頃より体重が倍になってるんだから。性格も別人みたいになっちゃったんだから。はっきり言って、ガン細胞に任せるよりこっちのほうが早く死ねるんじゃないかと思う。

おねえちゃんは、どっちを選ぶんだろう。

できれば、二つめのほうを選んでくれればいい。

ずるくて身勝手なあのひとのことだ、わたしたちが会いに行かないままなら、「美津子も彩香も元気でやってるんだろうな」なんてずうずうしいことを考えるかもしれないし、叔母さんも調子を合わせて「そうよ、二人とも幸せに暮らしてるから、安心して」と言いかねない。安らかになんか死なせるもんか。

おねえちゃんが「行く」と答えてくれれば、もちろんわたしも付き合う。変わり果てたおねえちゃんを見てショックを受けるあのひとの様子を、じいっと、薄笑いを浮かべて眺めてやる。

それ、いいな。

すごくいいよ、最高の復讐。

記憶に残る最後のあのひとの顔を思い浮かべてみた。そこに九年ぶんの年月を足して、面やつれしたぶんを引いてみる。

うまくイメージできない。

やっぱり、じっさいに会ってみないと。

九年ぶりに。

たぶん、最後になるはずの。

あのひと、泣くかな。

わかんないけど。

会いたい……なあ……。

カットシから聞いたその日のうちに、おねえちゃんに話した。ダイエット特集の載っている雑誌をぱらぱらめくりながら、なるべく軽く、笑い話をするように、しゃべれたはずだ。

おねえちゃんも、それほど驚いた様子は見せなかった。相槌《あいづち》を打つ口元からは、おなじみの「そんなの、どうでもいいよ」というつぶやきがこぼれ落ちてきそうだった。

でも、それはいつものことだ。太ってしまってからのおねえちゃんは、表情が乏しくなった。笑っているときは「あ、笑顔だ」とわかるけど、それ以外の微妙な表情は、顔の肉を動かすのがおっくうなのか、動かしているつもりでも肉が重すぎるのか、ほとんどわからない。もしかしたら、そういう細かい感情じたいなくしてしまったのかもしれない。

話を終えたわたしは、どっちでもいいけどね、という声になるよう喉《のど》の動きに注意して言った。

「おねえちゃんは、どうする?」

返事はなかった。表情の変化もなし。ただ、メガネの奥の細い目が壁のカレンダーに向いた。

「余命三カ月って言ってたからさあ……」黙っているのが気詰まりだった。「夏の終わり頃にアウトって感じかもね」

返事は、というより反応が、ない。

「バチがあたったんだね、あのひと」

まだ、だめ。

「生命保険の受取人って、やっぱりあっちの家族なのかなあ。おねえちゃんとわたしになってたら、ちょっとだけ見直してあげてもいいけどね」

カレンダーを見たまま、カンペキ、無視。

じっと考え込んでる？　わからない。

迷ってる？　わからない。

悲しんでる？　ぜんぜん、わからない。

わたしは深呼吸して、おなかをさすった。みぞおちのあたりが熱い。トウガラシ、ほんとうに植わってるのかもしれない。

「おねえちゃんってば！」

金切り声になった。みぞおちの熱さが、喉のほうまでのぼってきた。

おねえちゃんは、やっと目をわたしに戻した。

違う——わたしじゃなくて、わたしが手に持ってる雑誌だ。まなざしと表情が強くなった。感情が、たしかにある。いや、もっと強い、意志のような。

「……どうしたの？　おねえちゃん」

頬と顎《あご》の肉に挟まれていつも窮屈そうな口が、小さく動いた。

ほとんど息だけの声で、おねえちゃんは言った。

や・せ・る。

丸太ん棒のような腕が伸びて、わたしの手から雑誌を奪い取った。

巻頭のダイエット特集の扉ページを開き、レオタード姿でエアロビクスをしてるモデルさんの笑顔を食い入るように見つめて、もう一度、口が動いた。

「わたし、やせるから……やせるから……」

声のしっぽが、か細く震えていた。

＊

昔──まだ家族が四人だった頃、一家が二対二に分かれるときのペアはいつも決まっていた。

おとうさんとおねえちゃん組と、おかあさんとわたし組。遊園地でジェットコースターに乗るときも、ファミレスのテーブルでも、おねえちゃんとわたしの運動会の日程がかちあったときも、とにかくいつも、ぜったい、この組み合わせだった。

「べつに話し合って決めたわけじゃないのに、自然とそうなっちゃうんだよね」

エレベータの前でスポーツ用品売り場のフロアを確かめながら、わたしは言った。

「わたしとおとうさんがツーショットでなにかしたことなんて、ほとんどないもん」とつづけて振り向くと、まだ梅雨入りしたばかりなのにタンクトップを着てきたカットシは、こっちも気の早いデパートの冷房に身震いしながら「ミーちゃんって、伯父さん似だもんな」と言った。

「そう？」

「うん、うちのおふくろも言ってる。大きくなってからはそうでもなくなったけど、幼稚園ぐらいの頃は、マジそっくりだったって」

わたしの生まれる前のことだ。そんなの知らない。だいいち、いま気づいてガクゼンとしたけど、わたしが十八年間見てきたおねえちゃんは、やせていた頃と太ってしまった頃がもうすぐ半々になる。

シースルーのエレベータに乗り込んだ。平日の昼下がりのデパートは思いっきり空《す》いていて、エレベータにも先客はいなかった。

カツトシは七階のボタンを押して、「で、どうなの、ミーちゃん」と訊《き》いてきた。

「がんばってるよ。お菓子やめて、ごはんも茶碗《ちゃわん》半分にして、三日で二キロやせた」

「いいペースじゃん、すげえな」

「ってさあ、九十二キロが九十キロになっただけだよ？　まだ大相撲の新弟子検査、楽勝で合格しちゃうんだから」

「目標は？」

「五十一キロ」

「マジィ？」

声が裏返る。おねえちゃんからその数字を聞かされたときのわたしと同じリアクションだ。

「なあ、アヤ、それって夢っていうか、憧れっていうか、そうなればいいなあっていう目標なんだよな？」

残念ながら——「目標」っていうより、「ノルマ」と言い換えたほうがいいかも。「強制労働」とか「悪徳マルチ商法」なんていう言葉もついでに浮かんだりして。

「……信じられねえよ」

「しょうがないじゃん、中三の頃の体重がそれなんだから」

「つったってさあ、むちゃだろ、いくらなんでも」

わたしは苦笑交じりにうなずいた。おとうさんの余命三カ月のうちに四十キロ以上やせる——月々十三キロ強、一日に四百数十グラムのペースだ。ミニペット一本ぶんぐらいだよ？　おまけに、この九年間、忍耐や努力に背を向けて生きてきたおねえちゃんだよ？

できるわけない。賭《か》けてもいい。そこが救いといえば救いだ。

でも、スポーツ用品コーナーでダンベルとサウナスーツと足踏みマシンを選んでいる間も、カツトシは真剣におねえちゃんの体を心配していた。

「心配だよなあ、よくあるじゃん、ダイエット死とか。ミーちゃん、だいじょうぶなのかなあ」

マケトシ、あんた、初恋のおねーさんのことを買いかぶりすぎ。

もって一週間というところだろう、とわたしはにらんでいる。空腹と筋肉痛に耐えきれず、「もういいやあ、どうでもいいよ」と買い置きのカップヌードルにお湯を注ぐおねえちゃんの姿が、リアルに想像できる。だからこそ安心して、昼間は会社のおねえちゃんの代理で、荷物運びのカットシのぶんもバイト代をせしめて、こうしてダイエットグッズを買いにきたのだ。

わたしはダンベルを持った手を軽く屈伸させながら言った。

「おとうさんのお見舞い、たぶん行かないと思うよ、おねえちゃん。叔母さんにも伝言しといて」

「まだわかんねえだろ。勝手に決めんなよ」

お試し用の足踏みマシンに乗ったカットシは不服そうに言った。

「だって、わかるもん。おねえちゃん、ぜったいにダイエット挫《ざ》折《せつ》しちゃうし、デブのまんまでおとうさんに会うほど残酷じゃないみたいだし」

理屈はきれいに通っている。

でも、カットシは納得しきらない顔で、おいっちに、おいっちに、と足踏みしながら言った。

「じゃあさあ、アヤは？　おまえはどうなわけ？」

「わたし？」

ダンベルを振る手に、ちょっと力が入った。

「そうだよ。ミーちゃんは行かないかもしれないけど、おまえはどうなんだよ。おふくろ、どっちか一人でもいいって言ってるぜ?」

「……でもさあ、そういうのってヘンでしょ」

「どこが?」

「だって……」

「おまえだって、伯父さんの娘だろ?」

「そりゃそうだけど……」

「ミーちゃんのことはいいから、自分のこと考えろよ」

なんなんだ、こいつ、生意気。マケトシのくせに。ガキの頃、おねえちゃんに「いっしょにお風呂《ふろ》入ろうよ」と誘われたら、顔を真っ赤にしてたくせに。

ダンベルを力任せに振りつづける。肘《ひじ》がガクガクしてきたけど、これって意外とストレス解消かも。

黙りこくるわたしを見て、カツトシはちょっと笑った。

「おまえ、気づいてないかもしれないけど、伯父さんのこと『あのひと』って言わなくなってるぞ」

指先からダンベルがすっぽ抜けそうになった。

トウガラシが、おなかと、胸と、頬にすり込まれる。

マケトシのくせに。勉強できないくせに。

なに笑ってんの。

オトナぶって。

カッコつけて。

ガキの頃、いっしょにお風呂に入ったときにおっぱいさわらせてあげたら感動してたくせに。

生意気!

おねえちゃんは、夏のボーナスをぜんぶダイエットにつぎこんだ。

通販でエアロバイクを買い、金魚運動マシンを買い、スキー運動マシンを買い、ボート漕ぎマシンを買い、空中クロスカントリー運動マシンを買い、発汗クリームを買い、こんにゃくゼリーの業務用パックを買って、そこから先は冬のボーナス一括払いで、折り畳み式ミストサウナを買い、スポーツジムとエステティックサロンの痩身《そうしん》コースに入会した。

本気だ。

七月に入っても、くじけない。

ダイエットを始めて丸一カ月めの体重は、八十四キロ。八キロ減だ。八十キロ台の前半まで、来た。

すごい。素直にそう思う。いままでの、いいかげんだったおねえちゃんが嘘《うそ》みたいだ。でも……このペースじゃ間に合わない。

このペースですら間に合わないんだ、と言い換えてあげたい、妹として。

おねえちゃんもわかっているんだろう、体重計から降りてもにこりともしない。頬骨から顎にかけてのラインの削《そ》げぐあいを確かめるみたいに手をあてて、「もっとがんばんなきゃ」と低い声でつぶやき、すっかり部屋着になったサウナスーツをまた着込む。

「だいじょうぶ？　おねえちゃん、顔色悪いよ」

デパートでカツトシに言われたことが、少しずつ現実味を帯びてくる。七月から、おねえちゃんは炭水化物をいっさい食べなくなった。一日に二食。主食は七味トウガラシで味付けした茹《ゆ》でこんにゃく。おかずは白身魚と温野菜とワカメだけの塩味スープと煮干しを数本。これで毎日満員電車に乗って会社に通い、仕事をして、会社帰りにプールで泳ぎ、家に帰るとエアロバイクを漕いで、ボートを漕いで、ダンベルを振って、金魚になって……。

そう考えてみると、一カ月に八キロという減量のペースが、なんだか理不尽なくらい遅く感じられる。

というより、それが人間の肉体の限界なのかもしれない。

「ねえ、もういいんじゃないかなあ。パッと見ただけで、やせたのわかるもん。じゅうぶんじゃない？」

先月までのおねえちゃんなら、この一言で「だよね？　うん、やせたやせた」なんて笑うはずだ。「八十四キロって、四捨五入すれば八十キロだし、八十キロまで来たら、もう七十キロ台とたいして変わらないんだし」といいかげんな理屈を並べて、ひさしぶりのお菓子を、心の底から美味《おい》しそうに頬張るはずだ。

でも、ミストサウナのテントから茹でダコみたいになった顔を出して、「あと三十三キロ、三十三キロ……」と呪文《じゅもん》のようにつぶやくおねえちゃんの辞書には、もはや「妥協」の文字はない。

*

わたしには、わからない。

どうして、おねえちゃんは昔に戻ろうとするんだろう。

このままでいいのに。

おとうさん——あのひとに、「あんたのせいで、こんなになっちゃったのよ」と言ってやればいい。それくらいする権利はあるはずだ。お見舞いのついでに一泊しちゃおう。弱いひとのまま、意外とそれをウリにして再婚したおかあさんの家に二人で泊まって、恨みなんてないけど新しい父親に「ごぶさたしてまーす、連れ子でーす」なんて言ったりして。

どう？　いい計画だと思わない？　最高でしょ？

どこがだよ、バーカ。

自分で自分にツッコミ入れてもしょうがないんだけど。

七月の最後の週末に、あのひとは一時退院した。

もちろん、治ったわけじゃない。

帰宅する体力が残っているうちに、というやつだ。

「自分でも我が家に帰るのは最後だとわかってたんだろうな、伯父さん、病院に戻るタクシーの中から泣きながら家を振り返ってたって」

わたしをマックに呼び出したカツトシは、もらい泣き寸前の顔で教えてくれた。なんかこいつ、最近妙におとなっぽくしゃべるようになった。ほんと、生意気。マケトシのくせに。

つっかかるネタを無理やり見つけて、「『我が家』なんて言うなよなあ、裏切り者のアジトでいいんだよ、ア、ジ、ト」と思いっきり憎らしく言ってやった。

カットシはちょっと困った顔になって、「『我が家』って、やっぱり昔の家であってほしい?」と訊いた。

「……なにそれ、言ってる意味、わかんない」

「伯父さんの『我が家』は、アヤやミーちゃんといっしょにいた家じゃないとだめなんだろ?」

まだ、よくわからない。

「いいこと教えてやるよ」笑い方もおとなっぽくなった。「伯父さん、まっすぐ病院に帰ったわけじゃないんだ」

ふうん、と聞き流しかけて、不意に「もしかしたら」という考えがよぎった。顔には出さない。ただ黙って、カットシの言葉を待った。

「高速道路とばして、昔の家まで行ったんだ」

予感は、あたった。

「奥さんも、最初はびっくりしてたみたいだけど、なにも言わなかったらしい」

声、いま出したら、ぜったいに震える。

カットシの顔を見たら、ヤバい。

わたしはシェイクのストローの袋を小さく折り畳みながら、ゆっくりと息を吸い込んで、アカデミー賞ものの冷ややかな笑みを浮かべた。

「ばっかみたい。あんな家、もう別のひとが住んでるんだし、関係ないじゃん。不法侵入で捕まっちゃうよ?」

「家の前、車で通り過ぎただけだった、って」

「……へえ」

「でも、伯父さんにとっては『我が家』だったんだと思うぜ、あの家も」

「……勝手だよ、そんなの。都合のいいときだけじゃない」

「かもな」

ずるい、こいつ。なんでこういうときに素直に認めるんだ。文句言い返してくれなきゃ、こっちが困る。

「ミーちゃん、まだダイエットつづけてるのか」

黙ってうなずいた。ゆうべの体重、八十一キロ。食事から白身魚が消えた。

「ちょっと危ないよなあ、このままだと、マジに……」

「死んじゃって、いいんじゃない?」

喉《のど》にも唇にもひっかからずに、声が出た。

カツトシの顔色が変わるのがわかった。生意気。あんたの顔、よく見たら、あのひとに似てる。

「だってさあ、そうじゃん、あのひとの夢を壊したくないくらい仲良しなんだから、付き合って死んであげたらいいんじゃない？　あのひと、喜ぶと思うよ」

怒る――よね、誰だって。

かまわない。ビンタ張られてもいいから、もう、マケトシとなんか一生会わない。

でも、カツトシは怒らなかった。かわりに隣の椅子《いす》に置いたバッグを取って席を立った。

「アヤ、おまえ、どんどんいやな奴《やつ》になってるぞ」

捨て台詞《ぜりふ》っていうんだな、これ。

わたしはストローの袋を畳みつづける。小さく、小さく、小さく、爪《つめ》の先よりも小さく。

顔を上げたときには、もうカツトシはいなかった。テーブルには、封をしたままのビッグマックとチーズバーガーとポテト。

おなか、すいた。

ギュウッとひきつってしまうほど、すいた。

わたしはビッグマックに手を伸ばし、むしゃぶりつくように食べていった。ビッグマックが終わると、次はチーズバーガー。休む間もなく、口の中にねじ込むようにして、食べる。

まだ、たりない。ポテトをパスタみたいに食べた。自分のてりやきバーガーも食べた。シェイクを、こめかみが痛くなるほどストローを強く吸って、一息に飲み干した。まわりのテーブルの女子高生や家族連れがボーゼンとわたしを見ている。

恥ずかしいよ、これ、すごく。

でも……まだまだ、たりない。

昔のおねえちゃんは、こんなふうにして太っていったのかも、という気がした。

八月の半ば、おねえちゃんはお盆休みに有給休暇をありったけ足して、九月の頭まで会社を休む段取りをつけた。

いよいよ、ラストスパート、だ。

食事から、温野菜と煮干しも消えた。スープも湯冷ましに変わり、総合ビタミン剤とカルシウム剤をいっしょにゴクンと一口、それで食事は終わったも同然だ。あとは茹でたコンニャクを、ガムみたいに噛《か》んで噛んで噛んで、呑《の》み込むだけ。

頬が、げっそりとこけた。顔はホラー映画のメイクみたいに青白くなって、目だけ、血走って赤い。唇のまわりに吹き出物がたくさんできて、そのうちのいくつかは膿《う》んでいた。肌はカサカサになって、ひびわれた指先には血がにじんでいる。舌に苔《こけ》のような白いものがこびりついて、何度歯を磨いても饐《す》えたような口臭が消えない。

スポーツクラブには、もう通っていない。このままじゃ命にかかわる、とインストラクターが強制退会させた。じっさい、退会しなくても、おねえちゃんにスポーツをする体力は残っていない。エアロバイクも漕げなくなったし、ダンベルすら、もう持ち上げられない。

一日中ベッドに横たわって、ぼんやりとテレビを観《み》たり、うつらうつら眠ったり……。そんなおねえちゃんを見ていると、いつかホラーマンガで読んだことのある、断食のすえミイラになったお坊さんの話を思いだしてしまう。

死ねばいい——なんて思ってるわけない。

あのひとのことなんて関係なく、やせてても太っててもかまわない、おねえちゃんがほんとうに壊れてしまうのなんて、いやだ。

八月最後の週末、おねえちゃんは薬局で下剤を買ってきた。

飲む寸前に気づいたわたしは、おねえちゃんのてのひらから錠剤をはたき落とした。それだけのことで、おねえちゃんは体のバランスを崩し、床にへたりこんでしまう。

「もうやめて！　死んじゃうよ！」

泣きながら叫んだ。「なんでこんなにがんばらなきゃいけないの？　あのひとのため？　安心させたいわけ？　そんなことしなくていいじゃん！　おねえちゃん、被害者なんだよ？　あのひとのせいで、こんなに太っちゃったんだよ？」と一息にまくしたてた。

おねえちゃんは床に座ったまま、黙って首を横に振った。

何度も、何度も、振った。

「あのひとのこと、もう許してるの？」

おねえちゃんは少し考えて、わたしを見上げた。影の落ちる頬は、ゆるんだほうがよけい痛々しさが増してしまうけど、でも、たしかにそれは笑顔だった。

「……下剤は、やめるから」

一言だけ、言った。

わたしは自炊やコンビニのお弁当の持ち帰りをやめた。目の前で食べるのはもちろん、食べ物を見せるのも、においを漂わせるのも、世の中には「食べる」という動詞があるんだとあらためて気づかせることさえ、かわいそうだった。

そのかわり、外食をすると、必ず二人前食べた。おなかがすく。空腹感が消えない。食べても食べても、だめ。定食屋さんを出てアパートに帰る途中、たまらない空腹感に襲われてコンビニに駆け込み、店の前の駐車場の隅に座り込んでおにぎりをたてつづけに三つ食べたこともある。

おねえちゃんの体重は七十五キロまで落ちた。でも、目標まではあと二十四キロもある。

わたしは六十二キロ。半月で、五キロ太った。

あのひとは食道にチューブを差し込み、栄養液だけで命をつないでいる、と電話をかけてきたカツトシがそっけない口調で教えてくれた。

おねえちゃんがすさまじい食欲でごはんやお菓子を食べていた頃、小学四年生だったわたしは、おねえちゃんのことを掃除機みたいだと思っていた。

じっさい、それは、ものを食べるというより吸い込むような勢いだったのだ。『ゲゲの鬼太郎』に、ひとの恨みや怨念《おんねん》を吸い込んで大きくなってく妖怪《ようかい》っていなかったっけ、そんな感じ。

いまのわたしも似ている。

見る間にたるんできたおなかに霜降りになってたまっているのは、怒りや、悔しさや、悲しさや、寂しさなんだろう。

＊

九月四日の夜、おねえちゃんはベッドに横たわったまま、不意に笑いだした。

驚いて駆け寄ると、焦点のはっきりしない目でわたしを見つめ、「いま、昔の夢、見てたの」としわがれた声で言った。

わたしが生まれる前の頃の夢だった、らしい。

あのひとに肩車してもらって、家の近所を散歩している光景。

「重くない？って訊《き》いても、ぜんぜん平気だぞ、って。おとうさん力持ちだったんだよね……」

危ない。これ、ほんとうに、命が。

「おねえちゃん、だいじょうぶ？　しっかりして！」

「……だいじょうぶに決まってるじゃん、そんなに大声出さないでよ、骨まで響きそう」

声とまなざしが、ちょっとだけ、しっかりしてきた。

「なんかねえ……すごくリアルなのよ、夢なのにぜんぜんぼやけてなくて、絵も音もはっきりしてて、いろんなこと、ぜんぶ、急にむきだしになったっていうか……」

きれぎれの夢を、たくさん見たんだという。子供の頃の思い出ばかり。あのひとといっしょの光景ばかり。わたしが生まれる前のものもあったし、「あんたもいたでしょ」と言われてもはっきりとはよみがえってこないものもあったし、そもそもおねえちゃんの夢がどこまで実際にあったことなのかもわからないんだけど、それでも、聞いてるとたまらなく懐《なつ》かしくなった。だって、おねえちゃんの話、楽しかったできごとばかり、だから。トウガラシが瞼《まぶた》の裏に集まった。ヒリヒリ、染《し》みた。

だから。

もう、いいんだ、と思った。

「おねえちゃん、おとうさんに会いに行こうよ」

おねえちゃんの手をとって、甲に浮いた青い血管を一筋ずつ指でなぞった。

「いまの話、してあげようよ。おとうさんも忘れてると思うから、喜ぶよ、ぜったい」

「……だめだってば、そんなの」

「だって、十五歳の頃になんか戻れるわけないじゃない、人間、生きてるんだもん、変わっちゃうのあたりまえじゃない」

おねえちゃんは小さくうなずきかけたけど、細くとがった顎《あご》は途中で横に流れた。

「こんなふうに変わりたくなかったけどね」とつぶやいて、無理して笑おうとしたら、落ちくぼんだ目から涙がぽろぽろとこぼれ落ちた。

涙って、一粒で何グラムなんだろう。泣けば泣くほど、やせるんだろうか。

どこかで虫が鳴いてる。もう、そんな季節になったんだ。

違う、あたしのバッグの中のケータイ——。

電話はカツトシからだった。

ちょっと長い話になった。しゃべりながら時計を見た。新幹線の最終には、もう間に合わない。でも、レンタカーの営業所は開いてるはずだ。

「マケトシ、あんたに命預けるから、レンタカー借りて、すぐウチに来て」

カットトシの返事を待たずに「初恋のひとのためだよ、オトコの花道じゃん」と付け加えて、電話を切った。

そして、おねえちゃんを振り向いて言った。

「服、着替えなよ」

「……どうしたの？」

「おとうさんのところ、行こう。すぐにカットトシが迎えに来るから」

「……やめてよ」

「おとうさんね、さっき死んじゃったって」

おねえちゃんから、スッと目をそらしてつづけた。

「だから、もういいんだよ。会いに行って、さよなら言ってあげようよ」

それ以上はなにも言わなかった。ただ、じっと待った。

どのくらい時間がたっただろう。ほんの二、三分だったような気もするけど、十分近くかかったかもしれない。

おねえちゃんはゆっくりと起きあがった。涙で濡《ぬ》れた目尻《めじり》を指でぬぐいながらベッドから出て、わたしを軽くにらんで言った。

「嘘《うそ》つき」

とぼけようかな。

シラを切り通して、あっちに着いちゃえば、なんとかなるかな。

でも、ま、いいか。

わたしは肩をすくめておねえちゃんに向き直った。

目が合うと、おねえちゃんはプッと吹き出して、「行こうか」と言ってくれた。

おねえちゃんにナイショのことが、ひとつ。

おとうさん、夕方から意識不明に近い状態になっちゃって、もう目が開けられないんだって。

ひとの声にかろうじて反応するかどうか、だって。

たくさん聞かせてあげればいい、昔の話を。

わたしの生まれる前の話ばかりになっても、いいや、許そう。

カットシを待っている間、おねえちゃんと二人で体重を量った。

おねえちゃんは七十二・八キロ。

わたしは六十五キロジャスト。

「もう、これ以上は減らないような気がするなあ」とおねえちゃんは言った。残念そうな声だったけど、顔はさばさばしていた。

「でもさ、さっきあんなに昔のこと思いだしたのって、ここまでやせたからじゃないの？　寂しさとかの脂肪がなくなって、思い出が表面に出てきたの」

わたしが言うと、おねえちゃんはまんざらでもなさそうに「思い出、ここにあったのかあ……」と、六月より十センチ近く細くなったウエストを指でつまんでひっぱった。

わたしのほうはダイエットやり直しだ。

すぐにベスト体重に戻れるっていう自信はある。

胸の奥でトウガラシが寂しさ脂肪をどんどん燃やしてくれてるのがわかるし、ダイエット器具なら、よりどりみどりだ。

カツトシはぐったりと疲れきった顔でアパートにやってきた。

「マジ、死ぬかと思った」水道の水をがぶ飲みして、あえぐように言う。「オレが死ぬか、そうじゃなかったら人殺しになってたかもしれない」

おおげさなこと言う奴《やつ》だと思ったけど、その言葉の意味は出発してすぐにわかった。

「命預けるから」が、言葉のアヤじゃなくなった。

こいつ、めちゃくちゃ運転がへたくそ。

アパートから大通りまで歩いても十分そこその道を、追突未遂二回、路上に停めた自転車でボディーをこすりかけたの一回、最後は横から飛び出してきた自転車のおばさんをひきそうになった。悪いのは、一旦《いったん》停止を忘れたカツトシだ。

大通りに出てからも、高速の入り口までさんざん道に迷った。一方通行の逆走を一回、ウインカーなしの急左折が二回、後ろの車にクラクションを鳴らされたのは数えきれないし、カーブでふくらみすぎてセンターラインを越えたときは対向車のワゴンが急ハンドルでかわしてくれなかったらヤバかった。

助手席のわたしは窓の上のグリップを握りしめたまま離せない。後ろのシートで横になってたおねえちゃんも、気がつくと体を起こしてグリップを両手でつかんでいた。

「なにやってんのよ！」

「しょうがないだろ、東京の道運転するの初めてなんだから！」

「なにいばってんの、この、マケトシ！」

「その言い方やめろっつってんだろ！」

子供みたいにケンカしているうちに、ちょっとずつ気分が楽になってきた。

間に合うかな。おとうさんとわたしたちの因縁を考えると、滑り込みアウト、なんてオチがつきそうな気もする。

それでもいい。おとうさんに会いに行く——というのが、いいんだ。

やっと高速道路に乗った。ラッキー。土曜日の夜だけど、意外と空《す》いてる。

東京を出た頃には、カツトシの運転もなんとかさまになってきた。高速道路を時速七十キロで走る情けない安全運転だけど、夜通し走れば朝早く故郷に着く。家族で最後に出かけたあの海も窓から見えるだろう。

おねえちゃんは「カツトシが居眠りしたら困るから」とヘンな口実をつけて、昔の思い出を次から次へと話していった。カツトシが犬のウンコを踏んだ話になったら、急にハンドル操作が危なっかしくなった。

「あとさあ、彩香が生まれたとき、おとうさんすごかったんだよ。もう大喜びしちゃってさあ、わたしのことなんかほったらかしだもん。ひがんじゃったよ、あの頃は」

ほんとかなあ。なんか、これ、おねえちゃんのサービスって気がするけど。

わたしはお礼に言ってあげた。

「ぷくぷくしたおねえちゃんの顔って、わたし、わりと好きだよ」

おねえちゃんは照れくさそうに笑うだけで、なにも答えなかったけど。

東の空が白んできた頃、故郷の県に入った。あと一時間ほどで、おとうさんに会える。

上り坂にさしかかる。ここからしばらくトンネルの多い区間になるけど、それを抜けたら、海が見えるはずだ。

カツトシはアクセルをグイと踏み込んだ。

「あーあ、おなかすいちゃったあ……」

おねえちゃんは、しょぼくれた声で、でもなんとなく嬉《うれ》しそうに言った。

さかあがりの神様

最初に一度、お手本を見せてやることにした。うまくいくかどうか不安だったが、ここで失敗すると父親の沽券《こけん》にかかわる。明日の朝の筋肉痛を覚悟して、息を詰め、地面を強く蹴《け》り上げた。

中年太りにさしかかった体の重みが、鉄棒をつかんだ両腕にかかる。一気に、脚と尻《しり》を上に運ぶ。窮屈に折りたたんだみぞおちが軋《きし》むように痛み、頭に血がのぼって、ヤバいかな、一瞬ひやりとしたが、次の瞬間、腰から下がスッと軽くなり、公園の風景が反転した。よし。体の回転のタイミングに合わせて手首を返し、両腕を突っ張って体を支えた。

成功だ。ずいぶんぎごちなく不格好だったはずだが、とにもかくにも、さかあがり成功——。

「どうだ？」真一は弾みをつけて地面に降りた。「簡単だろう？」

「ぜーんぜん」

葉子はそっけなく返し、唇をとがらせた。

「見てただろ？　勢いをつけてお尻を上げればいいんだよ。てっぺんに来るまでは重いけど、そこを越えれば、あとはもう勝手に体がクルッと回っちゃうから」

「理屈で言うだけなら、誰でもできるよ」

「そんなこと言うほうが理屈じゃないか。とにかくやってみろ」

「ごはん食べたあとだから、気持ち悪くなっちゃうよ」

「だいじょうぶだって」

「じゃあ、もしゲーしちゃったら、パパ、責任とってくれる？」

鼻の頭をツンと上に向けて、言う。「最近すごく生意気になっちゃって」とこぼす妻の菜々子《ななこ》の気持ちが、真一にもなんとなくわかった。肝心なところでは臆病《おくびょう》なくせに、幼い頃から口だけは達者な子だ。小学二年生の、いまは十月。こういう女の子って昔もいたよな、という気もしたが、三十七歳の真一にとって三十年前の教室はあまりにも遠く、淡く、同級生の顔はほとんど浮かばなかった。

「まあいいから、一回やってみろよ。な？　どこがよくないのか、見てみなくちゃわかんないし」

「うん……」

「ほら、がんばれ」

「そんな、すぐにできるわけないじゃん、ちょっと黙っててよ」

大の苦手の体育、中でもいっとう嫌いな鉄棒だ。公園に連れ出すのも一苦労だった。「できるようになったら『デニーズ』でパフェ食べていいでしょ?」と約束させられた。ごほうび付きなんてよくないと真一は思ったが、菜々子は葉子の味方について「日曜日なんだし、パパもたまには葉子とツーショットでデートしたら?」と笑って二人を送り出したのだった。

もしかしたら『デニーズ』は菜々子の入れ知恵だったのかもしれない。いま、ふと気づいた。「たまには」のところが皮肉めいた言い方だったな、とも。

後ろを振り向くと、公園の木立越しにマンションが見える。五階建の四階、右から二つめの部屋が、我が家だ。公園からは徒歩五、六分の距離だが、直線距離にすると思いのほか近いのだと知った。ベランダに干したタオルケットのピーターラビットの絵柄も、だいたいわかる。菜々子は「ママも応援してるからね」と葉子に言っていたが、まだベランダに菜々子の姿はない。リビングの窓もブラインドが下りたままだ。

鉄棒に目を戻したら、葉子はあわてたそぶりでそっぽを向いた。この子もベランダを見ていたのかもしれない。父親だ、それくらいは真一にもわかるし、そのときの気持ちも見当がつく。だが、問題はそこから先、どんな表情でなにを話しかけてやればいいか、だった。

「なにやってるんだろうな、ママ、約束忘れちゃったのかなあ」

少し怒ったふうに言ってみた。葉子の失望をすくいとったつもりだったが、当の葉子は「しょうがないよ」とあっさりいなし、逆に母親をかばって「ママ、ほんとに忙しいんだから」とつづけた。

実際、菜々子は休む間のないほど忙しい毎日を過ごしている。二月に葉子の弟――孝史《たかし》が生まれた。いまは這《は》い這《は》いを覚え、手に握ったものはなんでも口に入れてしまう、ひとときも目の離せない時期だ。そのぶん、葉子は寂しい思いをしているはずだった。

「どーせタカくんが泣いてるんじゃない？　一回泣きだすと、ちょーしつこいんだもん」

笑いながらの口調にトゲがひそんでいるような、いないような。

「パパはいいよね、そういうの知らないから」

こっちにはトゲが確かにある。耳と胸が痛い。リストラの嵐《あらし》が吹き荒れる電器メーカーの営業職だ、人員整理された同僚のぶんも仕事を背負わされ、平日は残業つづきで子供の寝顔しか見られない。葉子が最近爪《つめ》を嚙《か》むようになったことも、食べ物に好き嫌いができたことも、菜々子から聞かされるだけだった。

葉子と二人きりになるのは、いったい何カ月ぶりだろう。「ちょっと葉子にさかあがり教えてくれない？」と真一に言った菜々子は、ほんとうに頼みたいことは別にあるんだとも目配せで伝えていた。わかっている。それがとびきり厄介な頼み事だということも、ちゃんと。

「よし、いまのうちにたくさん練習しよう」真一は張り切った声を出した。「ママに見せるとき、一発で成功したらカッコいいぞ」

「べつにそんなの関係ないじゃん」

葉子はまた唇をとがらせて、不機嫌な顔のまま鉄棒をつかんだ。失敗しても笑わないようしつこく念を押し、何度も大きく息をついて腕に力を溜《た》め込んでから、地面を蹴り上げた。

失敗——。

真一がこらえたのは、笑いではなく、ため息だった。

全然なっていない。もっと強く蹴らないとだめだ。体があんなふうに最初から伸びきっていたら、尻が持ち上がるはずがない。鉄棒をつかむ手の間隔も広すぎるし、肘《ひじ》をたたむタイミングが遅いし、なにより葉子の体は、鉄棒を軽々こなすにはちょっぴり……かなり、太すぎる。

葉子は決まり悪そうにスパッツの尻をはたきながら言った。

「さかあがりなんかやって、なんの意味があるわけ？　おとなになってさかあがりすることなんてあるの？　ないでしょ？　こんなのやる暇があったら、九九の練習したほうが、まだましじゃん」

　真一は小刻みにうなずいて笑った。子供の頃の自分と同じだ、と思う。真一もやはり小太りの子供だった。体育があまり得意ではなく、特に鉄棒が苦手で、悔しまぎれに屁《へ》理屈《りくつ》を持ちだしては先生や友だちにあきれられていた。

「文句言わずにがんばれよ。お尻と背中、パパが支えてやるから」

「いいよ、一人でやるから、あっち行ってて」

　よけいなところでプライドが高く、負けず嫌いで、すぐに意地を張ってしまう。そこも似ている。

　真一は言われたとおり鉄棒から離れ、少し歩いて、砂場のそばのベンチに腰をおろした。

　背もたれにかけた腕を広げて、座ったまま伸びをした。肘の少し上が痛い。肩も重い。最後にさかあがりをしたのは何年前になるだろう。十年や二十年ではきかないはずだ。両手の掌《てのひら》には、ほんの少し、錆《さ》びた鉄のにおいが残っていた。

　葉子はあいかわらず、重すぎる尻を持て余して鉄棒にぶら下がっている。脚は、時計の文字盤でいうなら6と9の間を行ったり来たりする。尻をグッと持ち上げるタイミングさえつかめばなんとかなりそうだが、いまのままでは、とうぶん無理だろう。

　苦笑交じりに空を見上げると、青く高い空のてっぺんに向かって飛行機雲が伸びていた。このところ週末になると天気が崩れていたが、今日はひさしぶりに晴れ上がった日曜日だ。吹き抜ける風も砂埃《すなぼこり》を舞わせるほどではなく、暑すぎも寒すぎもしない心地よさに、目をつぶればそのまま眠ってしまいそうだった。

ベンチからだと我が家を正面に見ることができる。ベランダには、まだ菜々子の姿はない。家を出るとき、孝史は菜々子に抱かれて哺乳壜《ほにゅうびん》のミルクを飲んでいた。いまは昼寝の時間だろうか。菜々子が添い寝をしていないと、すぐに目を覚ましてしまう。機嫌のよくないときには、菜々子がちょっと動いただけで、だめだ。孝史には、そういう神経質なところがある。急に高い熱を出すことも多い。手のかかる赤ん坊だ。

「葉子の爪、ぎざぎざになっちゃって、血もにじんでるの。寂しがってるのはわかるし、かわいそうなんだけど、どうしようもないじゃない」

いつだったか、菜々子は目に涙を浮かべて言った。

「でも、もう二年生なんだから、ママだって大変なんだってわかってるだろ」と真一が言うと、「頭の中ではわかってても、そんなふうに割り切れるものじゃないわよ」と返された。

「まあな……そうかもな」

「葉子って、あなたが思ってるのより、ずーっと子供なんだから」

別の日には、菜々子はこんなことも言っていた。

葉子は孝史の面倒をよく見てくれるのだという。一年生の頃には言われないとやらなかったママのお手伝いも、自分からどんどん仕事を見つけ、ときにはママの言いつけを先回りして「やっといてあげたよ」と自慢することもある。

「嬉《うれ》しいんだけど、なんだか、かわいそうになっちゃうのよ」

「おねえちゃんになって張り切ってるんだから、いいじゃないか」

「そんな単純なものじゃないわよ」

「そうかなあ」

「葉子って、あなたが思ってるのより、ずーっとおとななんだから」

矛盾にはならない。つまりは、真一が葉子のことをなにもわかっていない——ということなのだ。

言い返すつもりはない。弁解もしない。

ただ、懐《なつ》かしいな、と思う。

爪を噛んで寂しさを紛らす葉子よりはおとなで、ママの苦労を気遣う葉子よりは子供だった小太りの少年が、真一の記憶の中にいる。

掌を嗅《か》いでみると、錆びた鉄のにおいは、まだあった。こんなにおいだったよな、鉄棒って。掌をもう一度鼻先に近づけて、今度は息をゆっくりと大きく吸い込んだ。

最後にさかあがりをしたのがいつだったかは思いだせなくても、最初に――生まれて初めて世界が逆さに回った、そのときのことは、はっきりと覚えている。

葉子と同じ二年生、季節も同じ十月。

葉子は信じてくれるだろうか。

パパは〈さかあがりの神様〉に会ったんだ、さかあがりのコツを神様に教わったんだぞ……。

＊

故郷の町は、東京よりもずっと西にあった。そのぶん遅い夕暮れも、もう茜色《あかねいろ》が空からほとんど消えかかった頃だった。

真一は小学校の校庭で、さかあがりの練習をしていた。あせっていた。悔しさと情けなさで泣きだしてしまいそうだった。

最初はクラスの半分近かった〈できない組〉が授業のたびに減っていき、気がつけば残り数人になっていた。その日いっしょに練習をしていた〈できない組〉の仲間も、一人また一人と「できたあ！」の歓声とともに家に帰ってしまい、校庭に残ったのは真一だけだった。

下校のチャイムはとうに鳴っていた。暗くなった空と、町を囲んだ山なみとの境目が、もう見分けられない。北風にさらされた鉄棒を握り直すたびに、肩や背中が冷たさにゾクッと縮んだ。

掌や指の節にできたマメが、うずくように痛む。どうしても尻が鉄棒より上にいかない。たまに、今度はいいぞ、というところまで来ても、下腹を鉄棒に引き寄せることができず、脚が地面に落ちてしまう。何度やってもだめだ。負けず嫌いの気力も萎《な》えて、もういいやあ、と鉄棒の下にへたりこんでしまった。

〈さかあがりの神様〉は、そんな真一の前に姿を現したのだった。

体の大きな男だった。ボアの付いた紺色のナイロンジャンパーを着ていた。校庭には明かりがないので顔はわからなかったが、なにか怒っているような雰囲気だった。

学校の用務員さんだ、と最初は思った。

真一はあわてて立ち上がり、半ズボンの尻についた砂を払いながら、「すぐ帰ります」と言った。

「逃げんでもええ」

しわがれた低い声が聞こえた瞬間、身がすくんだ。怖かった。目を上げて顔を確かめることもできない。

「さかあがりの練習しよるんか」

おとな同士でしゃべるときのように、笑いのない声だった。真一は思わず「ごめんなさい」と答えたが、顎《あご》も口もこわばっていて、うまく動かなかった。上目遣いでおそるおそる顔を見た。知らないひとだった。太い眉毛《まゆげ》とギョロッとした目がいっしょにつり上がって、学校で一番おっかない山田先生よりずっと怖そうだった。

「できんのか」と男はつづけた。怒られる、としか思えなかった。小さくうなずいたつもりだったが、男は声をさらに濁らせて言った。

「どっちな。できるんか、できんのか」

「……できません」

泣きそうになった。こんなに怖いひとに会うのは初めてだった。おとなの男のひとに怒られるのも、初めて。それ以前に、おとなの男のひとと二人きりになったことも、ほとんどない。

真一は赤ん坊の頃に父親を病気で亡《な》くしていた。母一人子一人の暮らしだった。親戚《しんせき》や近所の男のひとは皆、真一に話しかけるときには優しい声をつくってくれた。その理由と、「不憫《ふびん》な子」の意味を真一が知るのは、ずっとあとになってからのことだ。

「怖がらんでええけえ、いっぺんやってみいや」

男は鉄棒に顎をしゃくった。逃げだしたくても、足が震えてしまって動けない。助けを求めようにも校庭に人影はない。

「おじちゃんが見ちゃるけえ、やってみい」

もう一度うながされた。声がほんの少しだけ優しくなったような気がしたが、早くさかあがりをやらないと、また怖くなるかもしれない。

鉄棒につかまった。腕の幅を調節する間もなく、地面を蹴《け》り上げた。今度もだめだった。腕も脚もくたくたに疲れていたし、男の視線が気になって、いままでの中でも一番ひどい出来だった。

「こりゃあ、ぜんぜんおえんのう」

男は、初めて笑った。笑ってもしわがれ声は変わらなかったが、つり上がっていた眉毛や目が人形劇の人形のように急に下がった。

怒られずにすんだ。

ほっとして息をつくと、怯《おび》えた気持ちと入れ替わるように、悔しさと恥ずかしさと、そして悲しさが胸に湧《わ》いてきた。

お父ちゃんがおらんけん――喉《のど》を迫《せ》り上がりかけた言い訳を、うつむいて押しとどめた。

父親のいない暮らしに負い目を感じていたわけではない。母親は簿記の資格を持っていたので生活には困らなかったし、ものごころつく前に亡くなったのが逆によかったのだろう、父親との思い出をたどって悲しくなることもなかった。

それでも、寂しさは、ある。ときどき不意打ちのように胸を刺す。父親に肩車してもらっている友だちを見かけたとき、父親のこぐ自転車に二人乗りする友だちに声をかけられたとき、いたずらをして父親にびんたを張られた友だちに、赤く腫《は》れた頬を触らせてもらったとき……。

さかあがりでも、そうだ。父親に手伝ってもらって練習したという友だちにならって、何日か前、さかあがりのコーチを一度だけ母親に頼んだ。しかし、尻を持ち上げてもらおうにも、母親の細い腕では小太りの真一の体を支えきれない。地面に落ちる脚といっしょに母親まで尻餅《しりもち》をついてしまい、母親はまだがんばるつもりだったが、真一のほうが「もうええよ、危ないから」と止めたのだった。

瞼《まぶた》が重くなった。いけない、と思ったとたん、涙があふれた。歯を食いしばったすすり泣きは、やがて嗚咽《おえつ》交じりの涙に変わり、最後は鉄棒に目元を押しつけて、声をあげて泣いた。冷たい鉄棒に涙の温《ぬく》もりが滲《し》みていく。錆びた鉄のにおいに、しょっぱさが溶けた。

「もういっぺん、やってみい」

男が言った。濁った声を、もう怖いとは感じなかった。一度泣いてしまえば、悲しさも恥ずかしさも消えて、残ったのは誰にぶつけていいかわからない悔しさだけだった。

「今度は脚を上げるときに『このやろう!』思うてやってみい。肘をもっと曲げて、脚いうよりヘソを鉄棒につけるつもりで、腕と腹に『くそったれ!』いうて力を入れるんじゃ。目もつぶっとけ。そうしたら、できるわい」

真一は鉄棒を強く握りしめた。

もう一度——これで最後。

肘を深く折り曲げ、「このやろう!」と心の中で一声叫んで、脚を跳ね上げた。ヘソをつけろ。腕と腹が痛い。目をつぶり、息を詰めて「くそったれ!」と叫び声を奥歯で嚙みしめた。

あと少し。いいところまで来たが、これ以上、尻が上がらない。

そのときだった。

尻がフワッと軽くなった。

掌で支えてもらった——と思う間もなく、体の重心が手前に傾き、腰から上が勝手に動いた。世界が逆さに回った。自分でもなにが起きたのかわからないほどあっけなく、そしてきれいに、さかあがりは成功したのだ。

「できたじゃろうが」

男は初めて笑った。思ったより遠くにいた。手を伸ばして尻を支えるには距離がある。ということは自分の力で……いや、しかし、半ズボンの尻には、掌で押し上げてもらった感触がまだ残っていた。

「もういっぺんやってみい。体が忘れんよう、練習するんじゃ」

言われたとおり、何度も練習した。ずっと成功がつづいた。尻が鉄棒を越えるときに掌に支えられる、それも同じ。だが、成功して脚を地面についたあと、すぐに目を開けて確かめると、男はいつも鉄棒から離れたところで腕組みをして立っているのだった。

何度目だったろうか。初めて、掌に支えられることなくさかあがりに成功した。

「やったあ！」

思わず声をあげて男の姿を探した。

どこにもいなかった。

神様だ、と思った。〈さかあがりの神様〉が助けてくれたのだ、と信じた。

それを確かめたくて、もう一度やってみた。だいじょうぶ。何度も繰り返した。できる。「このやろう！」と「くそったれ！」がなくても、世界は気持ちいいぐらい簡単に逆さに回ってくれる。

なぜだろう、それは初めて体験したはずの感覚なのに、ずうっと昔に味わった心地よさが蘇《よみがえ》ったような気がしてならなかった。

＊

葉子は一心にさかあがりの練習をつづけているが、何度やってもだめだ。時計の文字盤でたとえて6と9の間を行き来していた脚も、繰り返し練習して疲れてきたのだろう、8までしか上がらなくなっていた。

ちょっと休憩させたほうがいいな、と真一はベンチの背もたれから体を浮かせた。ひさしぶりに昔のことを思いだしたせいか、背中の奥深くがむずがゆい。

葉子に声をかけようとしたら、自転車に乗った男の子が一人、公園に入ってきた。葉子は鉄棒から手を離し、やだあ、というふうに男の子をにらみつけた。男の子も葉子を見つけると、自転車を蛇行させながら鉄棒に近づいていく。

知り合い——男の子の背格好からすると、同級生かもしれない。

男の子が甲高い声でなにか叫んだ。葉子もすぐに言葉を返す。舌足らずな声なのでなにを言っているかは聞き取れなかったが、どちらも険のある口調だった。

男の子は鉄棒の前で自転車を止め、葉子は鉄棒を砦《とりで》代わりに、さらになにごとか言い合った。男の子は、葉子がさかあがりができないのをからかっているようだ。横浜マリノスのグラウンドコートを前を留めずに羽織った、いかにも悪ガキふうの少年だったが、葉子も負けていない。九九の七の段を早口に言って、悔しかったら九九テストに合格してみろ、と鼻の頭を思いきり持ち上げる。

悪口のネタが尽きてしまうと、あとは「バーカ!」「ブース!」の応酬になった。あまりひどくなりそうなら止めてやるつもりだったが、二人は口ゲンカをしながらじゃれあっているようにも見える。それに、葉子は真一に助けを求めていない。脅し文句にぐらいは使えるはずなのに、ここに父親がいることすら、おくびにも出していないのだ。

真一はベンチに座り直した。マンションに目をやると、リビングのブラインドが上がっていた。窓が開く。菜々子がベランダに出てきた。タオルケットを取り込んでからフェンスに頬づえをつき、やってる?　というふうに手を振った。真一は笑いながら両手で×印をつくった。葉子にも教えてやろうとしたが、その前に菜々子は頬づえをはずし、少し前かがみになってリビングを覗《のぞ》き込んだ。真一に向き直って、ごめんね、と両手で拝むポーズをとりながら、あわただしげに部屋に戻っていく。孝史の細い泣き声が切れ切れに聞こえてきたような気がしたが、いくらなんでもそれは空耳だろう。

窓が閉まり、ブラインドが下りた。葉子はまだ男の子とやり合っている。菜々子には気づかないまま――いや、わからない、気づかなかったふりをしているのかもしれない。だとすれば、ちょっとつらいな。真一はため息をついて空を見上げた。さっきに比べると、少し雲が増えてきたようだ。

煙草《たばこ》を一本吸いながら、右の掌《てのひら》を開いたり閉じたりした。〈さかあがりの神様〉は、あの頃何歳だったんだっけ。還暦の祝いが何年前だったかを思いだせば簡単に計算できるはずだが、なんとなくそれが億劫《おっくう》で、いまのオレぐらいだったんだろうな、と勝手に決めた。

葉子はパパの掌を大きいと感じることがあるだろうか。分厚くて、あたたかいと思ってくれているだろうか。あまり自信はないが、そうであってほしいな、と願った。

＊

〈さかあがりの神様〉と出会った数日後の日曜日、我が家を訪ねてきた客があった。日頃から真一たちの面倒を見てくれている母親の長兄が連れてきた。

「真ちゃんもよう知っとる思うがのう」

伯父はもったいぶって言って、玄関の外にいたひとを呼んだ。

大きな体のひとだった。背広にネクタイ姿だった。最初は誰だかわからなかったが、そのひとが照れくさそうに太い眉毛をひくつかせているのを見て、思いだした。

「さかあがり、もう一人でできるようになったか」

〈さかあがりの神様〉は、この前と同じ、ぶっきらぼうなしわがれ声で真一に訊《き》いた。

上がり框《がまち》にたたずんだ真一は、思いがけない再会に戸惑ったまま、黙ってうなずいた。まだ少しおっかない。恥ずかしさもある。もう会えないと思っていた神様にまた会えて、嬉《うれ》しいのか、嫌なのか、よくわからなかった。

そんな真一を見て、伯父はにこにこ笑っていた。家にいるのによそゆきの服を着た母親は、うつむきかげんに目をしばたたいた。

食卓には、真一の誕生日に負けないぐらいのごちそうが並んだ。母親がかしこまって勧めるビールを、〈さかあがりの神様〉はもっと緊張した様子で受けた。母親のグラスには、伯父がビールを注いだ。遠慮する母親に、伯父は「まあよかろうが、お祝いなんじゃけえ」と言っていた。

なんのお祝いなのか真一にはさっぱりわからない。ぼんやりと母親と伯父を見比べていたら、〈さかあがりの神様〉がオレンジジュースをグラスに注いでくれた。「ありがとう」と言えずに小さくお辞儀をすると、〈さかあがりの神様〉のほうも、なにか言葉に詰まってしまったみたいに、正座した膝《ひざ》をもぞもぞと動かした。

手酌で自分のグラスにビールを注いだ伯父は、座を見渡しながらひとつ大きくうなずいて、〈さかあがりの神様〉に少しあらたまった口調で言った。

「これから、よろしゅう頼みます」

母親も畳に手をついて頭を下げた。〈さかあがりの神様〉も、同じように。

きょとんとする真一に、伯父は嬉しそうに言った。

「よかったのう、真ちゃん。お父ちゃんができたんじゃ」

あとになって母親と伯父から聞いた。義父と校庭で会ったのは、真一が少しでも早くなつくように、という伯父のアイデアだったのだ。文字どおり子供だましの出会い方だったが、その目論見《もくろみ》は確かに当たり、真一は三人家族の新しい暮らしをすんなりと受け入れることができた。

義父は無口なひとだった。子供との話し方がよくわからないらしく、いつも怒ったようにしかしゃべれなかった。それでも、耳が慣れてしまうと、義父のしわがれ声は、他のひとの優しい声よりもずっとあたたかく聞こえるようになった。おとなの男のひとのたくましさや強さを、理屈ではなく、尻を支えて持ち上げてくれた掌の感触で実感していたせいかもしれない。

〈さかあがりの神様〉は、ときどき〈スキーの神様〉にもなったし、〈キャッチボールの神様〉にもなった。マッチの使い方も、水泳のクロールも、魚釣りのコツも、すべて義父から教わった。木工所に勤める義父は、口数が少ないかわりに手先が器用だった。分厚い掌や太い指がびっくりするほど細かく動くのを見ているだけでも飽きなかった。

「お父ちゃん、お父ちゃん」と甘えてまとわりつくわけではなかったが、ずっと言えなかった言葉を、いつでも、何度でも、口にできる。それがほんとうに嬉しかった。

だが、義父は真一の〈お父ちゃん〉になるだけのために我が家にやってきたのではなかった。母親も、もう真一の〈お母ちゃん〉だけではなくなった。

再婚の一年後、母親は赤ん坊を産んだ。男の子だった。〈裕太《ゆうた》〉と名付けられた。真一がひそかに期待していた〈真二〉ではなかった。義父も母親も赤ん坊にかかりきりになった。日曜日になると、義父の側の親戚が入れ替わり立ち替わり裕太の顔を見るために我が家を訪れた。

母親は裕太の世話に追われながら、ときどき真一をじっと見つめることがあった。すまなそうな顔をして、なにか言いたげに口が動きかける。そのたびに、真一は逃げるように別の部屋に駆け込んだり、用もないのに庭に出たりした。謝られたり慰められたりしたくなかった。

裕太目当ての客が家に来た日曜日は、真一はたいがい小学校の校庭に向かった。鉄棒につかまって、さかあがりを何度もやった。コツを覚え込んだので、もう失敗することはない。両脚を最初から宙に浮かせたまま、腰のバネだけでクルッと回れるようにもなった。だが、尻を支えてくれた〈さかあがりの神様〉の掌の感触は、もう思いだせなかった。

裕太に両親を独り占めされていたのは、せいぜい二、三年というところだった。

その後は、両親は真一と裕太を同じようにかわいがってくれた。邪魔者扱いされた記憶はない。特に義父は、子供の真一にもわかるほど気を遣ってくれた。裕太のことは厳しく叱《しか》っても、真一には声を荒らげることすらなかった。無口でぶっきらぼうなところはあいかわらずだったが、少ない口数のきっと半分以上は真一に向けられていたはずだ。

故郷で暮らした日々は幸せだった。義父に出会えてよかった。その思いに嘘《うそ》はない。

それでも、裕太が生まれた頃に感じてしまった寂しさは、何年たっても消えることはなかった。その寂しさがあるかぎり、義父に心からなつくことはできなかった。

地元の高校を卒業し、大学進学のために上京してからは、年を追うごとに故郷とは疎《そ》遠《えん》になった。

母親は五年前に亡《な》くなり、故郷の家は裕太が継いだ。年老いた義父は、いま、裕太の一家といっしょに住んでいる。

今年の年賀状は家族写真だった。裕太と裕太の妻とよちよち歩きの息子と、ずいぶん体が小さくなった義父。写真の脇《わき》に、裕太は書き添えていた。――「たまには帰ってきてください。オヤジも兄貴に会いたがっています」

＊

葉子とさんざんやり合ったすえ、男の子は自転車をとばしてどこかに行ってしまった。

あとに残った葉子は、またさかあがりの練習を始める。

真一はベンチから立ち上がり、鉄棒のそばまで行って「手伝ってやるよ」と声をかけた。

「いいってば、自分でやるから」

「じゃあ、ひとつだけ、いいこと教えてやる。今度は脚を上げるときに『このやろう！』って思ってみなよ。肘《ひじ》をもっと曲げて、おヘソを鉄棒につけるつもりで、腕と腹に『くそったれ！』って力を入れてみろよ」

「えーっ？　なんか、下品ぽいよお」

「なに言ってんだ、さっきのケンカすごかったじゃないか。あの調子で、そうだよ、あの男の子に『負けるもんか！』って気持ちでやればいいんだ」

「ケイスケなんて、関係ないもん」

「クラスの子か？」

「そう。ちょー生意気なの、女子みんな嫌ってるんだから」

なるほどな、とうなずいた。おぼろげだった三十年前の教室の風景が少しだけくっきりしてきた。小学二年生――神様やお化けのことを、まだ信じていた頃。男子と女子はケンカばかりしていて、なぜ世の中には男と女がいるのか不思議でたまらず、ただ、ほんとうは男と女は仲良しなんだとうっすらと気づいていた、そんな頃だったのだ、小学二年生というのは。

「いいから、パパはあっち行っててよ」

「ここで見てるから」

「手伝ったりしないでよ」

「しないしない。いいから早くやれよ。おヘソをくっつけるつもりで、『負けるもんか！』と、そうだな、『大っ嫌い！』と、あと、目をギュウッとつぶるんだ。いいな」

〈さかあがりの神様〉直伝のコツなんだぞ、と心の中で付け加えた。

葉子は不承不承ながらも鉄棒をつかみ、目をかたく閉じて、地面を蹴《け》り上げた。

脚が時計の文字盤の9に来た、そのタイミングを狙《ねら》って真一は脚を前に踏み出し、腕を思いきり伸ばして、葉子の尻《しり》を掌で支えた。そのまま上へ、押す。尻が鉄棒を越えた。

よし、いいぞ。体が回った。

「できたじゃないか」

腕と脚をひっこめた真一は、素知らぬ顔をして言った。

「だって、いま……」

葉子は頬をふくらませた。真一をにらみかけたが、困惑したふうにまなざしが落ち着かない。初めての成功に、驚いて、照れて、父親のおせっかいを怒ってもいて、ふくらんだ頬がぱあっと赤くなった。

「ほら、どんどん練習しろ、体で覚えるんだ」

ぶっきらぼうに言ったほうがいい。これも〈さかあがりの神様〉が教えてくれたことだ。

二度目は、脚が最初から10まで上がり、尻を軽く支えるだけでじゅうぶんだった。

三度目は、掌を添えるポーズだけ。

四度目。真一は腕組みをして見守り、葉子が着地するのと同時に拍手を送った。

「オッケー、完璧《かんぺき》だったぞ、いまの」

声をかけて、ちらりとマンションを見た。誰もいないベランダで、洗濯ロープに掛かったタオルハンガーが風に揺れていた。

すぐに葉子に向き直る。「すごいなあ、あっというまに覚えたじゃないか」と、オーバーな身振りをつけて言った。

葉子は掌をこすり合わせながら、「あーあ、手にマメができちゃった」とつまらなそうにつぶやいた。マンションには目を向けない。真一もなにも言わなかった。いちばんつらい思いをしているのはママなんだと、葉子にもいつか——三十年もたたないうちに、きっと、わかる。

「『デニーズ』、行くか」

「うん……」

「パフェ、おかわりしていいからな」

葉子は「やだぁ、パパ、あたしをブタにする気？」と、おとなっぽいのか子供っぽいのかわからない笑みを浮かべた。

＊

葉子はフルーツパフェを一匙《さじ》ずつ味わって、おいしそうに食べていった。真一はコーヒーを啜《すす》りながら、目を細めたりまなざしの角度を変えたりして、明日からはまた寝顔しか見られない娘の、ちょっとしたしぐさや表情の変化を追いかける。休日に寝だめをするのと同じように、しっかりと見ておきたい。

葉子は最後まで大事にとっておいたサクランボを口に入れて、両手の掌をかざした。

「マメ、お風呂《ふろ》入ったら滲《し》みそう」

「肩や腕が痛くなるぞ、明日は」

「うん。でも、水曜のテストで鉄棒は終わりだもん。今度は、跳び箱」

「そうか……」

「そうなの」

サクランボの種を捨てて、まいっちゃうよね、とため息交じりに笑う。葉子は跳び箱も苦手だ。去年は、床に四つん這《ば》いになった真一の背中を跳び箱代わりにして特訓したのだった。

「でもさあ、パパ、さかあがりって、ほんとに、なんの役に立つわけ？」

「なんの役にも立たないよ」

「でしょ？　だったら、なんでやらなくちゃいけないんだろ」

「わかんないな、パパにも」

「まあ、もうできちゃったから、べつにいいんだけど」

素直に喜ぶのが照れくさくて、すねてしまう。損な性格だ。大きくなってから、なにかと苦労することになるだろう。

「でも、できなかったものができるようになるのって、気持ちいいだろ」

「うん……まあ、べつにそんなでもなかったけど……」

いまはわからなくてもいい。おとなになれば、わかる。さかあがりが初めてできたときのような「やったあ！」と叫びたくなる喜びや感動に、この子はこれから何度出会えるだろう。たくさん出会ってほしいから、来週の日曜日は〈跳び箱の神様〉になってやろう、と決めた。

「さっきの男の子、ケイスケくんって言うんだっけ、あいつなんかスポーツ万能なんだろうな」

「そうでもないよ。足は速いんだけどね、鉄棒とか苦手なの」

「なんだ、じゃあ、いっしょに練習すればよかったのに」

「げーっ」

葉子は大袈裟《おおげさ》に顔をしかめ、ケイスケがいかに生意気で乱暴者で勉強ができなくてカッコ悪くて女子に嫌われているかを、むきになってまくしたてた。

真一はそれを苦笑いでいなして、「だけどさあ」とからかう顔と声で言った。「おまえ、さっきパパを呼ばなかっただろ。そんなに嫌な奴《やつ》だったら、パパ、ぶん殴ってやってもよかったのになあ」

「だって……かわいそうじゃん、パパ呼ぶと」

声がくぐもった。真一が「なんで?」と訊《き》くと、ほとんど息だけの早口で「ケイスケってお父さんいないの。幼稚園の頃、離婚しちゃったんだって」と言う。

「離婚」という言葉が、くっきりと耳に届いた。聞きかじりではない。ちゃんと意味がわかっていて、世の中にはそんなこともあるんだと受け入れている。それがいいのか悪いのかはわからないが、「葉子って、あなたが思ってるのより、ずーっとおとななんだから」と菜々子が言っていたのは、こういうところなのだろう。

「みんな、ケイスケの前でお父さんの話とかしないようにしようねって、約束してるの。かわいそうだもん」

真一はテーブルに身を乗り出して葉子の頭を撫《な》でながら、「パパは、かわいそうっていうのは違うと思うけどな」と言った。

「そう?」

「うん、ちょっとな、ちょっとだけ違うんだよ」

そのことがわかる女の子に育ってほしい、と思う。

『デニーズ』に向かうときも、パフェを食べているときも、「最後にもう一回だけ練習して帰ろうか」と公園に戻る間もずっと、葉子は菜々子との約束のことを一言も口にしなかった。

忘れたふりをしている。だから、歩きながら爪《つめ》を噛《か》む。もう深爪になっているはずなのに、まだ何本か乳歯の残る小さな歯をカチカチとせわしなく動かしていく。

公園の入り口まであと少しというところで、真一は足を止めた。

「そっか、パパ、忘れてたよ、ごめんごめん」

いま思いだしたような口調になってくれただろうか。

「ママに言われてたんだ、葉子がさかあがりできるようになったら、すぐ電話してくれって。いまからやるよって電話したら、そのときだけベランダに出ればいいんだから、ってた。ぜんぜん忘れてた、いやあ、まいったなあ」

何歩か先に進んでいた葉子も立ち止まった。だが、真一を振り向くしぐさは、いかにも気乗りのしない様子だった。

「門のところに電話ボックスあるだろ、パパ、電話してくるから、葉子は鉄棒のところに行ってろよ」

「そんなのしなくていいってば、べつに関係ないもん、ママとか」

「だいじょうぶだよ、さっきもあんなにうまくやれたんだから。成功したところ見せてやれよ。ママ、びっくりするぞ」

葉子はうんざりしたように肩を落とした。

「あのね、パパ知らないと思うけど、電話かけても通じないんだよ」

「なんで？　ママいるだろ、部屋に」

「タカくんがお昼寝してるときは、ずーっと留守番電話になってて、ベルも鳴らないようにしてるの。そうしないとタカくん、すぐ起きちゃうんだもん」

真一は言葉に詰まった。とっさにごまかそうとしたが、あせればあせるほど胸がつっかえてしまう。

父親の困惑と後悔を見抜いたのか、葉子はそっぽを向いて、あーあ、と息をついた。

「だからさあ、タカくんがお昼寝してると、友だちから電話かかってきてもわかんないんだもん。もう、サイテー、ちょーむかつく」

言葉遣いは荒れていたが、口調は乱暴になりきれない。つまらない嘘も、なんとか許してくれたようだ。

真一は葉子に歩み寄って、肩に掌《て》を置いた。

「ごめんな」でも「ありがとう」でもない言葉を言ってやりたかった。

「パパも、ちょーむかついちゃったよ」

ちょっと違う——とわかっていたが、とりあえず、つづけた。

「いまはタカくんも赤ちゃんだからあれだけど、もうちょっと大きくなったら、パパが思いっきり鍛えてやるからな。ほんとだぞ、ビシビシ鍛えて、それできょうだいゲンカとかしたら、パパぜーったいに葉子の味方になってやるから」

葉子はくすぐったそうに身をよじって真一の掌をはずし、「ねえ」と甘えた声を出した。「いいことっていうか、ほんとのこと教えてあげよっか」

「なにが?」

「あのね、さっきパパ言ってたじゃん、『負けるもんか!』と『大っ嫌い!』ってケイスケのこと考えながら、さかあがりやってみろって」

「ああ。だから、うまくいったんだよ」

「でもね、あたし、ケイスケのこと考えてなかったの」うつむいて、頭を真一のおなかにこすりつける。「『大っ嫌い！』って……ほんとはね……ほんとは……」

真一は葉子の頭を両手で抱いた。つづく言葉を言わせたくない。かわりに、聞かせたい言葉がある。やっと見つけられた。拍子抜けするほど簡単な言葉だった。

「パパもママも、葉子のことが大好きだからな。ずーっと、だいだいだい、だーい好きだからな」

真一の腕とおなかに挟まれた葉子の頭が、窮屈そうに小さく、けれど確かに、何度か縦に動いた。

義父のことを、思う。

「おまえのことが大好きだ」と口に出して言えるようなひとではなかった。無口でぶっきらぼうなひとの背中から思いを感じ取るには、真一も幼すぎた。

いまなら――わかる。

子供が寂しいときは、親だって寂しい。

それがやっとわかる歳《とし》になった。

葉子を強く抱きしめた。小さく、あたたかく、やわらかい我が子の体と心がいとおしくてたまらない。抱きしめられているのは自分のほうかもしれない、そんな気も、した。

先に立って公園に入った葉子は、門をくぐったところで不意に足を止めた。

「やだあ、なんで?」

鉄棒には先客がいた。ケイスケが、さっきの葉子と同じように一人でさかあがりを練習していたのだ。

蹴り上げる脚は、惜しいところまで来ている。あともうちょっと尻が上がればいいのだが、そこがうまくいかない。

「しょーがないなあ、ぜんぜんできないじゃん、あいつ」

葉子は余裕たっぷりに言う。「おまえだって、さっきはもっとひどかったんだぞ」と真一が言っても、「さっきはさっき、いまはいま」と胸を張って返す。いい気なものだ。

ケイスケは、自分なりに作戦を立てたのだろう、助走をつけて鉄棒につかまり、その勢いで地面を蹴ろうとした。だが、助走のスピードに鉄棒をつかむ手の力が追いつかず、バンザイのポーズで尻餅《しりもち》をついてしまう。

「痛そーっ……」

肩をすくめてケイスケから顔をそむけた葉子は、次の瞬間、「あっ」と短く声をあげて、両手を大きく頭上に掲げた。

マンションのベランダに、菜々子がいた。孝史を抱っこして、やっと気づいたの？というふうに笑っていた。

真一は、葉子の背中を軽く押した。

「ケイスケくんにお手本見せてやれよ。『負けるもんか！』と『大っ嫌い！』のことも教えてやれば、あの子もすぐできるようになるから」

葉子はこっくりとうなずいて、鉄棒に向かって駆けだした。

ケイスケとの口ゲンカは、今度は二言三言でけりがついた。「いい？ ちょー簡単なんだから」と葉子は鉄棒をつかみ、ケイスケが言い返すのをさえぎって、さかあがりをきれいに決めてみせたのだ。

着地のポーズまでつけて、マンションを見上げる。

菜々子は片手を振って応《こた》え、孝史を腕の中で弾ませるようにして抱き直した。タカくん、おねえちゃんってすごいでしょ——きっと、そう言っている。

葉子は唖然《あぜん》とするケイスケに向き直って、さっそくコーチを始めた。鉄棒の握り方から、腕の幅、足の位置、地面の蹴《け》り方……。しおらしく聞いていたケイスケが「なんだよ、それ、バカみたいじゃん」と吹きだしたのは、「負けるもんか！」と「大っ嫌い！」のところだったのだろう。

「とにかく、やってみなよ。ほんとに、すっごい簡単にできちゃうから」

半信半疑のふくれつらで、ケイスケは地面を蹴り上げる。

失敗――。

それでも、さっきよりずいぶん尻が上がった。そんなに時間はかからないだろう。あとちょっと、お尻を一瞬だけ支えてやれば、だいじょうぶ。

「惜しい惜しい、もう一回やってみなよ」と葉子に励まされたケイスケは、グラウンドコートを脱ぎ捨てて、また鉄棒をつかんだ。

いいぞ、負けず嫌いな子だ。

真一は両肩を軽く回した。息を吸い込みながらズボンのポケットの中で掌を開いて、閉じる。葉子がこっちを見る。察しよく、いたずらを仕掛けるときのような笑みを浮かべた。

〈さかあがりの神様〉は照れ隠しに肩をそびやかして、鉄棒に向かってゆっくりと歩きだした。

すし、食いねェ

い。

「銀座の超高級店で」と言われたって、保育園の年長組の子供にはピンと来るはずがない。

でも、「おすしをなんでも好きなだけ食べてください」とディレクターがつづけたとき、あ、行っちゃうな、これ、と思った。

「ママ！　ぼく、おすし食べたい！」

ほら、やっぱり。

翔太《しょうた》は声と体をいっしょにはずませて、わたしを振り向いた。ワンテンポ遅れて、番組名のプリントされたTシャツを汗でぐっしょり濡《ぬ》らした若いディレクターも「いかがでしょう」とわたしを見る。

「急いでますから、すみません、買い物まだなんです」

翔太の手をひいて立ち去ろうとしたら、「うそ、もう帰ろうって言ってたじゃん」と翔太は不服そうに言った。サイアク。食いしん坊。昨日も保育園で給食のひじきごはんを三杯もおかわりしたヤツだ。

まだ大学を出たてのようなディレクターは、行く手をふさぐみたいにすばやくわたしの前に回り込んだ。

「あの、決してですね、あやしい番組じゃないんですよ。報道ですから、報道」

言われなくたって知ってる。ときどき、観《み》てる。夕方のニュース番組の中のコーナーだ。有名な料理人のいるお店にごくフツーの家族が出かけてごはんを食べる——という趣向の、タイトルはたしか『達人を食らう』だったっけ。そもそもは達人の華麗な料理を紹介するだけのコーナーだったはずだけど、緊張しきった家族連れが料理の食べ方を間違ったり料理人に叱《しか》られたりするのが意外に人気を集めて、最近はむしろそっちのほうがメインだ。

悪趣味だけど、じっさいおもしろいんだからしょうがない。観てるぶんにはサイコーで、観られるぶんにはサイテーの、だから、ぜーったいにだめだ、そんなの。

「ウチの子、本物のおすし屋さんなんか行ったことないんです」

「みんなそうですよ、それがフツーなんですから」

「回転ずしのお店でも、ごはんグチャグチャにして大変なんです」

「いやあ、それはもう男の子ですから、元気に食べてもらえばいいんです」

「無理ですよ、そんな、テレビなんて」

「だーいじょうぶですって、録画ですし、ちゃんと仮名にもしますから」

だめだ、これじゃ。

「翔ちゃん、帰ろう」

つないだ手を強くひっぱったけど、翔太は足を踏ん張ってその場から動こうとしない。

「ぼく、おすし食べる」

「今度ね」

「いま食べるのっ」

女の子にもしょっちゅう泣かされるくせに、一度言いだしたらきかない頑固なところがある。おまけに、おすしは翔太の大好物だ。

「いかがでしょう、二時間ほどお時間いただけませんでしょうか」

ディレクターは頭を何度も下げる。

日曜日の午後だ。新宿の街は家族連れであふれ返っている。べつに、ウチじゃなくたっていい。ウチが選ばれる理由なんてどこにもないし、ウチじゃないほうがいいんだ、ほんとに、我が家のためにも、きっと番組のためにも。

「だめです」——と答える前に、ディレクターはかがみこんで翔太と目の高さを合わせ、にっこり笑って言った。

「ね、ボクもママと二人でおすし食べに行きたいよね?」

ずるい。セコい。でも、咳払《せきばら》いまでして猫なで声をつくるところが、なんとなく笑える。

「パパは?」と翔太は訊《き》いた。

「そうだね、うん、パパもいっしょだともっといいけど、今日はパパ、お留守番なのかな? お仕事なのかな?」

「ちがうよ、パパ、いっしょだよ」

「うん、そうだよね、おんなじ家族だもんね、でも、ほら、今日はママと二人でお買い物に来たんでしょ?」

「パパもいるのっ」翔太は唇をとがらせて、三本立てた指をディレクターの鼻先に突き出した。「三人でお買い物してるのっ」

「あ……そうだったんだあ」

地声に戻って答えたディレクターはけげんそうにあたりを見まわして、首をほとんど一周させてから、もっとけげんそうな顔でわたしを見た。

「ご主人、どちらにいらっしゃるんですか?」念のために、というふうにもう一度周囲に目をやって、首をひねりながら立ち上がる。「ご主人にも番組の企画をご説明したいんですが……」

「ここにはいません」

「いや、でも、いま息子さんが三人でって」

「先に帰ったんです」

ついい、声がきつくなった。こんなずうずうしい仕事をしてるわりには気が弱いのか、ディレクターはたじろぐように背筋を伸ばし、顎《あご》を引いた。

それを見ると、急に、どうでもいいか、という気になった。いきさつを説明するのもめんどうだし、思いだすと腹が立ってくるし、かなしくもなってくる。

「主人、呼びますから」とケータイを貸してもらった。まだ夫は電車には乗ってないだろう。駅ビルをぶらついて頭を冷やしてるか、お詫《わ》びのしるしのケーキでも買ってるか、いつものことだから、だいたい見当がつく。

「勝手にしろ！」とカンシャクを起こして一人でさっさと歩きだしたときの夫の背中と、いまごろそれを悔やんでるはずの背中を思い浮かべて、ケータイの小さなプッシュボタンを押していった。

なにがなんだかさっぱりわからないんだろう、ケータイを渡すときも、いまも、ディレクターはきょとんとした顔のままだ。

独身なんだろうな、たぶん。三十二歳のわたしなんて、どうせナンパのストライクゾーンから遠くはずれたおばさんなんだろうな。

このひと、観察眼がにぶい。あんなに顔を近づけてしゃべってたんだから、翔太のほっぺたに涙のあとがついてることぐらい気づけばいいのに。わたしの目だって、きっとまだうっすら赤いはずなのに。

ねえねえ、ウチね、ついさっき夫婦ゲンカしたばかりなんですよ、デパートの店員さんが止めに入るほどの派手なやつ――。

なんて教えてあげたら、どんな顔になるんだろう。

でね、わたし、ちょっと今度という今度は真剣に離婚考えてるんですよ――。

いきなり別の番組のスタジオに連れていかれちゃったりして。

月に一度あるかないかの〝お出かけの日曜日〟だったんだ、今日は。

それも、ふつうの〝お出かけの日曜日〟じゃない。

翔太の満六歳の誕生日と日曜日が、うまいぐあいに重なった。プレゼントを買うために、家族でデパートへ出かけた。お昼ごはんのリクエストは、お子さまランチにクリームパフェ。インディアン・サマーっていうんだっけ、朝からよく晴れていた。陽射《ひざ》しは十一月とは思えないほど暖かく、それでいてやわらかだった。翔太はおねしょをしなかったし、くたくたに疲れきっているはずの夫の目覚めもよかったし、朝ごはんの目玉焼きは三つとも黄身がつぶれなかったし、電車にも三人並んで座れたし、おろしたての翔太のセーターもよく似合っていた。

もちろん、ぜいたくを言えばきりがない。こんなふうに思うのっていやだけど、水道配管の下請けの工務店に勤めるダンナと、パートタイムでスーパーマーケットのレジ打ちをしているニョーボの夫婦だ。余裕のある暮らし、とは言えない。生活水準からいけば、世間の真ん中よりちょっと下ぐらい？　もうちょっと下？　まあ、〝中の下〟ってところでいいか。

でも、〝中の下〟なりに、今日は思いきり楽しい日曜日になるはずだった。翔太のためにも、思いきり楽しい誕生日にしてあげなきゃいけなかったんだ。

夫だってわかってたはずなのに。

どうして、一人でぶち壊しにしちゃうんだろう。

いつも、いつも、うんざりするくらい、いつも……。

五分後、夫は雑踏の中を息を切らせて駅から駆け戻ってきた。予想どおり駅ビルにいた。ケーキ屋さんを探してフロアを歩いているときにケータイが鳴ったんだという。

電話では「すぐに来てほしいの。テレビ局のひとが番組に出てくれ、って」とだけ話し、あとはぜんぶディレクターにまかせた。夫が戻ってきてからも、ほとんど口はきかなかったし、目も合わせなかった。夫のほうも、最初はわたしと仲直りしたそうな顔だったけど、そっけないわたしの態度にあきれたのか、あきらめたのか、カンシャクがぶり返しそうになったのか、ディレクターとの話し合いを一人で引き受けて、「どうする？」とわたしを振り向くこともない。

行っちゃうんだろうな、と思った。翔太はすっかりその気になってるし、夫はあの番組を観たことがないはずだし、なにより、七年も夫婦をやってればわかる、夫はいま、なんとかして翔太を元気づけようと考えてるはずだ。台なしになりかけた〝お出かけの日曜日〟を立て直すためなら、なんだってする覚悟だろう。

「そうですか……二時間ほどねえ……」

ほら、もう決まりだ。

「子供もおもしろがってるし、まあ、そういうお店のおすしを食べるのも、そうめったにはねえ……」

体は力仕事で鍛えてがっしりしているけど、性格は優柔不断。陽に灼《や》けた浅黒い肌が、じつは塗り物のお椀《わん》を持っただけでかぶれてしまうほどデリケートなんだと知ったら、ディレクターはどんな顔になるだろう。けばだって肘《ひじ》のところがぽこんと出たツイードのジャケットが一張羅だなんて、信じてくれないかもしれない。

「パパ、行こうよ！」と翔太が甲高い声で言った。

立ち直りの早い子だ。わたしに叱られたときだって、五分もすればケロッとして「ママ、ママ」とまとわりついてくる。単純な性格は、パパそっくり。だから、ときどき腹が立つ。

　夫がわたしを見る。目が合うと、少し決まり悪そうに笑って、「まあ、シャレってことで、いいんじゃないかな」と言った。

「いいんじゃない？」とわたしは言った。どーぞ、お好きなよーに、とまでは付け加えなかったけど。

「ありがとうございます！　よろしくお願いします！」

　ディレクターは夫とわたしに最敬礼して、「車でお連れしますので、どうぞ、さあ、どうぞ」と、サスペンスドラマでおなじみの温泉旅館の番頭みたいにうやうやしく行く手をあけた。

　夫も「よーし、翔太、おなかいっぱいおすし食べような」と張り切って言った。翔太のやつ、「ぼく、おなかぺっこぺこ」と身振りを交えて返す。空《す》きっ腹でパパに置き去りにされた恨みなんて、これっぽっちも残ってないんだろう。

「ママ、早く行こっ、おすし食べよっ」

「食べるのは二人ね、翔ちゃんとパパだけ」

　わたしの言葉に、夫もディレクターも驚いて振り返った。

「ママは？　おすしいらないの？」

「うん、お店までいっしょに行ってあげるけど、ママ、いらない。見てるから」

すまし顔で言ってやった。

「いや、あの、しかしですね、奥さん……」とディレクター。

「あ、そう、そう、そうなんです、女房、すしが嫌いなんですよ」と苦しいフォローをする夫。

「うそ、ママ、おすし大好きじゃん」と素直で正直な翔太。

「早くしてもらえませんか？　さっさと子供を連れて帰りたいんで」と、子供の頃から一度へそを曲げたら機嫌が直るまでに三日はかかっていた、わたし。

だから、ウチじゃない一家を選んだほうがよかったんだ。

＊

翔太は何日も前から〝お出かけの日曜日〟を楽しみにしていた。

バースデイ・プレゼントは、テレビアニメで人気の超合金ロボット。一足先に買った同じアパートのトオルくんに自慢されどおしなのがよほど悔しいんだろう、「いちばん大きいの買ってね」と行きの電車の中でも何度も繰り返していた。

毎月の家計をやりくりして、今日のために消費税込み一万円の予算をたてた。プレゼントが五千円にお昼ごはんが四千円、交通費の千円をプラスして合計一万円。

ささやかなぜいたくだ。

いまどきの女子高生なら、「ちょっとおばさん、それってちょー不幸入ってない?」なんて言うかもしれない。

使用済みのパンツ売って一万円? 援助交際で五万円? 最近は値崩れしちゃったんだっけ?

どっちにしたって、率のいい稼ぎだ。そういう暮らしとはまるっきり別の暮らしがあるってこと、あの子たちにはわからない。時給六百円で半日立ちどおしでレジを打って、五千円たらず。やってみればいい。でも、あの子たちにとっては「主婦売春みたいな?そんなのやればいいじゃん」の一言でおしまいなのかな……。

不幸だなんて思わない。「幸せはお金じゃないんだ」なんてテツガクするほど枯れてはいないけど、「お金がないと幸せになれない」なんて言うほどガキでもない。幸せの基準を、ちょっと下げればいいだけのこと。バブル景気のさなかに独身時代を謳歌《おうか》して、バブル崩壊とともに結婚生活を始めたオンナだ、それくらいの気持ちの切り替えができなくてどうする。

一万円で過ごす休日だって、じゅうぶん楽しい。意地でも強がりでもなく、そう思う。でも、夫は違う。同い年で、わたしと同じようにバブルの浮き沈みを体験しているのに、なんでもすぐに勝ち負けにしてしまう。総予算一万円の休日は、五千円の休日には勝ってるけど、五万円の休日には負けてる。そういう計算をするひとだ。

しかも、幸せの基準が、「なんで？」と訊きたくなるほど高い。

我が家は、不幸――そう決めてかかっている。

〝お出かけの日曜日〟は、だから、夫にとっては自分の不幸を思い知らされるだけの一日にすぎない。

まわりの家族連れを見るたびに、「いいよなあ……」とため息をつく。なにがどういいのかわからないけど、とにかくうらやましいんだという。

デパートに入っても、べつに買うつもりのない家具や家電製品や服の値札をわざわざ覗《のぞ》き込んで「高いよなあ、無理だよなあ、こんなの」とつぶやく。

それを聞かされるたびに、〝お出かけの日曜日〟の浮き立った気分に冷たい水を浴びせられたような気になる。

なにイジイジしてんのよ、それでもオトコなの？――喉元《のどもと》まで出かかった言葉をグッと呑《の》み込むときだってある。

「まあ、でも、もっとポジティブに考えなくちゃな」

夫も、わかってるんだ。

わかってるんだけど、根本的にはわかってない。

ホームレスのひとを冷ややかに見やって、「人間、ああなっちゃおしまいだもんな」

……これが、ウチのダンナのポジティブ志向。

昔はそんなことなかった。

最近——ここ二、三年だ。

高卒で入社して十年以上勤めていた中堅ゼネコンをリストラされて、いまの工務店に再就職した頃から。

新婚以来住んでいる2DKのアパートのお隣さんだったヤスハラさんが、マイホームを買って引っ越していってから。

翔太を保育園に預けてわたしが勤めに出るようになってから。

東京の郊外に暮らすわたしの両親が、実家を二世帯住宅に建て替えようかと言いだした頃から。

「生まれた時代が悪かったんだよなあ、こんなさあ、不況のまっただなかで、ダイオキシンとか環境ホルモンとか、な－んにもいいことないもんなあ」

夫はお酒が弱い。グラス半分のビールで顔が真っ赤になるくせに、愚痴ることだけは一人前の酔っぱらいだ。

「おまえもかわいそうだよなあ、こんな家に生まれて。三十ヅラさげて手取り二十万円切ってる親父《おやじ》なんてさあ、いないほうがましかもなあ」

翔太の寝顔に、ぶつぶつと語りかける夜もある。

うっとうしい。

ほんとうに、首絞めてやろうかと思うくらい、うっとうしい。

「おまえ、性格がキツすぎるんだよ。歳《とし》はくってるけど、ヤンママってのか？　いるだろ、茶髪の、ガラの悪そうな子連れ。それと同じじゃないか」

夫がそのテのことを言いだしたら、夫婦ゲンカの導火線に火が点《つ》いたも同然だ。

夏の終わり頃から、しょっちゅうケンカをするようになった。

「もう別れる！」と怒鳴ったことも一度や二度じゃない。

でも、今日だけは、最初から最後まで楽しいままの〝お出かけの日曜日〟にしたかった。

翔太の記憶に一生残るような幸せな誕生日にしてあげたかったのに……。

デパートのオモチャ売り場に着いたところまでは、よかった。

お目当ての超合金ロボットの並ぶ棚に駆けていく翔太を、わたしも夫も、にこにこと笑って眺めていた。

ところが、翔太が「これ！」と両手で抱きかかえたロボットの値札を覗き込んだ瞬間、夫の顔色が変わった。

九千八百円。消費税を入れて、一万二百九十円。

するんだ?」

「嘘《うそ》だろう?」と夫は声を裏返らせた。「たかが子供のオモチャだぞ、なんでこんなに

「オモチャっていっても、最近はそれくらいしちゃうわよ」

「それくらいいって、おまえ、一万円だぞ?」

「しょうがないじゃない」

予算オーバーはたしかに痛いけど、翔太のバースディ・プレゼントなんだ。五千円は、わたしの冬物のスエットを我慢すれば、なんとかなる。

でも、夫の顔はこわばったままだった。

「これね、七つに分解できるんだよ」

嬉《うれ》しそうに言う翔太の笑顔から目をそらして、夫は棚に手を伸ばした。同じ超合金ロボットでも、サイズが半分ほどのやつを乱暴につかんで、値札を確かめてうなずく。

「これでいいだろ、これで」

四千五百円。消費税込み、四千七百二十五円。予算の範囲内だけど、大きいロボットに比べると、サイズだけじゃなくて全体の質感もはっきりと見劣りしてしまう。

「だめだよお」と翔太はすぐに言ったし、わたしも「翔ちゃんの欲しいのにしてあげようよ」となだめる口調でとりなしたけど、だめだった。

「こっちでいいんだ」優柔不断なくせに、こういうときは有無を言わせない口調になる。

「オモチャに一万円も出せるか、常識を考えろ」

「翔ちゃんの前でお金の話してもしょうがないでしょ」

わたしの声もしだいにとがってくる。

「なに言ってんだ、金の重みはちゃんと教えなきゃだめなんだよ。一万円稼ぐためにオトナがどれだけ苦労してるのか、そういうのがわかんないガキが、いろいろ事件とか起こしてるんだから。ほら、翔太、こっちのロボットにしろ、いいな？」

翔太は大きなロボットの箱を抱きしめたまま、「やだ」と言った。

「大きいのだと、部屋が狭くなっちゃうぞ」

「だって、そっちのは分解できないんだもん」

「分解したらすぐになくしちゃうだろ」

「なくさないもん」

「どうせすぐに飽きちゃうんだから」

「飽きないもん」

「いや、だからな、翔太……」

自分の言葉を自分でさえぎって、夫は「口答えするな！」と怒鳴った。めんどうくさくなったら、すぐカンシャクを起こす。オトコとして、オトナとして、パパとして、サイテーのことだ。

翔太はビクッと身をすくめ、ロボットの箱をさらにだいじそうに抱いた。近くにいた家族連れも驚いてこっちを見る。わたしたちと同じくらいの年格好の、夫の基準からいけば「幸せ」なひとたちだ。

夫もさすがに気まずそうな顔になったけど、ここで「じゃあ、やっぱり翔太のいいほうにするか」と切り替えられるほど器用な性格じゃない。かえって依怙地《いこじ》になって、小さなロボットを手に一人でレジに向かった。わたしはあわてて止めようとしたけど、その前に翔太が泣きだした。

ずっと楽しみにしていた〝お出かけの日曜日〟は、その瞬間、終わった。

そこから先の言い争いや、止めに入る売り場のひとのあきれはてた顔や、周囲の「幸せ」な皆さんのヤジ馬根性むき出しの視線は、もう思いだす気にもなれない。

夫は自分の決めたことを押し通した。ためらう店員さんを最後は叱《しか》りつけるようにして、小さいほうのロボットを包んでもらった。青いリボンをかけさせたのは、せめてもの翔太への思いやりだったんだろうか。泣きじゃくる翔太にかわって、わたしが包みを受け取った。引き替えに「あなたとは、もうやっていけない」と、怒りと悲しみと情けなさに震える声で言った。

「勝手にしろ」

吐き捨てるような声で、でも一瞬、ヤバいよどうしよう、という表情を浮かべて、夫はその場から立ち去っていった。

不器用で、短気で、ほんとうは気の小さなひとなんだ。いまの暮らしを「不幸だ、不幸だ」と言うくせに、それを捨てる度胸なんてないひとだ。つくづく、わかった。

今度という今度は、離婚、本気だ——。

＊

テレビ局のワゴン車に乗り込むと、夫は「そうか、四谷を通るのか」とか「日曜日は車が空いてるよなあ」とか、どうでもいいことを話しかけて、わたしのご機嫌をうかがってきた。もちろん、わたしは無視。そのたびに夫は助手席に座ったディレクターをちらちらと見る。どうして、そんなつまらないところで見栄《みえ》っ張りになるんだろう。

「翔ちゃんがおすし食べたら、二人で帰るからね。パパは一人で帰って」

唐突に、ディレクターにも聞こえるように言ってやった。夫は口をあわあわさせて、頼むよオレが悪かったよ謝るから、と目で伝えてくる。いまさら遅い。悪いけど、今日は思いっきり意地悪にやらせてもらう。

夫は、今度は翔太を相手に話しはじめた。「あそこに大きな建物が見えるだろ、ホテルニューオータニっていうんだぞ」「今日はいい天気だよなあ」「翔太、保育園でいちばん仲がいい子って誰なんだ?」……つまらないことばかり。

翔太も、ここで超合金ロボットの話を蒸し返してやればいいのに、そんなこと忘れてしまったみたいに屈託なく受け答えする。お人好《ひとよ》しというか、のんきというか、バカだ、この子。

「ねえ、パパ、おすし屋さんって、どんなお店?」

「そうだなあ、回転ずしじゃないし、銀座だからなあ、豪華だぞ」

「ゴーカって?」

「ほら、駅前にお城みたいなおすし屋さんあるだろ。キンキラキンで、お店の前に水槽のあるところ。知ってるか?」

「知ってる。お店に入ったら、お店のひとがタイコたたくんでしょ?」

「そうそう、あんな感じだよ、たぶん。パパも一回、あそこで天ぷら定食食べたことあるんだけど、おいしかったぞお。うなぎもあるから、今度行ってみるか」

「あのね、ゆり組のヒロシくんも、こないだあそこにごはん食べに行ったんだって」

「すごいなあ、ヒロシくんち。お金持ちなんだな」

「でも、みんなけっこう行ってるよ?」

「……口だけだよ、どうせ」

いいぞいいぞ、翔ちゃん、いまのツッコミ、サイコー。

わたしは窓の外を眺めて、ざまーみろ、と笑った。

しかも、夫は完璧《かんぺき》に勘違いしている。勘違いというより、なめてる、甘く見てる、〝銀座の超高級店〟を。

お城みたい？　キンキラキン？　水槽？　太鼓？　一流の料理人のいるお店を、各駅停車しか停まらない私鉄の駅前のおすし屋さんと重ねちゃうわけ？　天ぷらやうなぎも出すようなお店といっしょにしちゃうわけ？

知ーらない、っと。

わたしはもう一度、こっそり笑った。さっきより、もっと意地悪な笑い方になった。

ふと見ると、ディレクターと運転手も目配せしあって、わたしと同じようにほくそ笑んでいた。

ほら、やっぱり、〝銀座の超高級店〟って、そんなに甘いものじゃないんだ。

お店に連れていかれて愕然《がくぜん》とする夫の顔を思い浮かべると、わくわくしてくる。

でも、胸の奥のどこかが、ほんのちょっとだけ、チクッと痛む。ディレクターたちの笑い方が、なにか、いやだった。自分がそれと同じように笑ったんだと思うと、もっといやになる。

ワゴン車は半蔵門から日比谷を抜けて、有楽町経由で銀座に入った。

「もうすぐですから」

半身になってわたしたちを振り向くディレクターの顔と声は、出演交渉のときのような低姿勢のものじゃなかった。ここまで来たらもう逃がさないからな——そんな声が、どこかから聞こえてくるような気もする。

夫にこの番組の狙《ねら》いを教えておいたほうがいいだろうか。でも、かえってプレッシャーになっちゃうだろうか。迷っているうちに、車は大通りから一方通行の狭い道に入って、停まった。

ディレクターが「そのビルの三階です」と指さした先に、『鮨割烹《すしかっぽう》　なぎさ』と、客寄せなんてはなっから考えていない小さな看板が出ていた。

ビルの三階のすし屋。〝いちげんさんお断り〟の世界。

やっぱり、〝銀座の超高級店〟だ。

車を降りた夫は、黙って看板を見上げた。唇をしきりに舐《な》めてる。緊張して、不安になって、逃げだしたくなってるときの癖だ。

でも、もちろん、もう逃げることなんてできない。

〝銀座の超高級店〟は、店構えも渋かった。大人二人並んでは入れない小ぶりの格子戸《こうしど》、それだけだ。看板はない。暖簾《のれん》も掛かってない。クレジットカードのステッカーすらない。

「ほんとうにご主人と息子さんだけでいいんですね？」

ディレクターは店の前で、念を押すようにわたしに尋ねてきた。一瞬迷ったけど、夫とは目を合わさずに「はい」と答えた。

「そうですか、じゃあ、お二人ということで」

意外とあっさり引き下がったのは、夫だけでじゅうぶん視聴者のさらし者にできると考えたせいだろうか。

ディレクターは夫に向き直って言った。

「ごらんのとおり小さいお店ですけど、ホンマグロは日本一なんです。あと、お酒のほうも気《き》の利いた地酒を揃《そろ》えてるんで、どうぞお好きなのを」

「はあ……」

夫の返事はほとんど息だけだった。右手で翔太の手をギュッと握りしめて、左手でジャケットの下に着たポロシャツのボタンをいちばん上まで留めた。

「オヤジは江戸っ子ですからね、キツいこともたまに言いますけど、まあ、お気になさらず、酒の肴《さかな》のつもりで聞き流してください」

「キツいって、どういう……？」

「まあ、それはお楽しみということで。じゃあ、ぼくと奥さんは先に中に入ってますから」

含み笑いとともに、夫に道を空けるように脇《わき》に下がる。

「あ、ちょ、ちょっと待って、すぐ、すぐですから」

夫はお笑いタレントのリアクションみたいにその場で両手両足をばたつかせて、あたふたとわたしのそばに来た。

この期《ご》におよんでつっけんどんな態度をとるのは、あまりにもかわいそうだ。

「なに？」と訊《き》くと、「いいから、ちょっと」とディレクターから少し離れた場所にわたしをひっぱっていった。

「あのさ、おまえ、グルメの漫画、好きだよな」早口の小声で、半べその顔になって。

「すしって、どういう順番で頼むんだっけ。コハダからだっけ？」

「卵焼きって書いてある本も読んだけど……」

「どっちなんだよ」

「そんなの知らないわよ。あと、ほんとの通は、ワサビだけの巻きずしを頼むとか、そんなのもあった気がするけど」

「なんだよそれ、わけのわかんないもの読むなよ、バカ」

「なによ、その言い方」

「だってそうじゃないかよ、どれか一つに決めろよ。『美味《おい》しんぼ』でいいよ、『美味しんぼ』にはなんて書いてあった？」

「覚えてるわけないじゃない」
「……思いだしてくれよ、頼むよ……なあ」
頭の中がパニックになってるんだろう、いま。
「パパ、まだあ？　早く入ろうよ」と翔太が言う。もしかしたら、この子、わたしより
ずーっと意地悪なのかもしれない。
夫も観念したのか、「わかった」とか細い声で答え、がっくりと肩を落としてうなだ
れた。
「奥さん、どうぞ、先に入ってましょう」とディレクターが言った。
店に入る間際《まぎわ》に振り返ると、夫はうなだれたまま、唇を舐めつづけてた。
がんばって――。
思わず、声をかけたくなった。
許してないからね、許してないからね――すぐに、自分に言い聞かせたんだけど。

＊

「へい、らっしゃいっ！」

夫が格子戸を開けたとたん、店の主人が声を張り上げた。あいさつというより脅しを

かけるみたいな、よく響く低い声だ。

夫はビクッと身をすくめ、戸口でカラ足を踏むような格好になった。すぐ後ろについた翔太が「パパ、早く入ってよ」と小声で言う。わかってるよ、うるさいな。声には出さなくても、口の動きでわかる。カメラは、いまの夫の口元をしっかり撮影してるはずだ。テレビを観《み》てるひとたちは、今日の親子連れはなかなかおもしろそうだぞ、と意地悪な笑みを浮かべるだろう。

ディレクターと二人で店の奥の座敷に座ったわたしは、小さなモニターの映像を見つめる。目の前の光景なんて、とても平静には見てられない。

L字型のカウンターには、十人ほどの先客がいる。日曜日ということもあってスーツ姿のひとはいないけど、そのぶん常連ならではのリラックスした雰囲気で、おすしをつまみ、お酒を飲んでる。

「どうぞっ、こちら」

主人は、Lの角に近い席を指し示した。だるまのような押し出しのある体格に、ゴマ塩の角刈り、ぎょろっとした大きな目……黙っていても「いちげんさん、お断り」だ。

「にげん」や「さんげん」ていどでも、お愛想すら言ってもらえないだろう。

若い店員さんが椅子《いす》を引く前に座ろうとした夫は、膝《ひざ》をカウンターの板にぶつけて「うぐっ」とうめいた。

ばか。

「ぼく、じぶんですわれるよ」とよけいなところで張り切った翔太は、椅子をよじのぼろうとして運動靴を履いた足を振り回し、隣の席のおばあさんにいやな顔をされた。

ばか、ばか。

なんとか席についてからも、夫の背中に一息ついた余裕はない。逆に、なんだよこれ、まいっちゃったなあ、とよけいあせっているみたいだ。この店のカウンターには、おすし屋さんにつきもののネタの冷蔵ケースがない。主人と客がなにも隔てずに向き合う格好になる。しぐさや表情が丸見えだ。目をぎょろつかせ、太い眉毛《まゆげ》を寄せた主人は、早くも夫の値踏みをはじめてるのかもしれない。

若い店員が竹カゴからおしぼりを取り出して、渡した。夫はぺこぺこと頭を下げる。翔太は、ファミリーレストランでいつもそうするように、おしぼりを広げて顔を拭《ふ》いていく。

ばか、ばか、ばか。

別の店員が、カウンター越しにお盆ぐらいのサイズの木箱を差し出してきた。夫はついそれを受け取りそうになり、中にすしダネが並んでいるのを見て、あわてて手を引っ込めた。

ばかばかばかばかばかばか、ばかっ。

わたしはモニターに映る夫から目をそらし、他のお客の背中越しにちょっとだけ見える実物の夫の横顔を祈るように見つめた。これ以上、恥かかないで。みっともないことしないで。みぞおちが痛い。「いてもたってもいられない」というのはこういうことなんだと、初めて実感した。

「本日は、このあたりをご用意させていただきました」

「あ、どうも、はい……わかりました」

なにもわかってないくせに。見分けがつくのはエビとタコとイカぐらいのもので、あとは全部まとめて「お刺身」のくせに。

「お飲物はなににいたしましょう」

「パパ、ぼくオレンジジュースほしい」

ばかばかばかばかばかばかばかばかばか、この、ばか息子！

夫の隣に座った若い女のひとが、ぷっと吹き出して、連れの初老の男に目でたしなめられた。頭は鳥の巣、服はトロピカルな花束みたいな派手派手しいいでたちのひとだ。やなオンナ――すぐに思った、幸せの基準をぜんぶお金で決めてしまいそうな、わたしのいっとう嫌いなタイプのひとだ。

「あの、お茶、お茶をください」

夫はうわずった声で言った。翔太には冷たいお水のほうがいいんだけど、いまの夫にそこまで望むのは酷だ。

「おいくつですか?」と店員が夫に訊く。

「あ、あの、五歳なんです」

「ちがうよ、ぼく六つだもん」

唇をとがらせて訂正する翔太を無視して、夫は「すみません、この子、こういうところ初めてなんで……」と主人やまわりのお客に謝った。

今度は、主人が吹き出した。

「すいやせん、若い衆《しゅ》が舌足らずで。お茶をおいくつお持ちしましょうかって、うかがったつもりだったんですよ」

ゆっくりと、噛《か》んでふくめるような言い方だった。やだ、このひと、イヤミなんだ。

「あの、えーと、二つ、お願いいたします」と夫は言った。「いたします」なんて、つらいよ、それ。

しかも、主人は眉毛をひくつかせて「ダンナさんもお茶で?」と不服そうに念を押してきた。

きょとんとする夫に、カメラマンが口をぱくぱく動かして助け舟を出した。じ・ざ・け・お・ま・か・せ。

まずい、とわたしは思わず座敷に膝立ちして、び・い・る、び・い・る、と口を動かした。アルコールに弱い夫に、しかもこの状況で日本酒を飲ませるなんて、どう考えたってまずい。

でも、夫にこっちを振り向く余裕はなかった。

「あの、そう、地酒、おまかせでなにかいただけますでしょうか……」

「へいっ、越後のいいのが入ってますんで、そっちの味を見ていただきやしょうか」

主人はやっと「客」扱いしてくれたけど、それもつかのま、ほっとした夫がジャケットのポケットから煙草《たばこ》を取り出したとたん、「お客さんねえ」とまた嚙んでふくめるような口調で言われた。

「すいやせんが、ウチはすしを召し上がっていただく店なんで、煙草はちょいとうまくねえんですよ」

言葉遣いはていねいで、顔も笑ってる。でも、まなざしは鋭く夫を射すくめる。あたふたと煙草をしまう夫を店内の誰もがそっけない顔で眺めるなか、ディレクター一人、いいですよいいですよその調子、とうなずいていた。

ガラスの酒器と信楽《しがらき》の湯吞《ゆの》みが置かれ、主人が付け台に笹《ささ》の葉を敷き、ポンとてのひらを叩《たた》いて、いよいよ、だ。

「坊ちゃん、おじさんのお店は、お皿が回らないからね。好きなの言っとくれよ」

「はーい」

「おっ、元気いいぞ」

主人は夫に向き直り、またてのひらを叩いた。

「さて、なにから握りやしょうか」

来た。

夫は意外にも落ち着いた声で言った。

「おまかせでお願いします」

よーし、とわたしは座卓の下で小さくガッツポーズをつくった。さすがにウチのダンナだ、優柔不断の面目躍如って？

ところが、主人はにこりともしない。シロートさんにはまいっちゃうよなあ、というふうにおおげさな息をついて、ことさらにねばつく口調で言った。

「お客さんにお好きなものを召し上がっていただくのがすし屋でしてね、あたしも千里眼じゃねえんだ、今日お目にかかったばかりのお客さんのお好みまでは、ちょいと」

「……すみません」

「さ、いかがしましょうかあ？」

「あの、なにか、おすすめはありますか？」

よしっ、これだ。

でも、主人は「ウチのはぜんぶおすすめですよ」と、さらに不機嫌になってしまい、夫を見限ったように翔太に声をかけた。

「坊ちゃん、なにが欲しい？　なんでも言ってごらん、おじさん握ったげるから」

翔太はこっくりとうなずき、「うーんとねえ……」と少し考えてから顔を上げて、店じゅうに響き渡る甲高い声で言った。

「ぼく、シーチキン！」

＊

やっちゃったあ……。

言っちゃったよ、この子。

〝銀座の超高級店〟で、シーチキン。ホンマグロが日本一のすし屋で、注文のしょっぱなに、シーチキン巻き。

主人が一瞬ぽかんとなった隙《すき》に、夫は翔太の肩を揺さぶって「違う違う、エビだろ？　なっ、エビなんだよな、翔太好きだもんなエビ」と、無理やり「うん」と言わせた。

主人は木箱から朱と白の色合いも鮮やかなエビを取り出しながら、やれやれ、と息をついて言った。

「最近の回転ずしはめちゃくちゃやるからねえ、古いすし屋は面食らっちまうよ。こないだなんか、テレビ観てたら、ハンバーグ巻きなんてのも出てきやがってさ、ケチャップだよケチャップ、やだやだ、ああやって子供の舌がバカになってくんだ」

芝居がかったぼやき声に、カウンターの客も笑いながらうなずいた。夫は顔を伏せる。ハンバーグ巻きは、翔太はもちろん、じつは夫の大好物でもある。ついでに言えば、わたしだって。

「要するに、回転ずしってのは、刺身を載っけた握り飯だかんね。今日び、ロボットが握るってんだろ？　もう、やんなっちゃうよねえ。こないだなんかもさ……」

主人のおしゃべりを、夫は「あの、すみません」と申し訳なさそうにさえぎった。

「へい、ダンナさん、なにか悪いことしたの？」

「ワサビ抜いてもらえますか」

「へっ？」

「子供なんで、すみません、ワサビ抜いてください、すみません、すみません……」

恐縮しきって、頭を何度も下げる。か細く震えた声は、泣き出す寸前のようにも聞こえた。

店内は、しんと静まり返った。「いちげんさん」への同情と、まいったなあというため息が入り交じった、しらけた沈黙だった。

「あいよっ、了解っ！」

主人はおどけた声で答え、「そうそう、いいんですよ、ダンナさん、なんでもおっしゃってくださいね」と笑いながらつづけたけど、夫はうつむいたまま冷酒のグラスを手にとった。苦い薬を服《の》むときのように目をつぶって、息を詰めて、一口すする。

わたしはモニターを食い入るように見つめた。目をそらしてはいけないんだと思った。悔しさなのか悲しさなのかよくわからないけど、胸が熱い。自分だけ逃げたことを初めて悔やんだ。

わたしの父は一部上場の食品メーカーの営業部長だった。子供の頃、〝お出かけの日曜日〟には、よくおすし屋さんに行った。〝銀座の超高級店〟とまではいかなくても、カウンターに座ることもしょっちゅうだった。子供のくせにヒカリモノが好きだったわたしは、コハダやアジやサヨリを何度もおかわりして、父や母にあきれられてたんだ。

夫と結婚式を挙げる前夜も、家族水入らずでおすしを食べにいった。両親に挟まれてカウンターに座り、「なんでも好きなもの食べろよ」と父に言われて、その頃はもう中トロやヒラメのほうが好きになっていたけど、ヒカリモノばかり頼んだ。母は「おなかこわしちゃうわよ」と、よく考えたらお店にかなり失礼なことを言って、ワサビが利《き》きすぎてると言い訳しながらハンカチを目にあててた。

いまは父も定年退職して、母と二人暮らしだ。おすし屋さんに出かけてるのかどうかは知らない。たまに電話で話すときには、細かい暮らしのできごとよりも、なにがどうしたというかたちを持たない寂しさのほうを母の声から聞き取ってしまう。

結婚する前のほうが幸せだった――とは思いたくない。でも、幸せを計る物差しをお金にしたら、負けてる、それは認めなくちゃしょうがない。

認めるけど、受け入れない。あたりまえだ。貧しさと不幸せとは、ぜったいに違う。夫にもそう思っててほしいのに。1DKの暮らしより2DKの暮らしのほうが幸せだなんて、手取り二十万円の暮らしより三十万円の暮らしのほうが幸せだなんて、そんな勝ち負けなんて考えてほしくないのに。

「さ、ダンナさん、なに握りやしょう」

主人が、またてのひらを叩いた。

「えーと……」

「さ、ぽんぽんいきやしょう」

「はい……」

カメラマンが、また口を動かした。ま・ぐ・ろ、ち・ゅ・う・と・ろ。

「あ、あの、中トロ、お願いします」

「『あ、あの、中トロ』ってのはねえんですよ、ただの中トロでよろしいですか?」

わたしの胸は、またカッと熱くなる。今度ははっきりとわかる、江戸っ子の風上にも置けないイヤミ主人への怒りだ。

「へいっ、中トロお待ちっ」

回転ずしよりも二回り小ぶりのすしが二カン、笹の葉に載った。箸《はし》は出てたけど、まわりの男のお客はみんな指でつまんでる。夫も右手を付け台に伸ばした。人差し指と中指でネタを軽く押さえ、下から親指をあてがってシャリを支えて、すっと持ち上げる。

だめだってば——声が出そうになった。

こういう店のおすしは回転ずしよりずっとシャリがゆるいのに、夫の手つきは乱暴すぎる。

あんのじょう、シャリが分厚いネタの重みに負けて、親指の先から崩れそうになる。夫もあわてて腕を縮め、すしを手早く醬油《しょうゆ》に浸《つ》けようとした。それがかえってまずかった。シャリが真ん中から二つに割れて、とっさにつかもうとしたら手元のシャリもネタごと醬油の小皿に落ちてしまった。

醬油が撥《は》ねた。しぶきが散ったのがモニターの画面でもはっきりと見えた。

隣の席の、さっき夫を無遠慮に覗き込んでた若い女のひとが、ブラウスの肘《ひじ》を指さして「やだあ、もう！」と金切り声をあげた。

ほとんどなにも考えず、わたしはハンカチを手に彼女に駆け寄った。ディレクターが詫《わ》びた。夫もひたすら頭を下げて、翔太までしょぼんとうなだれてしまった。

でも、彼女の怒りはおさまらない。連れの男のひとがなだめてもだめだ。醤油の件というより、ここにウチみたいな家族がいることじたい許せないんだと、わかる。

「こういう取材は定休日にやってよね」と主人をにらみ、「撮らないでよ」とカメラマンを一喝して、夫を見て嘲《あざけ》るようにフフッと笑い、その笑みをわたしにも向ける。

「ダンナと息子なんだあ、へえーっ」

モニターの中では華やかな顔立ちだったけど、近くで見ると、けっこー、ブス。

「そんなにしてまで、ただでおすし食べたいってね、なんか、哀れっぽいよねえ」

夫は奥歯を噛みしめ、わたしから目をそらした。

主人がとりなすように「もういいじゃないですか」と言い、連れのひとも店員に手振り交じりに「お勘定」と声をかけたけど、彼女はまだなにか言いたげな顔で、今度は翔太に目をやった。

黙ってて――。

なにも言わないで――。

「ボクもたいへんだよねえ、こんなパパとママの息子でねえ……」

翔太はうなだれたまま夫の腰に抱きつき、背中にまわった。

でも、負けたわけじゃない。

顔だけ横から出して、やってくれた。

あっかんべえ。

よし、ママの息子。パパの息子。わたしたちの、世界でいちばんたいせつな息子なんだ、翔ちゃんは。

わたしは息を大きく吸い込んで言った。

「ただって、嬉《うれ》しくないですか？」

声は震えないし、裏返りもしない。

「こんなすごいお店のおすしがただで食べられるなんて、ごほうびもらったみたいで、わたし、すっごく嬉しいんですよね」

そう、そうなんだ。自分の話す声を自分で聞いて、自分の思いを確かめる。

「そんなの自分でお金払って食べればいいじゃない」彼女はいらだたしげに言った。

「セコいこと言わないでよ」

ぜんぜん、平気。

「ただだから食べてるんです」

「なによ、それ……」

「自分のお金は、もっと別のところにつかいます」

「セコいだけなんじゃない」

「フツーなだけです」

彼女は目を吊《つ》り上がらせ、唇をひくつかせたけど、言葉にはならなかった。サインで支払いを終えた連れのひとが、彼女の肘を引き、もうやめとけ、と目配せした。

わたしは夫がさっきまで座ってた席に腰をおろした。

「すみません、わたしも中トロ、ください」

夫の飲みかけだったお酒も、飲んだ。ふうん、なかなかおいしいじゃない、これ。

主人は呆然《ぼうぜん》としたまま、返事もしない。自分がいばれなくなったら、急に情けなくなるひとなんだ、このひと。つまんない江戸っ子。

「うわあ、楽しみ、早く握ってください」

まるい声をつくった。シャボン玉をふくらませるように、ゆっくりと。

決まり悪そうに立ち去るさっきの彼女を笑顔で見送ってたら、ガタン、と椅子《いす》を引く音がした。振り向くと、夫が翔太の席に座ってた。わたしを見て、ちょっと照れくさそうに口元をもごもごさせて、言った。

「よし、食おう。食おう食おう、どんどん食うぞ、オレ」

翔太を膝《ひざ》に抱きとって、手酌で注いだお酒を勢いよくあおる。

やってくれるじゃない、意外と。

夫は、窮屈がる翔太の背筋を伸ばして、店じゅうのひとに言った。

「今日ね、息子の誕生日なんですよ」

「六歳になったんです」とわたし。

「赤ん坊の頃は体が弱くて、夜中に何度病院に行ったか数えきれないほどだったのに、こんなに大きくなったんですよ」

「来年から、小学生なんです」夫唱婦随ってやつだね、これ。「クリスマスにランドセル買うんです」

「ほんと、嬉しくてね……食いますよ、すし、食っちゃいますよ、お祝いですからね」

夫は醬油の小皿を手にとった。無惨《むざん》に崩れた中トロのおすしが、醬油を吸って真っ黒になってる。でも、夫はためらうことなく、ぐちゃぐちゃのおすしをつまんで、言った。

「ご主人」

すしを手にしたまま。醬油が指先を濡《ぬ》らし、カウンターにもしたたり落ちる。

「この中トロ、一つおいくらなんですか？」

主人は「いや、それはちょっと……まいっちゃうなあ」と口ごもる。

「教えてください。お願いします」

「……二カンで、五千円ってとこですかね」

なるほど。わたしと夫は目を見交わして、少しだけ笑った。醬油まみれの、このおすし一つで、二千五百円。ふうん。一口で頰張って、醬油のしょっぱさに舌を縮めて、ずぶずぶにふやけたシャリもネタも嚙むこともできずに喉《のど》の奥に滑り落として、これで二千五百円。へえ。付け台に残っていたもう一カンは、わたしがもらった。醤油をちょっとだけつけて、もぐもぐ、ごっくん、これで合計五千円。わたしがスーパーマーケットで八時間働いても、たりない。

指先についた醤油をぺろりとなめた。夫も同じように、きっと、毎日毎日の工事で指に染《し》みついた水道管の錆《さび》のにおいもいっしょに。

「パパ、ぼくのは？」

翔太が不満そうに言った。そりゃそうだ。でも、翔ちゃん、ここ、ハンバーグ巻きもシーチキン巻きもないんだって。サイテーだね。

夫はまた、店の中の誰にともなく言った。

「誕生日なのにね、ちょっと息子を泣かせちゃって、すしでも腹いっぱい食べて気分直そうと思って……セコいですね、ははっ、セコいです、ほんと、やんなっちゃいます」

「パパ」翔太は唇をとがらせる。「ぼく、泣いてないってば」

男の子だもん、六歳だもん、来年から小学生だもん、プライドはちゃんとある。

「そうよ、ぜんぜん泣いてなんかないよね？」とわたしも言った。

「そっか、そうだよな、ごめんごめん」

夫は嬉しそうに謝りながら、翔太の頭を撫《な》でた。分厚いてのひらなんだと、翔太の頭と比べると、あらためて気づいた。太い指だ。節くれ立って、先のほうがひしゃげながら横に広がって、爪《つめ》の先が肉にめり込んで、札束を数えるのにはどう考えたって向いてない。
「いろいろご迷惑をおかけしました」
夫の言葉に合わせて、わたしも黙って頭を深々と下げた。
店内は、また、しんと静まり返った。ディレクターは困惑し、カメラマンもビデオカ
メラを肩から下ろして居心地悪そうにたたずむ。
「ごちそうさまでした」
夫は主人に会釈《えしゃく》して、翔太の頭をもう一度、今度はしっかりと撫でた。翔太はくすぐ
ったそうに首を縮める。お金の勘定には向いていないてのひらは、そのかわり、息子の
頭を撫でるにはぴったりなのかもしれない。
「お客さん」
主人が言った。夫と目が合うと、ちょっと怒ったように咳払《せきばら》いをして、木箱からマグ
ロのサクを取り出しながらつづける。
「せっかく来たんだ、旨《うま》いところ、腹いっぱい食っていきな」
ふつうにしゃべれるじゃない、あんた。そのほうがおすしもおいしくなると思うよ、
たぶんだけど。
「ありがとうございます」

夫は静かに言った。わたしを見て、いいよな、と訊《き》く。あたりまえ。にっこり笑ってあげると、夫も笑い返して、それから主人に向き直って、首をゆっくりと横に振った。

＊

〝お出かけの日曜日〟の総予算は一万円。超合金ロボットが四千七百二十五円に、交通費が千円。四千二百七十五円余ったことになる。

銀座から地下鉄で新宿に戻った。いろんなできごとがあって疲れたんだろう、翔太は電車に乗るとすぐに眠ってしまった。今日の思い出が、翔太の胸にどんなふうに残るかはわからない。情けない両親だと、いつか思うだろうか。しょうがないかな。でも、負けたわけじゃない、勝ち負けなんて、誰と誰の間にもほんとうはないんだと、それがわかる男の子になってくれれば、いいな。

『なぎさ』で食べたおすしは、けっきょく翔太のエビと、夫とわたしの中トロだけだった。店を出るわたしたちを呆然と見送るディレクターの姿を思いだして、地下鉄の窓に映り込む夫に笑いかけた。

「どうした？」

「テレビ、あれだと無理だよね」

「うん……」夫はうなずいて、窓の中のわたしに笑い返した。「ひどい一家だよなあ、食い逃げだもんな」

「うん、セコいセコい」

「でも、まあ、いいか」

「そうよ、たまにはこういうこともないと、人生つまんないじゃない」

「人生」というおおげさな言葉が、不思議とすんなり出た。夫も照れたりせず、「そうだよな」と返す。

「帰りにロボット、取り替えてもらおうか」

「いいわよ、これで。せっかくリボンもかけてもらったんだし」

「でもなあ……」

「それより、なにか食べて帰らない？　もう、おなか、ぺっこぺこ」

オレも、と夫はおなかにてのひらをあてて笑った。

電車の音と揺れとアナウンスが、わたしたちの会話を途切れさせたり、一方通行にしたりする。でも、たくさんの言葉はいらないんだと思う。たいせつな言葉だけ伝わればいい。

「ねえ」赤坂見附の駅を出たときに言った。「お金って、あるとなにかと便利だけど、べつにさあ……」

夫は「便利って?」とあきれたように笑ったけど、すぐに真顔に戻って、「まあ、便利ってことかな」とつぶやいた。

「それでいいじゃない」

「うん、いいよな、ほんと」

真ん中に翔太の寝顔を置いて、右側に夫、左側にわたし。四谷駅で乗り込んできたおばあさんがシートに無理やり座ったので、窓の中の一家は、夫婦は、肩をすぼめてくっついた。

地下鉄の駅から外の通りに出ると、もう秋の陽は傾きかけていた。通りを行き交う人の流れも、午後の早い時間に比べるとずっとあわただしげに見える。〝お出かけの日曜日〟はもうすぐ終わる。明日から、また一週間が始まる。

明日は、夫は朝から水道管の埋設工事で地面にもぐる。わたしも、翔太を保育園に送ったら、自転車でスーパーマーケットに向かい、指の痛みにときどき顔をしかめながら、夕方までレジを打つ。月収を日割りすれば、明日二人で稼ぐのは、一万五、六千円というところだ。『なぎさ』の中トロを六カンと少し。でも、わたしたちは一人二千円出せばおなかいっぱいになる回転ずしの店をいくつも知ってる。

夫におんぶされていた翔太が目を覚ました。

夫は歩きながら、顔だけ半分振り向かせて翔太に声をかけた。

「ごはんなにがいい？」

「んーっ？」と、翔太はまだ半分眠りの中にいる声で答えた。

「翔ちゃん、ごはん食べようって、パパが」

「んんーっ？」

「ほら起きろ。パパ、おんぶ疲れちゃったよ」

「あのね……うん、ぼく、おすし、食べる」

夫とわたしは顔を見合わせた。どちらからともなく、吹き出した。

「よし、すしだ、すし」と夫は笑いながら言った。

「あそこ、回転ずしあるわよ」

わたしは通りの向こう側を指さした。

「プリンとかゼリーとかも、取っていい？」

「おう、なんでも取って、どんどん食べな」

『なぎさ』の主人の声色のつもりなのか、夫は妙に低音を効かせた声で言った。ちっとも似てなかったけど、わたしもお付き合いしてあげた。

「食いねェ、食いねェ、すし食いねェ」

「カギっ子だってね、共稼ぎの生まれよ、なーんてな」

夫はおんぶを肩車に変えて、歩きだした。二、三歩進んだところで、「おい、おまえ重くなったなあ」と翔太のお尻《しり》を担《かつ》ぎ直した。がに股《また》になって、息を詰めて背筋を伸ばし、おなかに力を込めて、雑踏を進む。なんだか超合金ロボットの歩き方みたいだ。

スクランブル交差点を渡るとき、にぎわいに紛れさせるつもりで小声で夫に言った。

「いま、幸せだよ」

夫は気づかなかった。

でも、翔太が、夫の両耳を摑《つか》むように手の位置を変えて、大きな声で言った。

「パパ、パパ、ママがさあ、しあわせだって！」

ばか息子。

夫は黙って、翔太をまた肩に担ぎ直した。片手を横に伸ばして、分厚いてのひらで、わたしの頭を軽く、軽ーく、撫でるように小突いてくれた。

サンタにお願い

シャンシャンという鈴の音の代わりに、短いクラクションを鳴らした。トナカイの手綱を引くつもりで手首をこねて、アクセルを軽くふかす。スクーターのラゲッジボックスには、焼きたての14インチ・ピザ。サービスのコーラ二本も忘れずに入れてある。

「信号待ちの間がガンだよ。マジ、ちょー恥ずかしいから」

ついさっき、今夜最初の配達から帰ってきたナガセが言ってた。赤信号がやたらと長い国道の交差点で、女子高生に指さされて思いっきり笑われたらしい。

「あいつら、あんなことしてバチが当たるぜ、って違うか、ちょっと違うな、それ」

ナガセは自分でボケて自分でツッコミを入れ、外はかなり冷え込んでるんだろう、鼻をすすりながら笑った。もともとひょうきんな奴《やつ》だけど、今夜は特にはしゃいでる。先週のミーティングで店長からそのアイデアを聞かされたときには真っ先に「げえーっ」としかめつらになったのに、順応性があるってゆーか、ノリがいいっつーか、いざ本番になったらいちばん張り切ってるんだ、こいつ。

「マツオカ、ほら、なにやってんだ、忘れ物してるぞ」

店から駆けだしてきた店長が、赤いかたまりをオレに放った。ふわっと宙に浮かぶとかたまりがほどけ、三角形の帽子のかたちになる。色は赤。白く縁取りがついていて、三角の先っぽには白いポンポンも。

オレは帽子を片手でキャッチして、オーバーのポケットにつっこんだ。

「向こうについたら、ちゃんとかぶるんだぞ、それ」

「うっす」

「ヒゲと眉《まゆ》も忘れずに、いいな」

「うーっす」

「最初に『メリー・クリスマス！』、忘れるなよ、『毎度ありがとうございます』じゃないんだぞ」

「うっす」

「ちょっとおまえ、一回ここで言ってみろ」

「マジっすかあ？　そんなのいいっすよ、ちゃんと言えますから」

「なに言ってんだ、リハーサルのとき、おまえ口動かしてただけだったろ。ごまかしてるつもりでも、わかってんだぞ、こっちは」

オレはヘヘッと笑い、エンジンを空ぶかしさせて、その音に照れくささを紛らせて

「メリー・クリスマス！」と夜空に吠《ほ》えた。店長はまだなにかぶつくさ言ってたけど、シカトして、ダッシュ。

ごまかしてる、ってゆーか、マジっすかそれ、って感じ。

ちょっと待ってくださいよオレ十九っすよ、ジューク、そんな、オレが化けてもちょーバレバレっすよ……。

言ったら、ボコられるかもしれない。ゆうべも「ピザ屋はやっぱ、ピザの味で勝負じゃないっすか？」とスジの通ったことを言ったシゲルが、キレた店長に胸ぐらをつかまれて、首のスジを違えた。

ここのところずっと、店長は目がテンパってる。電話受付のアユミによると、十二月の売り上げが、マジ、ヤバいらしい。

一発逆転を狙《ねら》った店長は、先週、オレたちバイトくんを総動員して駅前や団地の中の公園でチラシを配った。それを拡大コピーしたやつが、店の前にも貼《は》ってある。

〈『ピザ・フィラデルフィア松が丘店』が地域の皆さまに贈る、スペシャルX'masプレゼント！　12／20〜12／25、サンタクロースがあなたのお宅へピザをお届けします。ご希望の方には、ポラロイド写真の記念撮影サービス！　注文時にお申し付けください〉

背水の陣ってやつだ。サンタの衣装やカメラのレンタル代は店長の自腹だし、フランチャイズの本部には、ばっくれ決めてる。ばれたらヤバい。でも、このままだと、今月もまた本部の指導員のヤンキーあがりのおやじにボケカス呼ばわりされてしまう。

店長はまだ三十そこそこで、半年前に脱サラしてこのギョーカイに入ってきた。奥さんと保育園に通う娘二人を抱えたサバイバルだ。はっきり言って、むちゃ。コンジョーは入ってるかもしれないけど、コンジョーでショーバイができるなら誰も苦労はしない。

オレは開店以来のバイトくんだけど、半年間で売り上げのノルマを達成できたのは最初の二カ月だけだった。自分の給料ゼロでオレらにバイト料を払う店長を見てると、なんか申し訳なくなって、消費税とか込みでいいっすからと言ってあげたいけど、そーゆーのってギゼンぽくていやだから、いつも黙って、片手で給料袋を受け取ってる。

店長はオレたちバイトくんに「夢を持てよな、たった一度の人生なんだから」と口癖のように言う。「金のこと以外だったら、なんでも相談に乗るからな」って、金のこと以外でオトナに相談することとなんてないと思うけど、まあ、でも、いいひとだと思う、マジ。

だから、サンタ作戦にも付き合うしかない。リキ入れてがんばんねーとな、とも思う。時給に変わりはなくても、それがバイトくんの心意気っての？

頭の中ではわかってるのに、そういうときにかぎって、サメた態度をとったりナメた口をきいたりしてしまうのは、なぜだろう……。

スクーターを走らせる。向かい風、ビュンビュンくる。ウインドブレーカーを着ていないせいか、いつもより風が冷たく感じられる。

赤いオーバーに赤いズボン、赤いブーツ。運転中はヘルメットをかぶってるけど、それを帽子に取り替えて、白く太い眉をつけ、顔の下半分を覆《おお》う白いヒゲをつけたら、完全無欠のサンタクロースのできあがり、ってか？

「やっぱ、カッコ悪いよなあ……」

つぶやいて、スピードを上げる。どこからか、ジングルベルのメロディーが聞こえてくる。今日は十二月二十日――日曜日。あと四日で、クリスマスイブだ。東京で初めて迎えるクリスマスは、生まれて初めての、ひとりぼっちのクリスマスってことにもなる。

親父《おやじ》やオフクロは、東京から遠く離れた故郷の町で、オレの大学合格を祈ってるだろう。予備校の冬期講習に通って必死に勉強してるんだと信じてるだろう。まさかピザのデリバリーのバイトくんやってるなんて、しかもサンタクロースの格好してスクーターかっとばしてるなんて、夢にも思ってないはずだ。

「お父さん、お母さん、オレさあ、大学行きたくないんだよね、行きたくないっつーか、行くためにガムシャラしたくないんだよね、疲れるじゃん」――夏休みに帰省したときに言えなかった。何度か手紙を書きかけたけど、途中でやめた。たまにオフクロから電話がかかってくると、「うん」と「そう」を何度か繰り返して「じゃあね」で終わる。一人息子だ。右肩に親父の期待、左肩にオフクロの期待を背負って、重さに泣きて三歩あゆめず、って。

ガキの頃は自慢の息子だった。中学に入ったあたりから、両親の自慢話のネタが一気に減った。高校で髪の色を抜いて、ピアス入れて、親父もオフクロもご近所でずいぶん肩身が狭くなってしまった。現役の大学受験は、七戦全敗。最後の二校は、朝起きたら雪が降ってたんで、ばっくれた。

今年の受験もたぶん、ってゆーか、願書を出す気にもなれない、いまは。黙ってても、来年の二月頃にはすべてがわかる。残り少なくなった両親の期待が、粉々に砕け散ってしまう。親父は激怒する。オフクロは泣く。で、オレは……やっぱ、へらへら笑いながら「ま、いいじゃん」なんて言うんだろうな。

デリバリー、完了。ポラロイドの記念撮影では、ガキを抱っこまでした。あのガキ、親の前では無邪気にはしゃいでたくせに、オレの耳元で「むなしくない？」と小声で言った。東京のガキは嫌いだ。オレは小学二年生までマジにサンタを信じてた。十九歳のいまは、天気予報すら信じなくなった。オトナになったってやつ？

マンションの前に停めたスクーターにダッシュで戻り、ヒゲと眉をむしり取った。恥ずかしさに火照《ほて》った頬を夜風で冷ましながら、帽子を脱いで、ふう、と一息ついた、そのとき――。

背中に人の気配を感じて振り向くと、女のコがいた。

マッチ売りの少女だ、と一瞬思った。

いや、マジに。

アニメなんか観《み》たことないし、ガキの頃に読んだ絵本の挿絵を思い出したわけでもない。しかも彼女は、ガングロ白メッシュ、涙シール付き。

でも、暗がりのなかにたたずんで、なにか思い詰めた顔でオレを見つめる彼女はたしかに、マッチ売りの少女、入ってた。

ちょートロピカルなマッチ売りの少女、ってか？

「あの……なんか用っすか?」

声をかけると、彼女は黙って右手をオレに差し出してきた。

ほんもののマッチ売りの少女なら、右手には幸せな家族団欒《だんらん》の光景を小さな炎で浮かび上がらせるマッチが握られてるはずだけど、トロピカルなマッチ売りの少女が持ってたのは、ピカチュウのストラップがついたケータイだった。

「これでお店に電話してください」

彼女は言った。細い声だった。少し震えてるようにも聞こえた。

きょとんとするオレに、彼女はつづけて言った。

「バイト、一時間でいいです、サボってください」

「はあ?」

ナンパなんだろうか。マッチ売りの少女がサンタクロースをナンパ? 冗談キッすぎる。彼女はダッフルコートの下に、どこの学校だっけ、ブレザーの制服を着てる。女子高生が、ルックスにたいして自信のない予備校生を逆ナン? これだって冗談キツい。やな予感がした。デリ狩り——デリバリー狩り。近くの物陰にナイフ系のショーネンたちがひそんでる可能性、ありだ。

思わず一歩あとずさると、彼女も足を前に一歩踏み出す。オレがもう一歩下がると、もう一歩前へ。道ばたに追いつめられるのがいやで横に一歩逃げると、彼女も同じように横に一歩追ってくる。フォークダンスみたくターンすれば、彼女もターン……って、そこまでは嘘《うそ》だけど。

「なんなんだよ、わけわかんねーよ」

ビビリ入った声になった。

「だから、最後まで話聞いてください」

彼女の口調はガングロ白メッシュの外見からは信じられないほど、マジメ入っている。

オレは足を止めた。

するとと、彼女はコートのポケットから紙切れを取り出した。

いや、違う、紙は紙なんだけど、ちょっとシャレになんないってゆーか、キモいってゆーか……。

「五万円、あります」

彼女は、ほら、と一万円札をトランプみたいに広げた。たどたどしい手つきだった。触りたくないものを持ってるような手つきにも見える。

「お店に電話して、頼んでみてください。このお金でピザを注文したっていうことにすればいいでしょ？」

「はあ？」

「ピザつくって、デリしたと思って、一時間ください、あたしに」

「いや、でもさ、ってゆーか、そーゆーの……」

彼女の話は頭の中でこんがらかったままだけど、集金バッグから電卓を取り出すあたり、オレ、えらい。

ウチの店でいちばん高いスペシャルセブンが14インチで税抜き三千六百円。込みで三千七百八十円。五万円ってことは、十三・二二七五枚。店長が泣いて喜ぶ大口注文だ。

「時間がないんです、早くして」

彼女はオレとの距離をさらに詰めて、金とケータイを突き出してきた。最初に見たと

き と変わらないテンパったまなざしが、オレを射すくめる。大きな瞳《ひとみ》が赤く潤《うる》んでるこ
とに、いま、気づいた。
「……注文するだけで、ピザ、いらないわけ？」
「そう」
「ウチのピザ、美味《うま》いんだけど」
なに言ってんだよ、オレ。気が動転してる。涙の余韻が残る女のコの瞳をじかに見る
のなんて、生まれて初めてだ。
彼女はクスッと笑い、「今度、食べてみます」と言った。張り詰めてたものが一瞬や
わらかくゆるんだ、そんな笑顔だった。
「でもさ、このお金、ヤバくないの？」
ゆるんだ頰が、またキュッと締まる。涙が目からあふれる。
マジだよな、これ、ぜったいマジだ。
オレはあとずさりかけた足をグッと踏んばった。シャレとかデンジャラスちょっとで
も入ってたらソッコー逃げてやっからな、と決めて、ケータイと一万円札を三枚だけ受
け取った。
三万円。スペシャルセブンが、七・九三六五枚。
店長は、泣きはしなかったけどゲキ喜んだ。「地域の皆さんとのふれあいは大切だか

らな、サンタクロースになりきってがんばれ」とエールまで送られてしまった。ただし、「調子に乗って割引券ポンポン出すんじゃないぞ」と釘《くぎ》も刺された。

　電話を切って彼女を振り向き、指でＯＫマークをつくった。

「いいんですか？　これ」

　彼女は、手に残った二枚の一万円札を小刻みに瞬《まばた》きながら見つめる。

「いいよ、そんなのもったいないじゃん」

　彼女は納得しきらない様子で、うーん、と喉《のど》を鳴らす。

「いらないいんだったら、オレ、もらっちゃうけど？」

　ジョークのつもりだったのに、彼女は小さくうなずいて、ってゆーかうつむいて、ってゆーかうなだれて、「そうしてください」と言った。

「このお金……いやなんです、持ってるの。だから、あげます、持ってってください」

　一万円札が震えてた。

　オレは黙って金を受け取った。貰《もら》ったんじゃない、バイト料みたいなもんだ、と自分に言い訳した。時給二万円。風俗のおねーちゃんみたいだ。

　彼女はやっと顔を上げた。

「あたし、サンタさんとデートするのが夢だったんですよね」

　にっこり笑う。頬のえくぼがイイ感じの笑顔だった。頬に涙が残ってたけど、それって、銀色の涙シールが街灯の光をはじいてただけだったかもしれない。

＊

現在時刻、午後七時。デートといったって、一時間の制限時間じゃどこにも行けやしない。

「どうする？」と訊《き》くと、彼女は最初から決めてたのか、「いっしょに来てください」と言って、オレの返事を待たずに歩きだした。オレはあわててスクーターのスタンドをはずし、彼女を追いかける。

並んで歩きだしてからも、彼女は行き先を教えてくれない。黙りこくって、足早に、ときどき白メッシュの髪を掻《か》き上げながら歩く。なにか怒ってるような、そんなことないような、よくわかんないけど、とにかくオレ、沈黙って苦手だ。

東京に来て、わかったことがある。沈黙には二種類ある。そばに誰もいないから黙るしかないパターンと、いまみたいに相手がすぐ目の前にいるのにしゃべらない、ってゆーかしゃべれないパターン。どっちが気が重いかっつーと、そんなの考えるまでもない。

田舎にいた頃は、親父がたまに早く帰ってきたときの晩飯の時間が苦痛だった。話すことが見つからない。親父もオレになにしゃべっていいのかわからなかったんだろう、飯のときにはいつもテレビ点《つ》けっぱなしで、ゲーノー人のことばかり話しかけてきた。「ロンブーってのは、髪の赤いほうがロンドンで、もう一人がブーツなのか?」って、聞くのツラいんすよ、とーちゃん、無理入ってんのわかってるから。これならまだ、ガキの頃の「宿題やったのか?」とか「友だちと仲良くしてるの?」のほうがましだ。

東京の予備校を選んだのも、やっぱ受験の本場は東京だからとかテキトーな理由を並べ立てたけど、つまりはそんな日々からばっくれたかっただけだ。

逃げだせた、そこまではOK。来年からは仕送り止められるだろうけど、覚悟してる、田舎になんか帰らない。バイトくんでまったりがんばって、早くオンナとかつくって、それから……先のことは、まあ、どーにかなるっしょ。

彼女は不意に立ち止まった。「どうしたの?」と訊こうとしたら、オレを振り向いて「帽子、かぶってください」と言った。「あと、ヒゲと眉もつけて」

「はあ?」

「ちゃんとサンタクロースになってください」

マジな顔だった。声も、マジ。「ちゃんと」ってところが笑えるけど、ここでヘタにウケると怒りだしそうだ。

オレは言われたとおりにした。顔が隠れたほうが恥ずかしさも薄れる。

「どう?　これでいい?」

「似合いますね、サンタ」

「誰でも同じだと思うけど」

「そんなことないですよ、あたし、今日一日で二十人ぐらいサンタ見たけど、完璧《かんぺき》、ベストワンです」

喜んでいいのかどうかわからないけど、褒められるのは悪い気分じゃない。

オレは照れ隠しにハハハッと笑って、「サンタ二十人見たって、すごいじゃん」と彼女に言った。「どこで見たわけ？」

彼女の肩がビクッと動いた。どこかにトゲが刺さったみたいにいきなり、そして、痛そうに。

瞳が、また潤みはじめる。

ヤバいこと訊いちゃったってか？　オレ……。

今日で最後、と彼女は舗道に伸びる自分の影を見つめて、ぽつりと言った。

さっきオレに差し出した五万円は、やっぱりワケありだった。

「嘘みたいに簡単なんだもん……マジ、嘘みたいで、いつも、信じられなかった……」

声はつぶやきに近くなり、街灯と街灯の中間に来て、影が手前と後ろの二つできたところで、足が止まる。

「でもね」うつむいたまま、喉を絞るような声で言う。「一度もヤらせてないから。オヤジ、テキトーにあしらって、メシとかカラオケとか付き合って、ソッコー逃げちゃう。だから、こーゆーのって、エンコーって言わないですよね？」

エンコー――援助交際。メシをおごってもらうだけでもエンコーだと思ったし、ヤる気になってたオッサンから前金で金だけ貰って逃げたら詐欺《さぎ》じゃないかとも思ったけど、そんなこと言ったってしょうがない。

「渋谷？」と訊くと、彼女はこっくりとうなずいた。

「制服着てるけど、今日、学校あったの？」

今度は首を横に振って、「このほうがオヤジにウケるから」と言う。そりゃそうだ。最近エンコーの相場は下落して、ガングロ系のギャルだと二万円がいいところだという。「買い」のオヤジたちもインコー条例のリスク背負ってるんだから、「売り」のほうもそれなりに営業努力は必要なんだろう。

って、そんなのどうだっていいんだ。

さっきの涙、なんなんだ？

「今日が最後」って、どういうことなんだ？

訊きたいことはたくさんあるけど、付けヒゲがあるとどうもしゃべりにくいし、肩をすぼめて歩く彼女は、見たまんま、心を閉ざしてるからね、とオレに伝えているみたいだ。

彼女はまた歩きだした。オレも並んで歩く。住宅街だ。通行人はそんなに多くないけど、すれ違う人は例外なく、好奇心むき出しの視線をオレたちにぶつけてくる。宅配ピザのスクーターを押すサンタクロースとギャルのツーショット。日曜日の一家団欒のおしゃべりの話題にはもってこいだろう。

交差点に出ると、彼女は横断歩道をまっすぐ渡りかけたオレのオーバーの袖《そで》を引いて、「こっち」と右側を指さした。駅や商店街から遠ざかっていく格好になる。

「どこ行くの？」とオレは訊いた。

返事はない。彼女は腕時計をちらりと見て、少し足を速めた。

「そっち行っても、なにもないだろ」

また無視された。

「よお」さすがにオレもムッとした。「どこ行くかぐらい教えてくれたっていいじゃんよ」

彼女は足を止めずに振り向いて、「学校」と言った。「あたしの出た中学、すぐそこなんです」

「はあ？」

「教室、ひさしぶりに入ってみたくて」

「いや、だって、勝手に入れるわけ?」

「まずいっしょ、それは」ひとごとみたいに言う。「警備員さんとか、いたっけかなあ」

「じゃあヤバいじゃん……」

「サンタさんだとOKじゃないですか?」

彼女はそう言って、「あたし、トナカイってことで」と目に溜《た》まった涙を指で拭《ふ》き取りながら、やっと笑顔になった。

＊

スクーターを踏み台代わりにフェンスを乗り越えて、グラウンドに降り立った。夜間照明のないグラウンドはほとんど闇《やみ》に溶けてたけど、校舎の近くは、職員室の明かりで地面もぼうっと照らされてる。

「すげーな、日曜日なのに仕事してる奴《やつ》いるんだ」

「まあね」

「って、関係者みたいじゃんよ、その言い方」

軽くツッコミを入れたけど、彼女はそれをシカトして、フェンス伝いに校舎に向かって歩きながら、「休日出勤とか、そーゆーことやるひとって、尊敬しちゃいますか?」

と訊いた。

一瞬、田舎の親父《おやじ》の顔が浮かんだ。

「しちゃう」

答えたあと、親父って日曜日はきっちり休んでたじゃんよ、と気づいた。

彼女は意外そうな顔で振り向き、すぐに目を前に戻して、「じゃ、そうなりたいと思う?」と訊いた。

今度も親父の顔が浮かぶ。仕事バリバリってわけじゃなくても、毎日毎日まじめに会社に通ってんだよなあ、とため息交じりに思って、「ぜってー、なりたくねーよ」――妙にリキ入れて答えた。

彼女は振り向かずに「ですよね」と答え、それきり黙って歩いていく。スクーターを押してたときには帽子とオーバーとブーツのせいで汗ばむほどだったけど、だだっ広いグラウンドを吹き渡る風はけっこう冷たい。ってゆーか、世間の風ってやつ?

世の中をなめるな。去年のいまごろ、よく親父に言われた。おまえみたいにへらへらした奴が遊んで暮らせるほど世間は甘くないんだから夜中に遊び歩かずに勉強しろ、っつーて。

世間は厳しい。そんなのオレだってわかってる。でも、じゃあコツコツ努力すれば厳しい世の中を乗り切れるわけ? マジ? 保証する? 千円賭《か》ける? がんばればなんとかなった親父の時代とは違うのよ、いま。無駄な努力っての？　やっぱ、それ、やめない？

　つってさ。

　オレでもぶん殴ってやるな、オレのこと。

　でも、殴られたオレ、殴ったオレに蹴《け》り入れるだろうな。

　共倒れってか？

「ちょっと、早く来てください」

　考えごとをしてるうちに、校舎のすぐ前まで来てた。彼女は植え込みの陰に隠れてオレを手招く。ブーツの靴音がどたどた鳴ると、人差し指を口の前で立てて、含み笑いを浮かべた。

「職員室の前を通んなくちゃいけないから、気をつけて」

「おう」

　名コンビじゃん、オレら。Vシネマのサスペンスみたいだ。女Gメンと私立探偵とか。

　身をかがめて職員室の窓の真下に来ると、彼女はプレーリードッグみたいに顔をひょいと出して、すぐに引っ込めた。

「見えます？　あそこ、デブの先生が立ってるでしょ」

　オレはサンタの三角帽を脱いで、そっと職員室を覗《のぞ》き込んだ。コピー機の前に、髪の後ろがまるくはげたおっさんがいる。彼女が言うほど太っているとは思わないけど、体つきのがっしりした、いかにも熱血って感じの教師だ。

それだけ確かめて姿勢を戻し、帽子をかぶり直した。

なにサンタになりきってんのよオレ——自分で自分にツッコミを入れかけたとき、彼女の声が聞こえた。

「あれ、あたしの親父」

「マジ？」

「親父が休日出勤してるときに、娘はエンコー未遂って、なんか、ちょー笑えません？」

「笑えるでしょ」

どこがだよ。

ぜんぜん。

「やっぱサイコーっしょ、そーゆーの」

めんどくさくなって、いや、ほんとうは彼女がまた泣きだしそうな顔になったから、

「笑えるっす」とうなずいてやった。気ィつかわせる奴だよなあ、マジ。

「学級通信コピーしてるんですよ、校長が経費節減とかなんとかうるさいんで、日曜日にやってるの」

「まじめじゃん」

「ってゆーか、一所懸命なんですよね、あのひと」

半分あきれたように言って、彼女は体を四つん這《ば》いぎりぎりまでかがめて職員室の窓の下を進み、明かりが届かないところまで来ると一息ついて、コンクリートの上に足を伸ばして座り込んだ。ケツ冷たそうだけど、なんか気持ちよさそうにも思えて、オレも同じようにした。横を見ると、彼女の髪の白メッシュが暗がりにぼうっと浮かぶ。オレのサンタのヒゲやオーバーの白いラインも、たぶん。

彼女はケータイをコートのポケットから取り出してメールをチェックしながら、ぜったいわざとだよな、どうでもいいような声で「親父、がんばっちゃうひとなんですよね」と言った。

「『中学生日記』入ってる、みたいな?」

「うん、マジ入ってる」

「じゃ、プレッシャーきついじゃん、娘」

「もう、めっちゃ。べつに口うるさいとかじゃないんだけど、目の前にがんばってるひとといると、なんか疲れちゃうってゆーか、あたし、ここにいちゃいけないんじゃないかってゆーか、そんな感じ」

ああそれわかる、と思った。オレも同じだ。親父のことが嫌いなわけじゃない。ソンケーってのは嘘《うそ》だけど、ケーベツはしてない、マジに。だから逆に、居心地が悪いっつーか、キレて反抗とかしたほうが楽になるっつーか……。

「あのね、ヘンな言い方だけど、共同募金のひといるじゃないですか、街かどに。そーゆーひとが、いっつも家にいるって感じなんですよね」

いい、いい、よくわかる、そのたとえ。

「あとさ、ボランティアで車椅子《くるまいす》とか押してるひと、みたいな」とオレも言った。

「そうそうそう、そーなんですよ、マジ」

「地球に優しくとか言って、マイ買い物バッグ持ってる奴とか」

「うん、で、そのバッグ、天然素材の無印良品とか」

「牛乳パックで葉書つくったりするんだよな」

「言えてるーっ」

って、ここで盛り上がってどーする、とか気づいたんだろう、彼女はため息交じりに、声を低くして言った。

「いいひとなんですよ。生徒にも人気あったし、ナメられてるわけでもないし、理想の教師？　みたいな。家でもいい父親してて、お母さんとも仲良くて、マジ、友だちの家と比べても、ダントツでウチ幸せなんですよね」

わかるわかる。小刻みにうなずいて、ふと、親父とオフクロはもう晩飯食ったのかな、と思った。夫婦二人きりで食卓に向かい合って、どんな話をしてるんだろう。オレのこともしゃべってるんだろうな、たぶん。うざったい気持ちと、なんともいえない照れくささが、胸の奥でぶつかり合う。

「なんか笑えること言いました？　あたし」

「え？」

「だって、ヒゲ、ヒクヒク動いてるもん」

「……べつに、なんでもないよ」

「じゃ、行きましょうか」

彼女は立ち上がり、職員室の明かりを振り向いてしばらく見つめてから、歩きだした。教職員用の小さな玄関から校舎の中に入る。彼女は土足のままだったけど、オレ、意外とそーゆーことには細かいひとだからブーツを脱ごうとして、前につんのめって転びそうになった。

ま、このままでいいか。彼女の親父がブーツを見つけたら面倒だし、そーだよ、サンタってのはどこの家にも土足で上がり込む奴なんだから。

校舎の中はグラウンドよりも肌寒い。ひとけのない学校って、ほんとうに寒々しいんだと気づいた。

教室も廊下も明かりは消えてたけど、廊下の窓が大きくとってあるせいで、それほど暗いとは感じない。

彼女は階段を上っていった。オレも歩きづらいブーツを持て余しながら、あとにつづく。

「サンタさんって、大学生なんですか？」

「いや、違うけど」

「じゃあ、フリーター？」

「……まあ、そんな感じかな」

「フリーターって、どんな気分ですか？　将来とか不安になったり、そういうのって、ないんですか？」

「将来が不安になるような奴は、最初からフリーターになんかならないよ」

答えたあと、「将来」という言葉が耳の奥にしばらく残った。ガキの頃は同じ意味で「未来」って言葉をつかってたはずだ。「将来」と「未来」。似てるようで、ぜんぜん違う。「未来」は夢だから楽しいことばかり言ってられるけど、「将来」は進路ってゆーか、人生設計ってゆーか、もっとマジなもので、そのマジさがうざったくて、あんまり考えたくなくて……ほんとに、オレ、いつから「未来」のかわりに「将来」をつかうようになったんだろう。

三階まで階段を上り、廊下を少し進んだところで、彼女は立ち止まった。教室のドアに〈3年2組〉のプレートが掛かっている。

深呼吸したのか、彼女の肩が上下に揺れた。

ドアを開ける。

「メリー・クリスマス！」

真っ暗な教室に、彼女の声が響く。

*

教室に入ると、彼女は昼間の話のつづきをしゃべりはじめた。

エンコー未遂で稼いだ五万円を持って、渋谷の街をぶらぶら歩いたんだという。

「なんか欲しいものないかなって、探してたんですよ」

彼女は教壇に立って、後ろのほうの机に腰かけたオレに言う。そんなに大きな声を出してないのに、黒板とか天井とか床とか壁とか机とかに跳ね返るんだろうか、声がボディソニックみたくオレの体を包み込む。

「デパートとかブティックとか、テキトーに回って、サンタクロースたくさん見たんですよ。『ジングルベル』なんか、もう、何回聴いたか数えきれないくらい」

どこに行っても人が多かった。クリスマス前だから、家族連れをたくさん見かけた。デパートのオモチャ売り場で、両親にプレゼントを買ってもらって大喜びする女の子とすれ違ったとき、不意に、気づいた。

そこまでをすうっと流れるように言った彼女は、ブレイクを入れて、オレに訊《き》いた。

「なにに気づいたか、わかります？」

オレは黙って首を横に振った。

「あのね、あたし、欲しいものがなかったんですよ」

「……って？」

「買いたいものはあるんですよ、着たい服とか、履きたい靴とか、持ち歩きたいバッグとか、そういうのはあるんだけど、欲しいものとは違うんですよね」

わかります？　というふうに彼女は小首をかしげてオレを見た。

でも、べつにオレの答えを待ってたわけじゃないんだろう、首を逆の向きにかしげて、つづけた。

「欲しいものって、なんてゆーか、もっと、ココロなんですよね？」

日本語としてちょっとヘンだけど、わかる、気がする、なんとなく。ココロって、ココロだから、ココロだもんな、ってか。

「さっき共同募金の話したじゃないですか、それ、夕方、考えたことなんですよね」

渋谷駅前で街頭共同募金の前を通りがかった。募金箱を抱いた女の子が「恵まれない子供たちに愛の手を」と、おなじみのフレーズを繰り返してた。

「でも、それ違うよって思っちゃった。恵まれない子供にとりあえず必要なのはお金で、愛が必要なのは、恵まれた子供のほうなんだと思いません？」

苦笑いが漏れた。屁理屈《へりくつ》だ。でも、これも、なんとなくわかる。恵まれた子供たちに愛の手を。うん。そうだよな、愛だよ、愛っすよ、ボクら欲しいのって。親父の顔を思い浮かべた。甘ったれたこと言うなっつーて怒りまくる顔。いいじゃん、それも、愛だったりして。

「帰りの電車に乗ったら、なんか、涙出そうになったんですよ。エンコーとか、もうやめようって……べつに反省とか、そういうんじゃないんだけど……女子高生にエンコーやめさせるとき、セックスとか売春とか言いだしてもしょうがないから、あんなことやってお金儲《もう》けちゃうと欲しいものがなくなっちゃうよって言ったほうがいいですよね……」

彼女はそこで話を切り、学校の先生みたいに教卓に両手をついて、薄暗い教室を眺め渡した。

オレも机に腰かけたまま、だいぶ暗さに慣れた目で教室を眺める。東京でも地方でも、数年前もいまも、中学校の教室のたたずまいは、そんなに変わらない。

懐《なつ》かしさとは、ちょっと違う。あの頃を懐かしいと感じるほど、いまのオレ、ガキの頃から遠ざかってないと思う。かといって、もうここに戻れるわけないってのも、わかる。

オレはサンタのヒゲを取って、頰を机に載せた。ひんやりとして、堅くて、ここの席の奴《やつ》ってぜってー勉強できない奴だな、銀のマーカーで〈喧嘩《けんか》上等　殺人部隊〉だってさ。

「サンタさん」

彼女がオレを呼ぶ。先生が生徒を指名するような口調だった。

オレも体を起こし、ガキっぽく「はいっ」と答えた。

彼女は満足そうにうなずき、しかつめらしい口調のまま、訊いた。

「きみの欲しいものは、なんですか？」

五秒、沈黙。

六秒目に、オレは言った。

「考え中です」

彼女は「廊下に立ってろ」と言って、泣きだしそうな顔で笑った。

『欲しいもの、なくすなよ　byサンタクロース』

彼女は黒板に大きく書いたメッセージを眺めて、掌《て》についたチョークの粉を払った。

「後輩思いじゃん」とオレが言うと、「まあね」とうなずいて、こっちを振り向く。

「あたし、小学校に入ってからも、サンタさん信じてたんですよ」

「オレもだよ。二年生まで完璧《かんぺき》だった」

「いつも不思議でね、なんでサンタさん、あたしの欲しいものわかるんだろうって」

「サンタって、なんでも知ってるんだよ、オレらのこと」

「あの頃ってさあ、欲しいものたくさんあって、それ、ぜーんぶ知ってたんだよね、お父さんもお母さんも……」

親父《おやじ》とオフクロの顔が浮かぶ。いまはもうオレのことなにも知らないんだよな、あいつら。彼女の親父だって、きっと。

彼女はあいかわらず泣きだす寸前の顔だった。マジ泣き入る五秒前——MN5ってか。

なんかオレまで泣きたくなってきた。

「なあ、けっこー寒いから、行かない？」

オレは腕時計を窓の薄明かりにかざした。月9のドラマなら、この出会いをきっかけにラブラブモード突入だけど、オレ、基本的にギャル嫌いだし。

「サンタさん」

彼女はまた先生の口調になった。路上で声をかけてきたときと同じ、マッチ売りの少女みたいな思い詰めたまなざしをぶつけてくる。

「いま、あたし、なにが欲しいのかなあ。サンタさんならわかるでしょ？　教えてよ」

十秒、沈黙。

いらないものを訊かれたほうがよかった。たくさん言える。おまえさあ、ほんとはガングロとか白メッシュとか、いらないいんじゃない？　涙シールもいらないし、ケータイもいらないし。エンコーのオヤジだって、マジ、いらねーだろ。

でも、そういうのって説教入っちゃうし、あんまりカッコよくないし、ま、お互い元気でハッピーにがんばりましょー、ってか。

十五秒まで沈黙の時間をカウントして、オレは立ち上がる。

タイムオーバー。約束の一時間が過ぎた。

「ちょっとさ、ケータイ貸せよ」

「ちゃんと答えてくださいよお」

「だから、ケータイ貸してくれっつーの」

「……なんか関係あるんですかあ？」

「ありあり」

「マジィ？」

けげんそうな彼女からケータイを受け取って、店に電話した。

スペシャルセブン14インチ、一枚。

届ける先は、中学校の職員室。

「やだ、ちょっと、やめてくださいよお！」

電話を切るタイミング、ぎりぎりセーフ。

ケータイを返すついでに、オーバーのポケットからピザの割引券を一枚出した。それから電卓で計算して、さっきのピザ代のお釣り、三千五百四十円を渡す。

「この券出すと二割引になるから。お釣り、明日渋谷行って募金してこいよ」

「どういうこと？」

「別のサンタが三十分以内にピザ持ってくるからさ、校門の前で受け取って、とーちゃんに差し入れしてやれよ。休日出勤ご苦労さまって、マジ、ウチのピザ美味《うま》いんだから」

「……やだ、そんなの」

「ポラロイドの記念撮影もサービス中だし」

「なに考えてんですか、ねえ、キャンセルしてくださいよお、マジ」

「サンタのプレゼントは断れないんだぜ」

顎《あご》ヒゲを指でしごいて、笑った。

恵まれた子供たちに愛の手を。熱々のピザを。

ちょっとカッコいいじゃん。なんかいま、セーシュンってやつ？

「サイテー、なにそれ、信じらんない……」

彼女はうつむいて言った。怒り入ってるけど、照れくささも入ってんじゃんよ、こいつ。

「ってことで」

オヤジみたく掌をビッと立てて、「失礼しましたぁ」みたいな？

彼女はゆっくりと顔を上げた。目の下の涙マーク、キラッと光る。

「あのさ……」マジ、無意識、しゃべってんの。「ギャルって、あんまカッコよくないっつーか、顔に焼き入れないほうが美人っつーか、オレ、そっちのほうが好き、みたいな？」

なに言ってんだ、オレ。

ゲキ恥ずかしさ入ったんで、もうだめ、ソッコーでダッシュ。

サンタのブーツをどたどた鳴らして、教室を飛び出した。廊下を走り、階段を駆け下りた。

彼女は追いかけてこなかった。

そんなふうにして、時給二万円のバイトは終わった。

ポケットの中の二万円で、正月、田舎に帰ってみようかな。それとも参考書とか問題集とか、どっさり買い込もうか。なんて思いながら、やっぱりゲーセンとかコンビニとか、どうでもいいことで使い果たしてしまうんだろうってことも、わかってる。

でも、うまく言えないけど、ページをひとつめくらなきゃ、そんな気になってる、いま。

スクーターで突っ走る。トナカイのソリにムチを入れる代わりにエンジンを吹かす。

世間の風、ビュンビュン冷たい。

おまえ、このままでいいのかよ、って。

知らねーよ、どーにかなるよ、どーにかするよ、しなくちゃいけねーんだよ、マジ、よくわかんねーけど。

『ロイヤルホスト』の前を通りがかったとき、ちょうど店から出てきた家族連れの男の子がオレを見て「あっ、サンタさんだ！」とはずんだ声をあげた。

オレは、片手ハンドルで男の子にVサインを送った。

後《ご》藤《とう》を待ちながら

ゴッちゃん――昔のように呼ぶと、おまえは怒るかもしれない。

「のう、ゴッちゃん」

笑いながら声をかけて、肩に後ろから手を置くと、その手を邪険に払いのけられそうな気もする。

おまえはたぶん言うだろう。

友だちづらするな。

怒りと憎しみを込めて、もしかしたら、目に涙を浮かべて。

僕はなにも言い返さない。そんなことができるとは思わないし、弁解や言い訳を並べ立てるつもりもない。

ただ、おまえに謝りたい。

許してもらうためではなく、決して許してもらえない罪を犯してしまったんだと嚙《か》みしめるために、おまえに頭を深々と下げたい。

一カ月前——街が師走《しわす》のあわただしさに包まれかけた頃。レターケースに入れたきり何日も放っておいた中学の同窓会の案内状を取り出しながら、僕はおまえの顔を思い浮かべていた。

出席の○印をつけた。ずいぶん痩《や》せて、ゆがんだ○になった。

ひさしぶりの帰郷になる。小学三年生の長男を連れていくことにした。

ゴッちゃん、正直に言おう、おまえに会いたくなんかない。いままでがそうだったように、これからもずっと、おまえに会うことなく、かつて後藤という同級生がいたということも忘れて、故郷から遠く離れた東京で暮らしていきたかった。

それでも、ゴッちゃん、もっと正直に言おう、僕はおまえに会わなくちゃいけない。

僕たちは、みんな。

＊

同窓会の会場に入ってすぐ堀内に耳打ちされて、おまえが出席の返事を出していたことを知った。

ひさしぶりの再会の喜びにひたる余裕もなく、堀内はなにか呆然《ぼうぜん》としたような表情を浮かべて「まいったのう……」と故郷の訛《なま》りでつぶやいた。

「でも、よく連絡とれたなあ」と僕は東京の言葉で言う。

「あのアホたれ、母ちゃんが毎年黒田に年賀状送りよったんじゃと。ほいで、幹事が黒田に連絡したら、黒田のオヤジ、『後藤も呼んじゃれえ』言いだしての、幹事もアホじゃけえ正直に実家に案内状出したんよ、ほいたら、出席じゃと。かなわんで、気の利《き》かん者に幹事させると」

憶《おぼ》えてるか？　黒田というのは、僕たちの中学三年生のときの担任教師だ。本人は同級生と音信不通でも、親は教師に年賀状を欠かさず送る、いかにもおまえらしい話だな、ゴッちゃん。

「それで、もう来てるわけ？」

「いや、まだ。受付に土井がおるけえ、来たらすぐに教えてくれるんじゃけど」

懐《なつ》かしい名前だった。受付を通るときには気づかなかった。土井とは中学卒業以来会っていない。長机の端に立っていた、額のはげあがったあいつだったのだろうか。二十五年。しかつめらしい言い方をすれば、四半世紀。四十歳なんてまだまだ若いぜとふだんは強がっていても、こうして計算してみると、やはりたいした歳《とし》になってしまったのだ。

「ほいでも、まあ、最初は幹事も心配しちょったけど、よう集まったもんじゃのう」

堀内は気を取り直すように顔を上げ、会場を見渡した。一月三日、日曜日。卒業以来初めての同窓会だ。学年で六クラス、生徒数は二百人ほどだったが、家族同伴で来ている同窓生も多いのだろう、地元のホテルでいちばん広い宴会場は人いきれで息苦しいほどのにぎわいだった。

「正月にしたんが正解よ、ふつうの日曜日じゃったら、武史《たけし》ら、よう来られんかったじゃろ」

堀内はごく自然な口調で、あの頃と同じように僕を名前で呼んだ。堀内の呼び名は「ホリ」だった。憶えてはいるが、五、六年ではきかないブランクをいっぺんに跳び越えて昔のように呼ぶのは、どうもためらわれる。そのあたりが性格の違いなのかもしれない。

「後藤は、いま、どこに住んでるんだって?」

「さあ……」堀内は首をひねる。「葉書にも、名前しか書いとらんかったらしい。消印でも見てみるか?」

「いや、いいよ」

かぶりを振って答えたとき、背広の袖《そで》を後ろから引っ張られた。振り向くと、息子の陽司《ようじ》が袖をつかんだまま「おとうさん、ジュース取ってきていい?」と言った。

「ああ、いいぞ」と答える間もなく、小走りになって料理の並ぶバイキングコーナーに向かう。その背中を見送って、堀内が言った。

「ええのう、男の子は。女の子はおえんぞ、小学校の高学年になったら、もう親父《おやじ》やら相手にすりゃあせん」

堀内のところは一人娘だ。何年か前にもらった年賀状の家族写真で顔を見たことがある。父親によく似た、ゲジゲジ眉《まゆげ》毛のいかつい顔をした女の子だった。

「武史んところは、いまなんぼな」

「上が小学三年生で、下の女の子は幼稚園の年長組」

「ほうか、下がおるんなら、あと十年やそこらはリストラされるわけにはいかんのう」

「まあな……」

「サラリーマンも大変じゃけど、自営もしんどいで」

堀内は父親の興《おこ》した工務店の、いまは専務。来年、父親が古希を迎えるのを機に二代目社長になるらしい。

「まあ、ほいでも人間は社会に出てからが勝負よ。学校でなにやっても、しょせんはガキの世界じゃけえ。わしがええ見本じゃ、数学の勉強はぜんぜんおえんかったんが、数字に『円』がついただけで、もう複利計算やら減価償却やら、得意得意」

だみ声を気持ちよさそうに響かせて笑う声に、近くにいた何人かが振り向き、「おう、ひさしぶりじゃのう」と話の輪ができあがった。

だが、はずみかけた思い出話も、堀内が「知っとるか」と後藤のことを切りだすと、急にしぼんでしまう。みんな、さっきの堀内と同じ呆然とした顔を見合わせる。おまえのことを「懐かしい」と言う仲間は、誰もいなかった。

幹事の挨拶《あいさつ》のあと、当時のクラス担任の教師が一人ずつステージに立って挨拶し、市議会の議長も務める同窓会長が、祝辞と銘打ちながら、地域の活性化だの駅前再開発事業だの第三セクターだのと長ったらしい演説をぶった。四月に市会議員選挙があるらしい。

うんざりした顔で聞き流している同窓生も多かったが、芝居がかった調子で「いよっ!」「異議なし!」と合いの手を入れる奴《やつ》や、会長と名刺交換をしたと自慢げに言う奴も少なくなかった。四十歳の同窓会というのは、たんに懐かしさにひたるだけではすまないものがあるのだろう。

〈潮騒《しおさい》と緑の町〉が故郷のキャッチフレーズになっているのを、同窓会長の演説で初めて知った。大学進学で上京してから二十二年。両親はまだ元気だが、実家は兄が継いでいて、義姉と妻の折り合いがよくないせいもあって、故郷は年ごとに縁遠くなってしまった。この正月休みも、同窓会のついでがなければ東京で過ごすつもりだった。ゆうべ一晩実家に泊まり、今日の最終便で、妻と娘が留守番をしている東京に帰る。

明日の朝から僕は仕事に出るし、八日からは陽司も三学期が始まる。冬休みもあと少しで終わる。昔どおりのわんぱくな陽司には、しばらく――春休みまで会えないだろう。七日の夜や八日の朝に「おなかが痛い」と言いだす陽司の姿を思い浮かべ、すぐそばの円卓でオレンジジュースを飲む陽司の背中に重ねて、小さなため息とともにステージのほうに視線を戻す。

やっと演説を終えた同窓会長と入れ替わりにステージに立った幹事の一人が、二十五年の間に亡《な》くなった教師と同窓生の名前を読み上げた。当時の校長も、教頭も、すぐに往復ビンタを張った生活指導の教師も亡くなっていた。同窓生の中にも、三人。男が二人に女が一人。三人ともべつに親しくはなかったが、名前を聞くとすぐに顔が浮かんだ。

「それでは、一分間の黙禱《もくとう》を捧《ささ》げます」

ざわついていた会場が静まり返る。

僕は頭を垂れて目をつぶる。

ゴッちゃん、おまえのことを、また思いだす。危ないところだったよな、おまえ。同窓生のみんなから黙禱を捧げられる可能性だって、あった。

中学三年生の二学期、十月の何日だったっけ、中間試験が終わって何日かたった頃だったと思う。違っていたら、すまん。

おまえは手首をカッターナイフで切った。母親に発見されるのがもう少し遅ければ命が危なかった。

遺書があった。僕たちのことが、一人一人の名前ではない、「学校の奴ら」という表現で記されていた。

学校の奴らのこと、死んでも許さない。

おまえは震える字で、そう書いていたのだった。

＊

乾杯から三十分もたつと、おまえが顔を出すらしいという話は会場中に行き渡った。誰かが「おい、おまえ知っとるか」と別の誰かに声をかけ、ぼそぼそとした声で二言三言しゃべり、「まあ、昔のことじゃけえ……」と自分に言い聞かせるように締めくくって話し相手から離れる。話を伝えられた相手は、しばらく黙りこくってしまい、そばを通りがかったさらに別の誰かを「のお、いま聞いたんじゃけど」と呼び止める。その繰り返しだ。

女子――といっても、みんなもう四十歳なのだから元・女子と言うべきだろう、元・女子のグループから「ほんま？」という声があがることもあった。

おまえのことはみんな知っている。知っているから思いださずにいた。都合の悪いできごとは、忘れたふりをしておけばいい。四十歳になれば、誰だってそれくらいの器用さは持っている。

ゴッちゃん、おまえはどうだ？

あの頃の思い出を忘れて暮らしていてくれればと願うのは、ずるいことだろうか……。

おまえはおとなしい性格だった。体は小柄で、色が白く、全体の雰囲気が幼い。中学三年生になっても、詰め襟の学生服を脱いだら小学生と見間違えられてしまいそうだった。

「ゴッちゃん」という呼び名を、おまえが気に入っていたのかどうかは知らない。だが、たとえ嫌がったとしても、おまえは「ゴッちゃん」だった。親しみではなく、見くだした思いのこもった「ゴッちゃん」。「ちゃん」を少し強め、間延びさせて、にやにや笑いながら呼ぶと、おまえは身を固くする。目におびえた光が宿る。それだけで楽しかった。もちろん、それだけでは気のすまないときのほうがずっと多かったのだけれど。

いじめた――という意識は、僕たちにはなかった。最初から最後まで、ずっとだ。

僕たちはおまえを、ただ、からかっていた。半べそをかいたおまえが、声変わりのすんでいないような細く甲高い声で「やめてくれえやあ」と言う、それがおもしろかっただけなのだ。

入学間もない頃、おまえに最初に目をつけたのは先輩たち、特に不良っぽい女子のグループだった。援助交際ではなくスケ番の時代だ。足首まで隠れそうな長いスカートを穿《は》いて、リンチのときにはカミソリの刃を二枚重ねて頰を切るという噂《うわさ》の、そういう連中が昼休みのたびに「ゴッちゃーん、遊ぼうやあ」とおまえを迎えに来た。

スケ番グループは「ファンクラブ」と称して、おまえをオモチャにしていた。憶えている光景はいくつもある。たとえば、制服のポケットから生徒手帳を抜き取り、手帳を取り返そうとあせるおまえが机や椅子《いす》に足をぶつけて転んでしまうまで、バスケットボールのパスを回すみたいに仲間どうしで放り合う。女子のジャージを着せて「ゴッちゃん、かわいーいっ」と囃《はや》したてることもあったし、雑誌のヌードグラビアを無理やり見せて顔を真っ赤にさせることもあった。

スケ番グループが卒業すると、今度は新しい三年生が「ファンクラブ」を結成し、その翌年には、僕たちの同級生が後を継いだ。

「ゴッちゃん、これ知っとる?」とコンドームをおまえの鼻先につきつけて、「つけてあげようか」と笑っていた僕たちの学年のスケ番——長峰洋子は、いま、僕のすぐそばで、元・女子同士でおしゃべりをしている。苗字《みようじ》は「田中」に変わり、スカートのポケットに剃刀《かみそり》を忍ばせていた名残もなく、息子の高校受験のことで頭が痛いのだそうだ。

男子だって、やった。先輩も、同学年の僕たちも。それから後輩たちも冷ややかに笑うことでおまえを追い詰めていたし、見て見ぬふりをしていた教師たちも、おまえの逃げ道をふさいでいたのかもしれない。

体育館シューズを隠した。ノートに落書きをした。英和辞典の〈sex〉の見出しに蛍光ペンでマークをつけた。椅子に画鋲《がびょう》を置いた。体育の授業でサッカーをするときには、顔面目がけてボールを蹴《け》った。とびきり不味《まず》かった鯨のオーロラ煮が給食のオカズに出ると、おまえのぶんだけ大盛りにした。

「やめてくれえやあ」「なにするんか、おまえら」「のう、もうよかろうが、やめてくれえやあ」……。

いったい記憶のどこに隠れていたのだろう、すっかり忘れ去っていたはずのおまえの声が、顔が、生々しい厚みで迫ってくる。

そして、おまえを見て笑う、中学生の頃の僕自身の姿も。

「わしら、ゴッちゃんが好きじゃけえ、そげんするんよ。嫌いじゃったら最初から相手にせんよ、のう？　わしら親友じゃろうが」

そう言っておまえの肩を抱けば、すべて許されると思っていた。

おまえのことが嫌いなわけではなかった。ほんとうに。おまえは信じてくれないかもしれないけれど。信じても、許してはくれないだろうけれど。

＊

ビールがウイスキーに変わり、酔いが体をひとめぐりして、最初は遠慮がちだった話し声や笑い声もにぎやかになった。

「おう武史、なしてこげん隅のほうにおるんよ、こっち来いや」

柔道部の仲間と盛り上がっていた堀内が、僕をわざわざ呼びに来た。

「わしら地元の者《もん》と違《ちご》うて武史やらめったに会えんのじゃけん、ほれ、行こう」

僕だって懐かしい友だちと話したい。だが、今日はコブ付きだ。陽司を残してあちこち歩きまわるわけにもいかない。

「まあ、あとでな」

苦笑いで受け流したが、赤ら顔の堀内は「照れんでもよかろうが。ええけん行こうや」と僕の背中に手を回そうとする。

僕は身をよじってそれをかわし、「あいつ……遅いな」と言った。

堀内は一瞬怪訝《けげん》な顔になったが、すぐに察して、小刻みに何度かうなずいた。

「武史、おまえは後藤が来る思うとったか」

「五分五分ってところだけど」

「わし、もし先に後藤が来るいうてわかっとったら、休んだかもしれん」

「うん……」

「どげな顔して会えばええんか、わからんもんの」

同じだ、僕も。おまえに会わなければいけないんだと頭ではわかっていても、いま目の前におまえが姿を現したら、僕はいったいどんな表情を浮かべ、どんな言葉をかければいいのだろう。

「まあ、ほいでも、『出席』いうて返事しといても、ほんまに来るかどうかわかりゃあせんのじゃけえ」

堀内は自分に言い聞かせるようにつぶやいて、腕時計に目を落とした。

「何時までここでやるんだっけ」

「五時までじゃけえ、あと二時間じゃ」

「じゃあ、まだわからないだろ」

「なんな武史」舌打ちをぶつけられた。「こんなん、後藤に来てほしいんか?」

「……そういうわけじゃないけど」

僕は水割りを一口啜《すす》った。堀内も少し気まずそうな顔になって「どっちにしても、もう昔の話じゃ、のう」と笑い、円卓でフルーツポンチを食べていた陽司を見つけて「ボク、お父ちゃんによう似とるねえ」と声をかけた。

陽司は顔を真っ赤にしてうつむく。

「一人じゃと退屈じゃろう。待っとってや、おじちゃん、誰か友だち連れてきたるけえ」

堀内はそう言って、僕が止める間もなくフロアの中央のほうに歩いていった。

困惑して振り向くと、陽司と目が合った。陽司も僕をじっと見つめていた。だいじょうぶだよ、と笑ってやったが、陽司のこわばった頬はゆるまなかった。おびえた顔で、足がすくんでいるのがわかる。

顎《あご》の付け根から苦いものが湧《わ》いてきて、僕はグラスに残った水割りを呷《あお》るように喉《のど》に流し込んだ。

ゴッちゃん、おまえは僕たちを一度も怒らなかった。「やめてくれえやあ」と涙声で繰り返し、頭を両手で抱え込んで教室や廊下を逃げまどいながら、いつだって最後には僕たちを許してくれた。「ほんま、ええかげんにせえや」と赤い目を指でこすり、「かなわんのう……」とつぶやいて頬をゆるめ、僕たちが「ゴッちゃんのこと好きじゃけえ、かまうんじゃが」と肩を抱くと、くすぐったそうに首を縮めていた。

僕たちはずるかったのだと思う。

ゴッちゃんをオモチャにして遊びながら、あの頃の言い方を遣えば「シャレにならない」ところにまで至るぎりぎり手前で切りあげていた。もうじゅうぶん楽しんだ頃を見はからって「もうやめちゃれえや、ゴッちゃんもかわいそうなけん」と止める奴が必ずいた。誰と決まっていたのではなく、僕たちはみんな、日直や給食当番のようにかわるがわるその役目をつとめていたのだった。

もしおまえが怒ったら、笑いながらかわせる。「なに熱うなっとるんな、遊びじゃが」と、怒ったおまえを見て、また笑える。

そうだ、僕たちは笑いたかったのだ。受験のことや親のことやニキビのことや女の子のことやオナニーのことをぜんぶ忘れて、いま目の前にある楽しいことだけを見て笑いたかった。そのために、ゴッちゃん、僕たちにはおまえが必要だったのだ。

あの頃の——特に中学三年生の秋の自分を振り返ると、やじろべえみたいに胸の奥でなにかがいつも揺れていたような気がする。ふらふらと、危なっかしく、ほんのちょっとバランスを崩したらそのまま倒れてしまいそうな日々だった。

おまえの困った顔を見ると気持ちがすうっとした。新しい遊びや悪ふざけを思いつくと、胸の中でもやもやしていたものが晴れた。おまえのつるんとした白い顔がゆがむのと引き替えに、僕たちはやじろべえの重りをうまく左右に配分していたのかもしれない。

突然だった。

前触れなど、なにもなかった。

よく晴れた朝、始業チャイムが鳴ってもおまえは教室に姿を現さず、ホームルームには副担任の三好《みよし》先生が来た。

教卓から僕たちを見渡したときの三好先生の視線は、いまも忘れられない。

人殺しどもめ。

あいつは、そんな目で僕たちを見ていたのだ。

三好先生って、おまえは憶《おぼ》えてるか？　体育の教師だ。鉄棒や跳び箱の授業のときにいつも「悪い見本」でおまえを名指しして、みんなの前でやらせていた、あいつだよ。

僕たちはそれきりおまえには会えなかった。大学病院に二週間ほど入院したおまえは、退院するのと同時に祖父母が住む遠くの町の学校に転校していった。

逃げたとは思わなかった。むしろ逆。僕たちは、おまえに置き去りにされてしまった。

おまえは知らないかもしれない。

大変だったんだ、あのあと。

一人ずつ黒田先生に呼び出されて、おまえになにをしたかを根掘り葉掘り訊《き》かれた。遺書のことも、本物はさすがに見せてもらえなかったけれど、とにかくおまえがクラスのみんなを恨んでいるんだと、耳に声をねじ込むように言われた。

「いじめ」という言葉は、あの頃すでにあっただろうか。黒田先生は遣わなかった。だが、「悪ふざけ」とも言ってくれなかった。

集団リンチ——先生は、きっぱりとそう言った。

僕たちはみんな唖然《あぜん》とした。なぜって、僕たちは笑っていたのだ。おまえだって「やめてくれえやあ」と言いながら、本気で僕たちに抗議はしていなかったじゃないか。リンチなんて、もっと怖い世界のできごとだ。ぼくたちは不良じゃないし、ケガをするような暴力もふるっていないし、だいいち、僕たちはおまえのことを嫌ってなんかいなかったのだから。

唖然としたあと、膝《ひざ》が震えた。胸の鼓動が高まって息苦しくなった。そんなつもりじゃなかった、そんなはずじゃなかった、先生は勘違いしている、言い返したい言葉はすべて喉につっかえて消えた。

ゴッちゃん、おまえはどう思っていたんだ？

やっぱりあれは集団リンチだと、おまえも言うのか？

だとしたら……教えてくれ。

おまえはどうして怒らなかったんだ？

どうして、声をあげて泣きじゃくらなかったんだ？

僕たちは——少なくとも僕は、もしもおまえが本気で怒ったり僕たちを拒んだりしたら、もう悪ふざけはしなかっただろう。そうすれば、おまえだって手首をカミソリで切ることもなかったのに。

なあ、ゴッちゃん、おまえはほんとうに、どうして僕たちを怒らなかったんだ？

なんてな。

僕はもう答えを知っている。

教えてくれたのは、息子だ。

なあ、ゴッちゃん、父親なんていうのは子供のことをなにもわかっていないんだな。

つい半年ほど前までは、「いじめ」という言葉を聞くたびに、陽司が学校で誰かをいじめていないだろうかと心配していた。

自分の息子がほんとうはおまえと同じ種類の少年だなんて、そんなこと考えてもみなかったのだ。

＊

堀内は、陽司と似たような年格好の男の子を二人連れて戻ってきた。柔道部にいた野島と坂本の息子だという。言われてみれば、たしかにガキ大将だった二人の面影がある。

「ほいで、おい、陽司くんはどこな」

「ちょっとな、いま、トイレ行ってる」

逃げた——とは言わなかった。

「ほうか、そしたら、おう、おまえらどうせ外で遊ぶんじゃろう。陽司くんのこと、ロビーで待っとったれや。ちゃんと『遊ぼうや』言うて、おまえら田舎者なんじゃけえ、陽司くんに東京の遊び教えてもらえ」

堀内は子供たちの肩をポンと叩《たた》いた。二人とも堀内とは顔なじみなのだろう、屈託なく笑いながら駆けだしていく。

「子供は子供同士で遊ばせりゃええけん、みんなのところ行こうや。武史が来とる言うたら、懐《なつ》かしがっとったど」

「ああ……」

二人の背中を目で追いながら形だけうなずいたら、堀内は「どげんした?」と顔を覗《のぞ》き込んできた。

「いや、べつに……」

「後藤のこと、気にしとるんじゃろ」

まるっきり見当違いというわけではない。目をそらし、小さくうなずくと、堀内は少しあきれたように笑って「世の中には時効いうもんがあるんで」と言った。「二十五年前じゃ、もう大昔のことじゃろうが」

「まあな」

「わし思うんじゃけど、後藤も『出席』いうて返事したからには、もう昔のことは水に流しとるん違うか？」

僕は堀内を振り向いて、言った。

「おまえなら、水に流せるか？」

目をそらしたのは、今度は堀内のほうだった。

意地悪なことを訊いたものだ。だが、ゴッちゃん、その言葉は僕が息子にぶつけられたものでもある。

息子の話を聞いてくれるか、ゴッちゃん。

息子は十一月の半ばから学校に通っていない。不登校というやつだ。学校に行こうとすると頭や腹が痛くなる。親が無理にベッドから出すと、激しく嘔吐《おうと》してしまう。何日も時間をかけて、幼い子供をなだめすかすように粘り強くうながして、やっと本人から事情を聞き出した。

最初は二、三人の悪ふざけだった。二学期になって間もない頃、同じ班の男子が、陽司のちょっとした失敗をいちいちあげつらって、からかいはじめた。陽司はわんぱくな子供だが、意外と恥ずかしがり屋ですぐに顔が赤くなってしまう。それがおもしろかったのだろう、連中は陽司に「レッドカード」とあだ名をつけて、失敗しないときでも大声で囃《はや》したてるようになった。

やがて、それが他の班の男子にも広がった。休み時間のたびに、陽司は追いかけられた。みんなに取り囲まれて、腕をつねられたり肩を小突かれたりした。

「やめて」と言えば言うほど、陽司の言葉を借りれば、「ウケた」。相手の腕を乱暴に振り払うと、「逆ギレ、逆ギレ」とみんなは喜んだ。ゴッちゃん、おまえにはわかるだろう、僕にもわかる。みんなふざけているだけなのだ、陽司のことを嫌っていじめているわけではないのだ、ただおもしろがって、ただ笑いたいから……なあ、ゴッちゃん、おまえの「やめてくれえやあ」は、声が震えれば震えるほど、おもしろかった。泣きだしそうな顔がゆがめばゆがむほど、僕たちの胸の奥は浮き立っていったのだ。

じゃれあうようなささいな暴力は、少しずつ、少しずつ、エスカレートしていった。十月に入ると、陽司の体に青あざやミミズ腫《ば》れが残るようになった。助けるとすれば、その時期だった。なにも気づかなかった自分が、親として情けなくて、つらくて、たまらない。

十一月のある日、誰かが陽司のパンツを脱がせてみようと言いだした。みんな賛成した。陽司を傷つけるためではなく、自分たちがもっと楽しくなるために、だから陽司のことを「被害者」だとは思わずに、笑いながら、甲高い歓声をあげて、小さなおちんちんをさらした。陽司が酸《す》っぱいにおいのする胃液をベッドに吐き散らしたのは、その翌朝のことだった。

陽司は、「毎日が地獄だ」と僕に言った。妻には「このままじゃ殺されちゃう」とも言っていたらしい。

まだ若い担任の教師は、陽司の受けたいじめを「度のすぎた悪ふざけ」と言い換えた。その言葉を聞いたときには、拳《こぶし》が震えた。だが、いま、思う。もしも教師が「おまえたちのやったことは、いじめなんだ」と言ったら、陽司の同級生たちは啞然とするだろう。冗談じゃない、という顔になる少年もいるだろう。ようやく自分のやったことの重みに気づく少年もいるかもしれない。二十五年前の僕たちのように。

十一月の終わり、教師は我が家を訪ねて、同級生全員に書かせた反省文を陽司に渡した。別の日には、みんなの中心になって陽司をいたぶっていた男子数人が、しおらしい顔で謝りに来た。

僕も妻も、もちろん教師や同級生たちも、これでひとまずのけりがついてくれれば、と願っていた。

だが、陽司は教師にも同級生にも会おうとせず、壁を向いてベッドに横たわったまま、僕に言った。

「おとうさんなら、それで許せるわけ?」

なにも答えられなかった。

同窓会の返信用葉書に出席の○印をつけたのは、その夜のことだ。

ゴッちゃん、僕はいま、二十五年前の報いを受けているのかもしれない。


やっとわかったか。

おまえの声がどこかから聞こえたような気がして、僕はハッとあたりを見まわした。

広い会場のどこにもおまえの姿はない。

まだ、おまえは来ない。

僕はおまえを待ちつづけるしかない。

＊

酔うまで飲むつもりはなかったが、懐かしい顔に囲まれて、陽司とおまえのことを考えていると、ついグラスを口に運ぶピッチが上がった。

誰もおまえの話はしなかった。おまえの登場しない思い出話ばかりつづいた。それを聞いていると、なんだか奇妙な感覚にとらわれた。ゴッちゃん、四十歳という年齢は、二十五年という時間は、たいしたものだぞ。SF小説まがいに、もうひとつの記憶ができあがる。僕たちはいま、おまえのいなかった中学時代を懐かしんでいる。おまえは、どうなんだろう。たとえば自分の奥さんや子供に昔の思い出を聞かせるとき、中学時代の二年半のことをどんなふうに話しているんだろう。

話題は近況報告に移った。仕事をめぐる愚痴や弱音が、ぽつりぽつりと出てきた。堀内がトイレにたった隙《すき》に誰かが教えてくれた。あいつの会社、ほんとうは銀行の融資が受けられずにそうとう苦しんでいるらしい。

仕事から家庭へと話が変わる。

僕は「なにか食べるもの持ってくるから」と、その場を離れた。

バイキングコーナーで料理を皿に取っていたら、野島と坂本の息子が、近くの円卓でサンドイッチを頬張っていた。

陽司は——いない。

胸に湧《わ》いてくる不安を抑えつけて、陽司の居場所を訊いてみると、二人は気まずそうに顔を見合わせ、「知らない……」とくぐもった声で言った。

「でも、君ら一緒に遊んでたんだろ？」

「だって……」

二人の顔は、さらに気まずそうになった。

二人は、トイレから出てきた陽司に「遊ぼうや」と声をかけた。陽司もうなずいた。そこまではよかった。中庭で鬼ごっこをした。これも、いい。

だが、鬼に捕まえられた子は、鬼の手先になって残りの子を追いかけるというルールを聞いた瞬間、相槌《あいづち》は止まった。

ゴッちゃん、おまえも憶えているだろう。僕たちは昼休みになると鬼ごっこをした。子供じみた遊びでも、おまえをいたぶるには最高だった。ゲームが始まるとすぐに全員がわざと鬼に捕まり、みんなでおまえを追いまわす。すぐに捕まえてはつまらない。壁に追い詰めて取り囲み、じわじわと近づいていく。そのときのおまえのおびえた顔を見るのが、楽しくてたまらなかった。

同じことを、二人も陽司にやった。

「だって、あの子、すばしっこいんじゃもん、一人じゃったら捕まえられんけん」と坂本の息子が言い、「僕ら、べつにいじめとりゃせんよ」と野島の息子があわてて付け加えた。

陽司は庭の隅の小川の岸に追い詰められた。坂本の息子がタッチしようと手を伸ばすのをあとずさってかわしたはずみに、片足が川に落ちてしまった。水は浅く、足首が濡《ぬ》れただけだったが、陽司は激しく泣きだした。泣きながら頭を抱え、その場にしゃがみこんで、ズボンの尻《しり》まで濡らしてしまった。

「あ、でも、先に逃げたんは僕違うよ」「なに言うとるんな、おまえがもうやめじゃ言うたんじゃろうが」「違う、おまえが先に走って逃げてしもうたけん、わしも帰ったんじゃ」「おじさん、ほんまです、僕、こんなんが逃げたけえ、しょうがないけん」……。

僕は踵《きびす》を返した。人込みをかきわけて会場の中を捜しまわった。ロビーも隅から隅まで捜した。中庭に出て、築山《つきやま》のてっぺんに立って周囲を見渡した。

陽司は、どこにもいなかった。


「おい、武史、陽司くんおらんのか」

堀内もテラスから中庭に出てきた。

「迷子にでもなっちゃったかなあ」

笑ったつもりだったが、頬はひきつったようにゆがむだけだった。

堀内の表情も堅かった。野島と坂本の息子から話を聞きだしたのだという。

「あのクソガキども、一発ずつ頭をはたいといちゃったけえ、勘弁しちゃってくれえや」

「いや、あの子たちのせいじゃないさ」築山から下りて、もう一度あらためてつくり笑いを浮かべる。「しょうがないんだ」

「……なんかあったんか」

僕はかぶりを振った。なんでもない。ほんとうに、なんでもない。

なあ、ゴッちゃん、僕も親になった。この歳《とし》になって、ようやくわかることが、ある。

息子が不登校になって以来、何度となくあの頃のことを思いだした。そのたびに申し訳なさがつのった。おまえに対してはもちろん、おまえの父親と母親へも。自分の子供が、世界中の誰よりもいとおしい子供が、まわりの友だちからいたぶられ、苦しめられ、死を考えるまで追い詰められてしまった。それを知ったときの親の気持ちを思うと、僕はもう、自分の喉《のど》や胸をかきむしって、その場を転げまわりたくなってしまう。

許してくれ。

許してください。

何度でも謝りたい。ゴッちゃん、おまえの両親は元気か？　元気でいてほしいと、僕にも願わせてもらえるだろうか。

玄関の外を捜した堀内が、両手で×印をつくってロビーに駆け戻ってきた。会場をもう一度見てきた僕のほうも空振りだった。

「ホテルの者に捜してもろうたほうがええん違うか？」と堀内に言われ、フロントで事情を説明していたら、背中に声が聞こえた。

「おとうさん！」――陽司の声。

エレベータホールから、笑顔で駆けてくる。

服はちっとも濡れていない。

堀内が「ボク、川にはまったん違うん？」と訊《き》いた。

「うん。でも、もう乾いたから。あのね、エレベータで下におりると、クリーニング屋さんみたいな部屋があってね、大きなアイロンで乾かしてもらったの」

「おまえ、一人でそこに行ったのか」

「おじさんに連れてってもらったの」

「おじさん？」

「そう、おとうさんのこと知ってるって、そのおじさん」

泣きながら中庭からロビーに戻った陽司は、通りがかった男に声をかけられたらしい。びしょ濡れの服を見た男は、ホテルの従業員となにごとか話して、地下のクリーニング室に陽司を連れていった。服を乾かしてもらう間、男は陽司から小川に落ちたいきさつを聞き、僕の息子だと知ると少し驚いて、懐かしそうに笑ったのだという。

「おとうさんと同じクラスだったんだけど、途中で転校しちゃったんだって」

僕と堀内は顔を見合わせた。

「陽司、そのひと、名前なんていってた？」

「……ごめん、訊くの忘れた」

「ボク、そのおじさん、いまどこにおるん？　一緒じゃったんじゃろ？」

「知らない、エレベータから出たら、バイバイって、あっちのほうに行っちゃったから」

玄関を指さした。

「帰ったのか？　なあ、陽司、そのおじさん、帰っちゃったのか？」

勢い込んだ僕の口調にけおされて、陽司はあとずさった。

「武史、ちょっとわし、見てくるけん！」

堀内は吠《ほ》えるように言って身をひるがえしたが、ダッシュしかけたところで足を止めた。

「なーんての、いまさら追いかけてどがんするな、アホらしい」

照れくさそうに、少し怒ったように肩をすくめる。

僕は陽司の前で腰をかがめ、目の高さを同じにして訊いた。

「おじさん、他になにか言ってたか？」

陽司は「べつに……」と首を横に振りかけて、ふと顔を上げた。

「あのね、おとうさんのこと、元気ですかって。おとうさんの友だちもみんな元気そうだった？　って。みんなお酒飲んでるよって言ったら、おじさん、ふうんって笑ってたけど」

堀内は「なんじゃ、それ」とあきれたように鼻を鳴らした。

だが、僕と目が合うと、また玄関に向かって駆けだした。今度は立ち止まらない。ドアマンを突き飛ばすようにして、太った体が回転ドアの向こう側に消える。

僕は腰を伸ばし、天井を見上げて、ゆっくりと息をついた。

元気か？——それを訊きたいのは、僕のほうなのに。

ゴッちゃん、おまえは二十五年前と同じように、また僕たちを置き去りにしてしまったのか？

ロビーのソファーに並んで座ると、陽司は小声で言った。

「あのね、おじさんがヒッショーホー教えてくれたの」

「はあ？」

「ケンカとかいじめとかに勝てるんだって、それやると絶対」

必勝法——頭の中で声と言葉がつながるのと同時に、陽司は一息に言った。

「一時間泣きつづけたら勝つんだって。泣いて逃げちゃうんじゃなくて、みんなの前で、すっごい大きな声出して泣いたほうがいいんだって。すぐに泣きやむのってだめなんだって、ずーっと泣いてたら、みんなにもわかるからって。一時間ぐらい連続で泣くのって、すごい根性がいるんだって、それができると、ぜったいみんなに勝つんだって」

ゴッちゃん、おまえだ、おまえにしか言えない、それ。

なぜだろう。怒るかな、おまえは。でも、笑えたよ。むしょうにおかしかった。笑いが腹の底からこみ上げてきて、こらえきれずに吹き出した。笑ったあとで感謝した。それから目をつぶって、もう一度、きっと最後だ、おまえに詫《わ》びた。

「ねえ、おとうさん、それほんとだと思う?」

「……三学期になったら、学校で試してみな」

陽司は足元に目を落として言った。

「でもさあ、泣くのって、男らしくないよね」

「五分で泣きやんだらカッコ悪いけど、一時間泣けるのって男らしいぞ」

「そう?」

「絶対、そうだ。やってみればわかるって。もう、みんなびっくりしちゃって、泣いてるおまえより、もっと困った顔になるから」

そんな顔になりたかった。二十五年前の僕も。

「三学期に、やってみろよ」と僕は言った。

陽司は黙って、小さくうなずいた。

「よし、中に入るか」と声をかけて立ち上がった。

会場に向かって歩きながら、陽司はまた「おじさん」の話を思いだした。

「あのね、ぼくとおとうさん、目元とかそっくりだからすごく懐《なつ》かしいって」

「……そんなでもないけどなあ」

「ね、そうだよね、ぼくも、えーっ、て感じだったけど」

「でも、まあ、似てるかもしれないぞ。毎日会ってるひとより、初めて会ったりするひとのほうが、そういうのわかるんだ」

陽司は「似てるのかなあ」とつぶやいた。あまり嬉《うれ》しそうには聞こえなかったが、それでも、甘えるように僕に体をすり寄せてくる。

「おとうさん、おじさんと仲良しだったの？」

答えるかわりに手をつないでやった。陽司も僕の手を握り返してくる。

「親友とか？」

フフッと笑った。陽司の細い指がからんで、くすぐったい。

背にした玄関にひとの気配を感じて振り向くと、堀内が入ってくるところだった。肩を落とし、一人で回転ドアをくぐる。僕と目が合うと、さっきと同じように怒った顔で肩をすくめた。

僕はまた歩きだす。

会場のドア越しに、にぎやかな笑い声が聞こえる。

思い出話の輪に戻ったら、おまえの話をしようと思う。おまえが僕たちと同じ教室にいたあの頃の話をしながら、おまえを待とう。

ずっと、待つ。

柑《かん》橘《きつ》系《けい》パパ

学校帰りにマツモトキヨシに寄って、消臭スプレーを探した。

「たばこ？」

棚からスプレーの缶を取ったら、買い物に付き合ってくれたエリカが、にやにや笑いながら言った。

「バーカ、そんなんじゃねーよ」

軽く肘《ひじ》をぶつけてやった。近くを通りがかったおばさんが、あたしの声を聞いて、まったくねえ最近のチューガクセイはどうしようもないよねえ、というふうに足を速めてカートを押していった。

「わたくし、おたばこなんてお下劣なもの、お吸いになりませんことよ」

これでいい？

エリカはきょとんとした顔で「なに、いまの」と言ったけど、説明するのが面倒だし、説明してもべつにウケそうにないので、「ロシア語」と答えてレジに向かった。

「ちょっと待ってよ、ヒトミ、あたしも買いたいものあるから」

「温泉のモト？」

「そう」

「こないだ買ったじゃん、にごり湯」

「でも、また新しいの入ってるかもしんねーじゃんよお」

エリカは去年の秋から温泉のモトにハマってる。みんなから「ババアくせーっ」と笑われながらも、マツキヨで売ってるやつはあらかた試したはずだ。

あたしは「先に行ってるよ」と言って、レジの行列のしっぽについた。

すぐ前のおばさんはトイレットペーパーを背丈より高くカートに積み上げてた。日替わり特価品の安いやつ。主婦って大変だよなあ——同情も尊敬もしてないけど、いつも、マジ、思う。

でも、大変さだったら、こっちだって負けてない。

いばってもしょうがないけど、中学三年生だ。一月も、もう後半に入った。高校受験の、最後の追い込みの時期。

十二月に受けた最後の模試は、思いだすのもいやになるほどの出来だった。どうせ大学になんか行く気はないし、お嬢さまってガラでもないし、都立でも私立でも普通科でも商業科でも家政科でもなんでもいいから、入れるところに入っちゃおうと思ってるけど、このままじゃ、マジにヤバい。

だから。

やつあたり、させてもらう。

左手に持ってた消臭スプレーの缶を右手に持ち替えて、クスッと笑った。

栄養ドリンクの冷蔵ケースのガラスに、あたしの姿が映ってた。

こいつサイテー、とあきれて笑ってた。


友だちと家族の話をするときには、「おやじ」と呼ぶ。でも、これは親友のエリカにも打ち明けてないんだけど、あたしは父親のことをいまも「パパ」と呼んでる。

母親は中学に入学したときに「ママ」から「お母さん」になったのに、父親は「パパ」のまま。

いまさらあらたまって「お父さん」なんて照れくさくて呼べないし、かといって「パパ」をつづけるのもいいトシこいて恥ずかしいから、父親に直接呼びかけたことは最近ほとんどない。

あたしが悪いんじゃない。

悪いのは、パパだ。

パパはあたしが小学六年生のときに単身赴任で札幌に行ってしまい、去年の夏、東京に帰ってきた。タイミング、最悪。ポケモンじゃないけど、「パパ」から「お父さん」に進化しなくちゃいけないだいじな時期に、家にいなかったわけだ。

もちろん、パパは単身赴任中も月に一度は家に帰ってきてたし、夏休みやお正月にお母さんとあたしが札幌に遊びに行ったこともあるけど、どう言えばいいんだろう、そーゆーのって、お互いにお客さんの感じで、呼び方を変える余裕なんてぜんぜんなくて、「ヒトミ、元気にしてたか?」「うん、まあね」なんて会話を交わすだけで背中がむずがゆくなってたまらなかった。

そのむずがゆさは、いまも消えてない。三年間も留守だったんだもん。お母さんとの二人暮らしにすっかり慣れてしまった。パパは家に帰れて喜んでるみたいだけど、正直言って、あたしはまだパパが家にいる暮らしにすんなり戻れないでいる。

マツキヨの外でエリカを待ちながら、支払い済みのロゴ入りテープを貼《は》ってもらった消臭スプレーの缶を、お手玉みたくてのひらの上ではずませた。

パパ、怒るかな。パパの前にお母さんに怒られちゃいそうな気もする。

でも、しょうがない。夏からずっとがまんしてきたけど、もう限界だ。

「お待たせっ」

エリカが小走りに店から出てきた。

「なんかいいのあった？」と訊《き》くと、「南紀白浜温泉ゲットだぜーっ」と温泉のモトの小箱を得意そうに見せる。

「それより、ヒトミ、なんで消臭スプレーなんて買ったの？」

「うん……ちょっとね」

「あんた、そんなにクサかったっけ？」

「タコなこと言ってんじゃねーよ」

スプレーを吹きかける真似《まね》をしたら、エリカもふざけて「ぎゃあああああっ」と断末魔の叫びをあげた。

あ、そうか、と気づいた。消臭スプレーって、殺虫剤と似てるんだ。

缶を持った手が、ほんのちょっと縮まった。やっぱりやめようかなあ、と顔がうつむいてしまう。

「どうしたの？」とエリカが訊く。

しゃべったほうが気が楽になるかもしれないと思い、軽い声をつくって言った。

「おやじがクサいんだよね」

「はあ？」

「クサいの、ウチのおやじ」

「なにそれ、シソーノーローとかワキガ？」

「レモンのにおい」

「だったら、いいにおいじゃん」

「ぜんぜんよくねーよ」

あたしは歩きだした。エリカがあわてて追いかけてきたけど、それ以上はもうなにも話すつもりはなかった。

＊

「気にしすぎよ」

夕食をつくってたお母さんは、あきれて言った。

「おかーさんがニブすぎるんだってば」とあたしは返し、リビングの隅から隅まで消臭スプレーを吹きかけていく。

「なに言ってんの、ぜんぜんにおわないじゃない」

「におう」

「スプレー、もったいないでしょ」

「自分のお金で買ったんだからいいじゃん」

リビングのソファー、パパがいつも座る場所に、たっぷりスプレーした。テレビがいちばんよく見えるこの場所は、パパが単身赴任から帰ってくるまではあたしの定位置だった。ふかふかのクッションがすごく気持ちよかったのに、パパが座るようになって五カ月たらずで、急にヘタってしまった。

三年間の単身赴任中に、パパは十キロも太った。髪の毛が減って頭のてっぺんの地肌が透けて見えるようになった。「不規則な生活だったし、ストレスも溜《た》まってたしなあ」とパパは言う。仕事のことはぜんぜんわからないけど、バブルが弾《はじ》けて、銀行もつぶれて、死ぬほど大変だったらしい。

でも、それとこれとは話が別だ。

パパはクサい。とにかく、クサい。

リビングと続き部屋になった和室――パパとお母さんの寝室のふすまを少し開け、腕だけ中に入れてスプレーした。

「ね、お母さん、スプレーをシューッとするのって気持ちいいよね。欲求不満の解消になるっていうか、そんな感じしない？」

お母さんは返事のかわりに、やれやれ、と息をついてキッチンに戻った。

パパと離れて暮らしてる間に、お互い、いろんなことが変わった。

パパはお母さんに「ヒトミも昔と違って扱いづらくなったなあ」とこぼしてたらしい。

でも、パパだって昔とは違ってしまった。体型もそうだし、髪の毛もそうだし、それから——クサくなった。

パパは単身赴任中に、オーデコロンをつけるようになった。レモンのようなライムのようなミカンのようなハッサクのようなグレープフルーツのようなオレンジのような

……柑橘系って、辞書をひいて漢字を覚えたんだけど、そーゆーにおいのやつだ。

「風呂《ふろ》に入れない日も多かったからな、こういうのでごまかさないとだめだったんだ」

というのが、パパの言いぶん。

だったらいまはもう必要ないはずなのに、パパはオーデコロンにハマってしまった。

「香りは究極のおしゃれだよ、目に見えないわけだろ、そこに気をつかうのがホンモノの身だしなみってやつなんだ」

そんなわけで、3LDKの我が家には、いつも柑橘系のにおいがうっすら漂ってる。

朝起きて廊下に出たら、まず消臭スプレーをひと吹きするのが、日課になった。洗面所と廊下と玄関が、においの密集地帯だ。あたしの起きる時間には、パパはもう会社に出かけてるけど、においはしっかり残って、新鮮っていうかみずみずしいっていうか、もぎたてのすっぱさが目にツンとしみる。

悪いことに、あたしの部屋は玄関を入ってすぐ右側にあって、狭く風通しの悪い廊下

を挟んだ向かい側は洗面所。お母さんと二人暮らしのときにはちっとも感じなかったのに、パパが帰ってきてからは、マンションの狭苦しさがいやでいやでたまらない。

デンジャラス・ゾーンを突破するゲームやアニメの主人公みたいに、消臭スプレーを持った右手を前に突き出して、息を詰め、どこかににおいが澱《よど》んでないか探りながら廊下をリビングまで進む。

花粉症のミユキから、いつか聞いた。春先のよく晴れた日には、スギ花粉が空中に漂ってるのが見えるらしい。そのときには「うそぉ」なんて笑って聞き流したけど、いまならわかる気がする。

玄関にも廊下にも洗面所にもトイレにもリビングにも、目に見えないほど小さな柑橘系のにおいの粒がたくさん浮かんでる。色のイメージは、黄色。そこに消臭スプレーを吹きつけると、ノズルから飛び出した透明の粒がにおいの粒をパクッと呑《の》み込んでいく。ゲームの『パックマン』とか、コドモの頃に好きだったシェル・シルヴァスタインの絵本『ぼくを探しに』みたいな感じだ。

がんばれ、消臭スプレー。

においの最後の一粒まで、食い尽くしちゃえ！

一週間後の朝、いつものように消臭スプレー片手に「おはよう」とリビングに入ったら、お母さんがうんざりしきった顔で言った。

「もう、いいかげんにしない？　あんたなに考えてんのよ」

「だって、クサいんだもん」

「ほんとに、におってるの？」

「うん、だから言ってるじゃん、おかーさんニブいんだよ」

「でも、クサいなんていうにおいじゃないでしょ。パパ、ゆうべも落ち込んじゃってたのよ、ヒトミはオーデコロンじゃなくてパパのことが嫌いなんじゃないか、って」

「被害モーソーだよ、しょーがないなあ」

口ではそう答えたけど、パパの心配はぜんぜん的はずれっていうわけでもない。

あたしだって、柑橘系のにおいそのものは嫌いじゃない。オーデコロンはわりと高いやつだし、ミカンはコドモの頃から大好物だった。

でも、においをかぐたびに、なんとも言えないうっとうしさを感じてしまう。お母さんと二人暮らしの頃は気楽でよかったな、と昔が懐《なつ》かしくなる。

べつにパパがいなくたって、だいじょうぶ——離ればなれの三年間で知った。パパが家にいたって、うざったいだけじゃん——パパが帰ってきてからの五カ月で、わかった。

キッチンで目玉焼きをつくるお母さんに、笑いながら言ってみた。

「家族が一人増えるって、大変だよね」

お母さんはそっけなく「元に戻っただけでしょ」と答えた。

「……そりゃあ、まあ、そうだけど」

ちょっと気まずくなってキッチンから離れ、和室のふすまを開けて消臭スプレーをかまえた。

ボタンを押すと、ノズルは濁った音をたてるだけで、何度押しても薬は出てこなかった。

一週間で、からっぽ。

やっぱり、やりすぎだったかなあ……。

初めて悔やんだ。少しだけ。

＊

昼休み、教室のベランダに出て、いまにも雨か雪の降りだしそうな空をぼんやり眺めてたら、隣で英単語のカードをめくってたエリカが、ちょっとムッとしたふうに言った。

「ヒトミさあ、そーゆーのって、やめない？　あんまり感じよくないよ」

「そーゆーのって？　あたし、なんかした？」

エリカは「ほら、いまの」とあたしの顔に顎《あご》をしゃくって教えてくれた。自分ではぜんぜん気づかなかったけど、あたし、息をするときに鼻を鳴らしてるらしい。

「音ってほどじゃないんだけど、息を吸い込むときに、鼻息ってゆーか、スッスッって聞こえてくんの」

エリカは鼻をひくつかせて、紙をこすり合わせるような小さな音を出した。

「うそ、マジ？」

「マジだってば。こないだから、ずーっと気になってたんだもん」

「やだ、ぜんぜんわかんなかった」

まだ半信半疑のまま、さっきのエリカをお手本に、わざと鼻を鳴らしてみた。鼻詰まりのとき、ちょっと力を入れて息を吸う、そんな感じで。

でも、あたしは風邪なんてひいてないし、息を吸ったり吐いたりするのを意識してた覚えもない。

「鼻の穴も広がってんの。マンガとかでよくあるじゃん、リキ入って鼻息荒くなってる奴《やつ》。あれとおんなじなんだよ、ヒトミ」

「……マジかよお」

「ユンケルとか飲んでんの？」

「ないないない、あーゆーの飲むと、トイレ、クサくなっちゃうんだもん」

笑いかけた顔は途中でこわばった。あ、そうか、と気づいた。ヤバいなあ、とも思った。柑橘系《かんきつけい》のにおいだ。消臭スプレー片手に、においを探すのが癖になっちゃって、それで……。

エリカは単語カードを一枚めくって、「ユンケルつったらさあ」と思いだし笑いを浮かべた。同じ塾の同じクラス——基礎特訓科の男の子が、こないだ授業中に鼻血を出した。そいつ、受験前だからっていうんで、朝晩一本ずつマムシ粉末エキス入りドリンクを飲んでたらしい。

「まあ、コーフンが鼻に来てくれて助かったよね。ヤバいほうに血が回ってたら、いきなりゴーカンしてきたりして」

エリカお得意のシモネタ系。ちょっといまのはハズしたっぽい。

友情で「くだんねーっ」とウケてあげて、息継ぎしようとしたら、一瞬さっきの話がよみがえって息を吸い込みそこねた。

胸と喉《のど》が詰まる。こめかみが堅くなって、うめき声が漏れそうになった。胸をノックするように叩《たた》きながら口で息を吸って、やっと楽になったけど、鼻に息を通しちゃいけないと思うと、また胸と喉がキュッとすぼまってしまう。

「ヒトミ、なんか食べてんの？　あたしにもちょーだい」

のんきな奴、こいつ。

と——気を抜いたら、また鼻が鳴りそうになって、あわてて息を止めた。胸に手をあてて、今度はさすった。ゆっくり、ゆっくり、そーっと、息を吸って、吐いて、吸って、吐いて、吸って、だいじょうぶ、鼻の穴、広がってない。

「あんたがわけのわかんないこと言うから、息のしかた忘れちゃったじゃん」

とりあえず、ギャグにした。

「何年ニンゲンやってんの、こいつ、赤ちゃん以下」とエリカもツッコミを入れてくれた。

でも、頬が熱くなって、胸はさっきからドキドキがおさまらない。

慎重に深呼吸を繰り返しながら息を整え、ほてった頬にてのひらで風を送る。いつか雑誌で読んだ、過呼吸症っていうんだっけ、ストレスで息ができなくなる病気があるらしい。そんなのになったりしたら、サイテーだ。みんなは同情してくれるかもしれないけど、あたしがあたしを許せない。ストレスとか心の病とか、そーゆーのって自分が弱い子ちゃんだっていう証明になってしまう。

エリカは、あくび交じりにまたカードをめくった。そっと覗《のぞ》き込んでみると、カードには〈ｔａｂｌｅ〉と書いてある。一年生で習う単語じゃん、こんなの。あきれて笑う前に、必死なんだなあ、と感心した。

つい半年前には、中学最後の夏休みだからってリキ入れて髪をメッシュにしてたのに。

八月三十一日に美容院の予約を取りそこねて、白髪染めを持ってあせってウチに来て、あたしに鏡を持たせてベランダで黒く染め直したっけ。「高校に入ったら、こんな苦労しないですむんだよねえ」なんて言いながら、高校に入るための苦労のことは、ぜんぜん考えてなかった。お互いに。

頬に、冷たいしずくが触れた。雨だ。楽しみにしてたのに、雪は今日もおあずけ。今年の冬はまだ一度も雪が降ってない。去年は何度も雪が積もって、運悪く自治会の役員だったお母さんは、そのたびにマンションの前の道路の雪かきに駆り出されて、春になるまで湿布薬のお世話になりっぱなしだった。あたしも一度だけ手伝ったけど、三十分で腰が痛くなってリタイアした。

パパがいたらよかったのになあ――離ればなれで暮らした三年間で、心の底からそう思ったのは、そのときだけだったかもしれない。

「あ、ほら、ヒトミ」

エリカが単語カードを見つめたまま、言った。

「鼻、また鳴ったよ」

カードの単語は〈ｄｅｓｋ〉に変わってた。

＊

二月に入ると、パパはオーデコロンをつけなくなった。

「ヒトミに気をつかってくれたのよ、受験前でピリピリしてるときなんだから、って」

お母さんは、パパをかばい、あたしのわがままを責めるように言う。

ずるいよ——と思う。

だって、パパが単身赴任してた頃は、お母さんとあたしは仲良しだった。お母さんはなんでもあたしに話してくれたし、あたしもお母さんに嘘《うそ》はつかなかった。家にオトコのひとがいない不安やさびしさがないわけじゃなかったけど、そのぶん気楽で、手間暇もかからず、たまにケンカをしても言いたいことを遠慮なく言い合えるからかえって気分がすっきりしたし、「晩ごはん、ピザですませちゃおうか」とか「外に食べにいく？」とか、いいかげんだけどすごく楽しい毎日だった。

いまは、パパがいる。あたしが自分の部屋で受験勉強してる間、パパとお母さんはリビングでテレビを観《み》ながらおしゃべりする。夕食のおかずも、切り干し大根とか酢の物とかヒジキとか、「こういうのに飢えてたんだよなあ」とパパはうれしそうだけど、あたしの嫌いなものばかり並ぶ。

パパが帰ってきてから、お母さんはよく笑うようになった。

あたしと二人のときよりも、ずっと。


二月三日。私立の受験まで、あとちょうど一週間。あせる。いらつく。机に向かってると膝《ひざ》が勝手に貧乏揺すりをはじめ、背中がもぞもぞして、暗記しなくちゃいけない教科書の数字や言葉をどんなににらんでも、文字が頭の中まで届かない。

いま何時？　夜の十一時過ぎ。あと少しで日付が変わる。受験までに残された日数が、また減ってしまう。

手に持ってた蛍光ペンを机に放り投げた。椅子《いす》の背に体を預けて、胸の中の空気をまるごと入れ替えるつもりで深呼吸をした。

自分でも気をつけたし、エリカにも細かくチェックしてもらったかいあって、息を吸うときに鼻を鳴らす癖はだいぶ直った。でも、それと引き替えに、一度に吸い込む空気の量が減ったような気がする。胸を半分ほどしか使ってない感じで、息苦しいというほどじゃないけど、なにかいつも緊張してるっていうか、せっぱつまってるっていうか、息のストックがぜんぜんなくて、呼吸するのをちょっとミスったら酸欠で倒れてしまいそうだ。

耳をすますと、リビングからテレビの音と両親の笑い声が聞こえる。

クサい。

ドアは閉まってるのに、パパはもうオーデコロンをつけてないはずなのに、クサい。柑橘系のにおいがする。すごく。

こんな空気なんて吸いたくない。でも、吸わないと死んじゃう。左のてのひらをマスクみたいにして顔の下半分を覆《おお》い、口だけ、口だけ、と気をつけて息をする。

右手で机の引き出しを開けて、消臭スプレーの缶を取り出した。これで三本め。毎日毎日、暇さえあれば家じゅうスプレーしてるのに、すっぱいにおいは消えてくれない。

椅子に座ったまま右手をぐるぐる回して、あたり一面にスプレーした。

無色透明の薬が白い霧になって部屋に広がっていく。

パパもお母さんも、なんで平気なんだろう。二人とも鼻がマヒしちゃったんだろうか。このキツいにおい、わからないいんだろうか。

それとも……おかしくなっちゃったのは、あたしの鼻のほうなんだろうか……。


次の日、午前中の授業を休んだエリカは、顔じゅう赤いブツブツだらけにして昼休みに登校してきた。

「どうしたの?」とみんなで取り囲んで訊《き》くと、口を開くのもつらそうに「ヤバいよお、あたし、もう温泉のモトがないとお風呂《ふろ》に入れない体になっちゃった……」と言う。

うっかりして温泉のモトを買い忘れて、ひさしぶりにお湯のままのお風呂に入った。

「お湯がめっちゃ痛いの、ピリピリとかチクチクとか、そんな感じで、お風呂からあがったら真っ赤になっちゃってたんだよね」

バスタオルで体を拭《ふ》いてると、見る見るうちに発疹《はっしん》が全身に広がっていった。かゆみはないけど、体がひとまわりふくらんだんじゃないかと思うほど肌の奥のほうがほてって、ゆうべは一睡もできなかったらしい。

「ほら、温泉のモトを入れるとお湯がなめらかっつーかソフトになるじゃん、それにお肌が慣れちゃったみたい」

エリカは早口に言って、それから、話を聞くあたしたちの誰とも目を合わさずに、ぽつりと付け加えた。

「お医者さん、精神的なものだろう、って」

「ストレス?」とあたし。

「たぶん」エリカは小さくうなずく。「受験、直前だしね」

「あんた、そんなにシリアスだったたっけ?」

「知らねーよ、そんなの」

真っ赤な頰に水で濡《ぬ》らしたタオルをあてるしぐさは、ほんとにキツそうだった。

それを見てると、なんか、こっちまで泣きたくなる。

弱い子ちゃん、だ。エリカもあたしも。最近ずっと口のまわりにニキビができてるヨウコも、えらそーな数学のオカノ先生にキレて教科書を床に叩《たた》きつけたタカギくんも、「ねえねえ、誰かエス手に入れるルート知らない？」とシャレにならないことをテンパった目で言うタマヨも、相田みつをにハマって「ニンゲン、生きてりゃいいの」が口癖になったテラヤマくんも、みーんな、弱い子ちゃん。

あたし一人じゃない。ちょっとホッとする。でも、同じだけ悲しくもなってくる。

チャイムが鳴って、あたしたちはのろのろと自分の席につく。

「あーあ、たれてーよおー」

隣の席のカオリが、だるそうな声で言って椅子を後ろにひいた。机に顎《あご》をつける。両腕も広げて机に載せて、全身の力を抜く。たれぱんだのポーズ、できあがり。

部活のテニスに燃えて、コンジョー入りまくってたあの子が、二学期になって引退したら、たれぱんだにハマった。「ジンセイの師匠ってやつ？」と、ときどき下敷きにプリントされた、たれぱんださんを拝んでる。

「あたしも、たれよーっと」

カオリの後ろの席のミドリも机に顎からつっぷして、ひしゃげた声で「気持ちいいよ、ヒトミもやってみな」と笑う。

「うん……」

バカみたいだけど、やってみた。机の冷たさが気持ちよかった、マジ。

ふと見ると、まわりの子もたくさん、たれてる。たれてない子は、みんなピキピキとこわばって、ひきつってるみたいに見える。

英語のナカモト先生が教室に入ってきた。

「おい、どうした、おまえらシャンとしろよ、シャンと」

午前中、国語のカトウ先生は「表情堅いぞ、みんな。もっとリラックスしなきゃ」なんて言ってたんだけど。

*

二月八日――日曜日、私立の受験は、あさって。

朝八時過ぎに目を覚まして廊下に出たら、肌寒さにぶるっと身震いした。廊下が妙に明るい。そして、やけに寒い。

振り向くと、玄関のドアが開けっぱなしになってた。冷たい風が廊下に吹き込んできて、ぶるっと震えて、それで気づいた。

家じゅうの窓と、玄関のドアが開いてる。

「どうしたの？　大掃除？」

キッチンで床の拭き掃除をしてたお母さんは、「におい」と雑巾《ぞうきん》掛けの手を休めずにそっけなく答えた。「ヒトミがあんまりうるさく言うから、パパが、床や壁にもにおいが染《し》みこんでるんじゃないか、って」

「パパは？」

「ゴルフ」

「そう……」

「朝ごはん、テーブルにあるから。パン焼いて早く食べちゃいなさい。壁は午前中に拭いとかないと乾かないから」

「手伝おうか？」

「なに言ってんの」初めて笑った。「いいからあんたは勉強しなさい」

わがままで、親に面倒かけて、サイテーの娘だ。わかってる、そんなこと。

ひさしぶりに集中して勉強できた。拭き掃除の音はドアや壁越しにずっと聞こえてたけど、ちっともうるさいとは思わない。お母さんがすぐそばにいるんだというのを実感できる、うれしい物音だった。

お昼ごはんのリクエストを訊かれて、迷うことなくカップ焼きそばにした。

「ちょっと、だいじょうぶ？　試験の前にそんなの食べて」

お母さんは眉《まゆ》をひそめたけど、「楽勝、楽勝」なんてゴキゲンのVサインをつくって、キッチンのストッカーの扉を開けた。ラッキー。『UFO』が二つあった。

「ヒトミ、サラダでもつくろうか?」

「いいってば」

「コーンスープならすぐできるけど」

「いいのいいの、これで」

栄養のバランスとか、関係ない。カップ焼きそばだけってのがいいんだ。去年の夏までは、これが休日のお昼ごはんの定番だった。「パパが知ったらぜったい怒るよね」とか「『C.C.レモン』も飲んでるんだから、いーんじゃない?」とか、「パパ、いまごろなに食べてるんだろーね」なんてことおしゃべりしながら食べた。違う種類のを一つずつコンビニで買ってきて、途中で交換して食べ比べたりして。

お湯でふやけたメンのにおいに、ソースのにおいがからむ。ちょっとだけ、キャベツの青っぽいにおいも。鼻の音を気にせずに思いっきり息を吸い込むと、胸の隅々にまで空気がいきわたる。ひさしぶりにフル充電みたいな感じ。

焼きそばを口いっぱいにほおばって、お母さんに聞こえても聞こえなくてもいい、もごもごした声で「パパ、もう単身赴任しないのかなあ」と言ってみた。

返事はなかった。

拍子抜けして、でもやっぱりホッとして、顔を上げると、お母さんは焼きそばに箸《はし》をつけずに、あたしをじっと見つめてた。

怒ってるのと悲しんでるのと半分ずつの顔だった。

焼きそばを呑《の》み込むと、お母さんはあたしを見つめたまま言った。

「今度はお母さん、いっしょに行くから」

「……あ、そう」

軽く――言えたかな。よくわからない。ふーんすごいね仲いいんだね、あたし的にはついてけないけどね、あたしも一人暮らしマジしてみたかったからちょうどいいんじゃない？　声は、喉《のど》を抜けていってくれなかった。

気がつくと、お母さんは悲しさ八十パーセントの顔になってた。

「オーデコロンだけじゃないんでしょ？」

「なにが？」

「パパのこと」

焼きそばをもう一口、さっきよりたくさんほおばった。

「あんた、パパと最近ぜんぜん口きいてないでしょ」

「だって、べつに用事とかないし」

「パパが話しかけても無視してるし……」

「聞こえなかったんだと思うよ」

「目も合わさないじゃない」

「そんなことないよ」

「なに言ってんの、ちゃんとわかるんだから」

お母さんの言うことは正しい。さりげなくシカトしてたつもりだけど、バレバレだったってわけだ。

あたしは箸を置いた。冷たいウーロン茶を飲んで息をつくと、焼きそばのにおいが急にうっとうしくなってきた。

「パパって、そーゆーこと、お母さんに言いつけるひとなんだあ。サイテー。なんかさ、男のクズって感じじゃん」

「パパはなにも言ってないわよ」

「じゃ、いまの、おかーさんのおせっかい」

「ヒトミ」声がとがった。「受験でイライラするのは勝手だけど、やつあたりなんてやめなさい」

「勝手とかって言わないでくれる?」

こーゆーのがやつあたりなんだって、わかってるけど。

お母さんの顔は、悲しさ百パーセントになってた。

それを見たくないから、あたしはまた箸を持って、わざと音をたてて焼きそばをかきこんだ。

「パパね、ゴルフの帰りにお守りもらってくるって」

「なに、それ」

「ゴルフ場の近くに、なんとかっていう有名な天満宮があるのよ。ほら、天満宮って学問の神さまでしょ。帰りに寄って受験のお守りもらってくる、って」

バッカみたい。それで高校に入れるんなら、誰も苦労しないっての。焼きそば、もうおいしくなくなった。サラダとかスープとか、やっぱりつけてもらえばよかった。

「パパはお母さんから渡してくれって言ってるんだけど、ね、ヒトミ、素直にもらってあげてよね？ できるよね？ せっかくパパ、ヒトミのこと心配してくれてるんだから」

やーだよ——なんて言うと、お母さんマジギレしちゃいそうだから、黙って箸と口を動かした。

お母さんも、話を変えた。

「掃除がすんだら晩ごはんの買い物に行くけど、なにか食べたいものある？」

「べつに、なんでもいい」

つぶやくように答えると、不意に胸が熱くなった。毎晩リビングで笑ってたじゃん、おかーさんとパパ。すげー楽しそうだったじゃん。あたしがパパに口きかないとか目を合わさないとか、お守り買ってくるとか、そんなこと話してるなんて思わないじゃん、こっちは……。

泣きたくなるのをこらえてたら、お母さんはやっと焼きそばに箸をつけて、「伸びちゃって、おいしくない」と笑った。

笑ってくれたんだと思う。

大掃除は夕方の早い時間に終わった。

「どう?」とお母さんに訊かれ、リビングの真ん中に立って深呼吸を、ひとつ。

「うん、だいじょうぶ」指でOKマークをつくった。「ぜんぜんクサくない」

「壁を拭いてみたら、けっこう汚れてたわ。においも染み込んでて当然かもね」

「おかーさん……ありがとう」

ぺこりと頭を下げたら、お母さんは照れくさそうに「そんなのいいから早く勉強しなさい」と手であたしを追い払った。

でも——「ありがとう」と何度でも言いたい。コドモみたいにお母さんの背中に抱きついて、頬ずりしながら何度も何度も繰り返して、それから最後に謝りたい。

自分の部屋に入って、机の上に置いてある消臭スプレーをぼんやり見つめながら、胸に残った息をすべて吐き出した。

おかーさん、ありがとう、ごめん。

やっぱり、まだクサいんだ……。

＊

お母さんが買い物に出かけてる間、机につっぷして、たればんだのポーズで少し泣いた。

とことん弱い子ちゃんなんだと思い知らされた。悲しいっていうより、悔しくて、情けない。

受験って、こんなに重かったんだ。べつに将来の夢なんて抱いてるわけじゃないし、ひとよりレベルの高い学校を目指したわけでもないし、模試の成績と志望校の合格ラインとをチェックすると、そんなにビビる必要なんてない。四月になれば、CDのオートチェンジャーみたいに、中学生から高校生にあっさり切り替われると思ってたのに。

息が苦しい。もう胸のほとんどに泥が詰まって、残り少ない隙間《すきま》でかろうじて息をしてるって感じ。鼻をつまんで口を閉じれば、ワン、ツー、スリーで死んじゃいそうだ。

受験が終われば、楽になれるのかな。パパが家にいるうちはだめなのかな。パパのこと、嫌いになったわけじゃない。同じクラスのショウコとかアイちゃんなんて、お父さんがお風呂に入ったあとはお湯を入れ替えるって言ってるけど、あいつら親不孝モンだよなあって、いつも思ってる。でも、あたしだって、ひとから見れば似たようなものかもしれない。

三年間のブランクって、どうしようもなく大きい。パパのいない暮らしがあたりまえなんだと体に染み込んでしまった。たぶん、心にも。

だって、キタナい話だけど、パパが帰ってきてしばらくのうちは、トイレの便座カバーが上がってると、なんでだろうと不思議でしょうがなかったんだから。寝る前にお母さんといっしょにリビングでテレビを観《み》てるとき、帰りの遅かったパパがお風呂に入ってる音が聞こえると、泥棒？　強盗？　痴漢？　ストーカー？　なんてドキッとしてたんだから……。

お母さんが買い物から帰ってきた。「外、冷え込んできたよお」と玄関から、いかにも寒さに凍えた声が聞こえる。

体を起こし、窓の外を見ると、ほんとだ、空いっぱいに重い色の雲が広がってる。雨──雪になれば、いい。雪かきしなくちゃいけないぐらい降って、積もって、ウチはもう自治会の役員じゃないけど、パパにボランティアしてもらって、「やっぱりパパがいなくちゃね、去年は死ぬほど大変だったんだから」と言ってみたい。

「今夜、お鍋《なべ》にしようね。トリの水炊《た》き、ひさしぶりでしょ」

あたしの部屋の前を通るとき、お母さんが言った。

ポン酢じゃん、柑橘系《かんきつけい》じゃん。なんのために朝から大掃除したんだろう。げんなりして、おいしいのかどうか知らないけど、ごまだれの水炊きにしてもらおうかと思ったとき、玄関のチャイムが鳴った。ドアが開く音と、「ただいまあ」とパパの声。「はいはいはーい」とお母さんはスリッパを鳴らして玄関に引き返した。

パパとお母さんの話し声が聞こえる。お守りのこと、だろうか。今日の大掃除のこと、だろうか。

クサい。また柑橘系のにおいが漂ってくる。

あたしは消臭スプレーの缶を手に立ち上がり、部屋じゅう歩き回ってスプレーした。消えろ消えろ消えろ消えろ消えろ消えろ……と呪文《じゅもん》のようにつぶやきながら、スプレーのボタンを押しつづけた。

「ヒトミ、ちょっといいか？　ヒトミにおみやげ買ってきたんだ、ほら」

ドアが開いた。

パパが顔を覗《のぞ》かせる。笑ってた。柑橘系のにおいが濃縮されて、部屋に流れ込んだ。

考えてそうしたわけじゃない。気がついたら、スプレーをパパに向けてた。ボタンを押す人差し指にグッと力が入ってしまった。

パパの笑顔に、白い霧がかかる。

パパは目をつぶり、体をよじって、激しく咳《せ》き込んだ。

「ヒトミ!」

お母さんの金切り声が響いた。

ごめんなさい——を言えずに、逃げた。玄関のコート掛けからダウンジャケットをひったくるように取って、靴入れの上の財布をポケットにねじ込んで、後ろを振り向かずにダッシュした。

家出なんておおげさなものじゃないけど、しばらく外に出て頭を冷やしたかった。咳き込むパパの背中をさすりながらあたしをにらんだお母さんの顔、忘れない。「だいじょうぶ、平気だから、心配するな」とあえぐ息で言うパパの声も。一瞬だけ、ちらっと見た。床に落ちた小さな袋から、きれいな朱色のお守りが顔を出してた。

夕暮れの街を歩いた。お母さんの言ってたとおり、かなり寒い。風はないけど、ぞくぞくっと冷え込んで、体の芯《しん》のほうから温《ぬく》もりが奪い取られていくみたいだ。

駅前の商店街に出た。家族連れがたくさんいた。そりゃそーだ、日曜日だもん、と思いだして、鍋ものがパパの大好物だってことも、ふと浮かんだ。

秋の終わりに「いよいよ鍋の季節だなあ」と言って、春の初めに「もう鍋も終わりだなあ」と言うのが、毎年の恒例。梅雨みたいに鍋入りと鍋明けとか、鍋初めと鍋納めとか、ほんと、おやじのネタって毎度おなじみなんだから。

日曜日——だったんだ、鍋はいつも。たまーに平日に鍋ものをしても、雰囲気が出なかった。『サザエさん』を観ながら、ぐつぐつ煮えるのを待たないと、鍋じゃない。

水炊き、しゃぶしゃぶ、寄せ鍋、きりたんぽ鍋、カキの土手鍋、すき焼き、タラちり、モツ鍋、おでん、カニすき、ポトフ、湯豆腐、食べたことないけどフグちり……。

考えると、おなかが空《す》いてきた。お肉屋さんからコロッケのにおいが漂ってくる。焼き鳥のにおいも、どこかから。

帰りたいけど、どんな顔をしてパパやお母さんに会えばいいのかわからない。でも、このまま歩きつづけても、どこにも行けない。友だちの姿も見かけない。みんな、必死で勉強してるのかな。してるよね、受験だもん。

駅が近づくにつれて通行人の数も増えてきた。家族連れは、あいかわらず多い。くわえ煙草《たばこ》で歩いてるおやじもいたし、髪にポマードをべったりつけてるおやじもいた。みんなクサいんだろうな。でも、ずっといっしょにいれば気にならないのかな。

高架になった駅が見えてきた。

どっか行っちゃおうか。

でも、まあ、とりあえず——マツキヨかな。

買い物だけじゃなくて、待ち合わせや暇つぶしや気分転換にも使えるところが、マツモトキヨシのいいところだ。よく、高校生のおねーさんたちが、知り合いどうしばったり出くわして「ひさしぶりじゃん」なんて盛り上がってるのを見かける。行きつけの飲み屋さん、みたいな感じで。

四月からは、あたしもそんなふうになるんだろうか。高校生になれば、いまは毎月三千円のお小遣いを五千円に値上げしてもらえる。おじいちゃんとおばあちゃんからもらえるはずの入学祝いのお金でメールの受けられるケータイを買って、ずーっと欲しかったMDウォークマンも買って、楽しいかな、高校生活、楽しくなかったら、やだ。

マツモトキヨシの前で、店先に並んだ特売のシャンプーをチェックしてたら、「あれえ？　なにしてんの？」と声をかけられた。

エリカだ。ちょうどお店から出てきたところ。

手にマツキヨの袋を提げてる。

「温泉のモト？」とあたしが訊《き》くと、エリカはまだ少し発疹《はっしん》の残る顔をいたずらっぽくゆるめて「と、思うでしょーっ」と返す。

「違うの？」

エリカは「これ、見て」と、買ったものを袋から出して見せてくれた。

軽石と、タワシ。

「……あんたが使うわけ？」

「そっ、ヒフ甘やかすの、もうやめたの」

「マジに？」

「やっぱさあ、世間とかって厳しいじゃん、ウチらみたいなギャル寸前のコだと特に」

複数形にすんなっつーの、とツッコミを入れてもよかったけど、まあいいや。

「でさあ、ニンゲンの体って、ヒフで世間とセッショクしてるわけじゃん。ヒフがじょうぶじゃないと、しょっぱなから負けちゃうわけよ、わかる？　わかんない？」

ピンと来ないままのあたしに、エリカは自分の頬を指でつついて言った。

「高校生になったら、ツラの皮が厚い奴《やつ》になろーと思うわけ」

「はあ？」

「たくましくなりたいわけよ、あたし」

言葉の意味っていうかニュアンス、合ってるっけ？　英語もだめだけど、国語も大の苦手のエリカだ。ヤバいかもしれない。

「コーガンムチってやつ？」

探りを入れるつもりで訊いてみた。いまのうざったい毎日も、たまには役に立つ。受験勉強のおかげでインプットできた四字熟語だ。厚・顔・無・恥、書くほうもＯＫ。三択問題の場合なら、「無知」とのひっかけにご用心。

「キンタマにムチ入れてどーすんの」

エリカはあきれたように笑った。ボケてるんじゃないな、これ。

教えてあげようかどうか迷ってるうちにエリカは軽石とタワシを袋に戻して、ひとりごとみたく言った。

「ゴシゴシこすって、じょうぶなサメ肌にしなきゃ」

間違ってるよ、これも。

でも、いい。言いたいことはわかるし、思ってることも、わかるから。

エリカは、腕時計を見て「あ、ヤバい、早く帰んないと」と言った。「今日の晩ごはん、鍋なの。だから、あたしが帰んないと始まんないんだよね」

「ウチもだよ、トリの水炊き。今日寒いしさ」

「一家勢ぞろいだし」

「……だね」

「じゃあ、明日ね」

エリカは自転車に乗って、人込みを縫うように商店街をつっきっていった。

あたしは、ふう、と息をついた。来た道を引き返しながら、もう一度、ふーう、と深く。

マジに、おなか空いてきた。

湯気をたてる水炊きを思い描くと、やっぱ水炊きにはポン酢かなあ、って気になってきた。

パパは単身赴任のとき、鍋ものなんて食べたんだろうか。コンビニで一人用のやつを買ってきてたりしたんだろうか。わびしい。でも、外食して一人で鍋ものってのは、もっとツラい。あたしとお母さんは、けっこう食べたっけ、二人で。それなりにおいしかったけど、いつもお肉や魚や野菜が余っちゃって、次の日の晩ごはんは「具だくさんのスープ」で決まりだった。

電器屋さんの前を通りがかると、テレビに『ちびまる子ちゃん』が映ってた。もうすぐ『サザエさん』が始まる。そろそろお母さんが白菜や大根を切りはじめる頃だろう。

電器屋さんの隣は、東急ストア。マツキヨに寄る気分でさらっと中に入って、野菜コーナーでユズを探した。

いつかテレビで観たことがある。味覚も年齢によって成長するものらしい。コドモの頃は甘さしかおいしいと感じないけど、オトナになるにつれて辛さやすっぱさや苦さの味わいもわかるようになる。パパの好きなカニ味噌《みそ》の苦みは、あたしにはまだぜんぜんおいしいとは思えない。でも、チリソースの辛さは大好きだ。すっぱさは……どうなんだろう。

今夜はどこの家でも鍋ものなのか、ユズは棚に一つしか残ってなかった。皮がでこぼこした、ちょっと小ぶりのやつ。手にとって、においをかいでみた。すっぱいような、苦いような、でも、まあ、悪くないかな、柑橘系《かんきつけい》。

棚に戻したら、横から来た太ったおばさんが「ラッキー」って感じでそれを取って、カートのカゴに放り込んだ。カゴの中には、ネギや白菜や大根や人参《にんじん》やシメジが入ってる。

ふうん、とうなずくと、なんだかうれしくなってきた。

カートを押して鮮魚コーナーに向かうおばさんの背中を見送りながら、口を小さく動かした。

おとーさん。

なんかヘンな感じだけど、おとーさんはおとーさんなんだし。

今夜は、鍋だし。

そこから始めてみよう、と思った。

卒業ホームラン

天気はよかったが、朝のニュースによると、午後からは風が強くなるだろうとのことだった。

平日より少し華やいだスーツを着た天気予報のキャスターは、「行楽にお出かけの方はセーターを一枚よぶんに持っていかれたほうがいいかもしれませんね」と愛想良く笑っていた。

「ねえ、おとうさん、春一番かなあ」

スポーツバッグの中身を点検しながら、智《さとし》が言った。

「どうなんだろうな」と徹夫《てつお》は首をひねり、使い込んだノートに〈強風の可能性あり〉と走り書きした。

「おとうさん、スタメン決まった?」

「まだだ、練習の調子を見てから決めるよ」

「高橋くんね、昨日学校で絶好調だって言ってたよ」

「あいつ、試合の前はいつでもそう言うじゃないか。ハッタリ好きなんだな」

短く笑って、ノートを閉じる。去年の四月から使いはじめて、これが最後のページだ。表紙にサインペンで書いた〈富士見台クリッパーズ　第六期活動記録〉の文字も一年間でずいぶん色褪《あ》せた。

少年野球チームの監督を引き受けてから、六年がたった。三十代の後半は、ほとんどすべての日曜日を河川敷のグラウンドで過ごしてきたことになる。チームが結成された頃には小学校一年生だった智も、来週、卒業式を迎える。長かったような気もするし、あっというまだったようにも思う。

智の入学祝いにグローブを買ってやった、それがチーム結成の第一歩だった。何度か家の近所でキャッチボールをして、グローブの革も少しずつ掌《て》になじんできた頃、智は友だちを何人か家に連れてきた。友だちは皆グローブやバットを持って、初対面のはにかみというだけではなく、なにかまぶしいものを見るようなまなざしを徹夫に向けていた。

しゃべったな、とすぐにわかった。智が父親を誰かに自慢するときの話は、いつも決まっている。

おとうさんって、甲子園に出たことあるんだよ——。

初出場して一回戦で負けた高校の、七番・レフト。甲子園では四打数ノーヒット。たいした選手ではないが、甲子園の土を踏んだことは事実だ。友だちどうしで野球チームをつくる、と智は言った。徹夫に監督になってほしいのだという。

チームといってもメンバーが数人では、試合もできない。しかも全員、ランドセルを背負うと背中がすっぽり隠れてしまう一年生である。ノックでもしてやればいいんだろう、どうせすぐに飽きて解散だ、と軽い気持ちで引き受けた。

ところが、智が連れてきた友だちの中に、地区の子供会の会長の息子がいたせいで、話は急に大きくなってしまった。

ユニフォームを揃《そろ》え、メンバー募集のポスターを町のあちこちに貼《は》るというあたりまではよかったが、こどもたちを傷害保険に加入させるだの、区の少年野球連盟の規約はどうだのとなってくると、急に腰がひけてきた。勤め先は市役所なので週末はきちんと休めるが、よそさまの子を預かるのは責任が重いし、少年たちに野球を教えることにそこまで情熱があるわけでもない。

それに、なにより、徹夫は智とキャッチボールをするために新しいグローブを買ったのだ。父親と息子のキャッチボール――もはやテレビのホームドラマですらお目にかかれないような紋切り型の光景でも、元・甲子園球児としては、やはり思い入れは強い。上の子が娘だったから、なおさら。

だが、子供会の会長に「努力とチームワークは、いまの子にいちばん欠けてるところなんです。スポーツの素晴らしさを教えてやってください」と頭を下げられ、「甲子園に出たことがあるなんて、こどもから見れば勲章ですよ」と持ち上げられ、「智くんが小学校にいる間だけでもけっこうですから」とまで言われると、もう断れなかった。

夏休みに入って早々に、チームは産声《うぶごえ》をあげた。

真新しいユニフォームに袖《そで》を通して無邪気に喜ぶ智たちに、徹夫は笑い返してやることができなかった。

これからは「遊び」が「練習」になる。「智くんちのおじさん」が「監督」に変わる。「友だち」が「レギュラー」と「補欠」とに分かれる。河川敷からひきあげるときの言葉は「楽しかったかどうか」ではなく、「勝ったか負けたか」になる。野球チームをつくるというのは、そういうことなのだ。

俺はきっと厳しい監督になるだろう――そんな予感がしていた。

予感ではなく、決意だったのかもしれない。

いま、思う。

智はスポーツバッグのチャックを閉め、そばに置いていた金属バットを手にとった。

「素振りしてくるね」

「あんまり時間ないぞ」

「だいじょうぶ、ウォーミングアップだから」

庭に出た智と入れ替わりに、妻の佳枝《よしえ》がキッチンからリビングに顔を覗《のぞ》かせた。

「ねえ、あなた……」

「難しいよ。実力の世界だからな」

徹夫がぽつりと返すと、佳枝は「智のことじゃないわよ」とため息交じりに言った。

「典子《のりこ》のこと」

「なんだよ」拍子抜けした思いが、声を不機嫌にしてしまう。「まだ寝てるんだろ、あいつ」

「今日、塾の模試なんだけど、もうぜんぜん行く気ないみたい。なんべん起こしても、眠たいからって、それだけ」

「布団《ふとん》ひっぱがしてやればいいんだ」

「そこからどうするの？　首根っこ捕まえて塾に連れていく？」

佳枝は短く笑って、「本人の問題だもんね、どうしようもないよね」と自分を無理に納得させるように付け加えた。

「まあ、三年生になれば、いやでも尻《しり》に火がつくんだから……」

徹夫も、朝刊を広げながら、佳枝と似たような笑みを浮かべた。

中学二年生の典子の様子が、秋頃からおかしい。不良のまねごとをして髪の色を変えたり家に帰らなくなったりというのではないが、なにごとに対してもやる気をなくしてしまった。担任の教師によると、授業中もぼんやりと窓の外を見ているだけで、ひどいときには教科書を開こうとすらしないのだという。

難しい年頃だというのは、わかる。

しばらくは扱いづらいだろう、とも覚悟していた。

だが、親や教師に反抗するのではなく、一年後に迫った高校受験のプレッシャーでいらだつのでもなく、いま自分がいなければいけない場所からさらりと立ち去っていくような態度が気になってしかたない。

冬休みに、一度きつく叱《しか》った。塾の冬期講習のお金を佳枝から預かったまま申し込みをせず、そのお金をぜんぶ友だちとの遊びに遣ってしまったのだ。

だが、典子はたいして悪びれもせず、「来年は受験なんだぞ」と繰り返す徹夫をむしろあわれむように見て、言った。

「がんばったって、しょうがないじゃん」

真顔だった。「がんばったら、なにかいいことあるわけ？　その保証あるわけ？」とつづけ、徹夫が返す言葉に詰まってしまうのを見込んでいたように、「ないでしょ？」と言った。そのときの、まるで幼いこどもに教え諭すような口調は、いまも徹夫の耳の奥に残っている。

がんばれば、いいことが――「ある」とすぐに言ってやらなかったのは、親として間違っていたかもしれない。

それでも、いまもう一度同じことを訊《き》かれても、やはり言葉に詰まってしまうだろう。「ある」と答えると、嘘《うそ》とまでは言わなくとも、なにか大きなごまかしをしてしまうことになるだろう。

キッチンに戻る佳枝の背中に、新聞をめくりながら声をかけた。

「来年になれば、友だちも本腰入れて勉強するんだし、あいつだってその気になるさ」

話を切り上げるための、つまらない言葉だ。佳枝の返事はなかったし、なくてよかった、とも思った。

朝刊の社会面や経済面には、今朝も〈不況〉や〈リストラ〉といった文字がちりばめられている。中高年の自殺の記事がなかったのがせめてもの救いだったが、日曜日ぐらいは、と新聞社が気をつかって載せなかっただけなのかもしれない。

がんばれば、いいことがある?

努力すれば、必ず報われる?

我が子にそう言いきれる父親がいたら、会わせてほしい。きっと、とんでもなくずうずうしい男か、笑ってしまうぐらい世間知らずなのかのどちらかだろう。

＊

ユニフォームに着替えたところに、山本くんの父親から電話がかかってきた。

今日の試合に息子を先発出場させてもらえないか、という。

「田舎から年寄りが出てきてるんですよ。せっかくなんで孫の晴れ姿を見せてやりたくてね、最後の試合ですし、どうでしょう、なんとかなりませんかねえ……」

いつものことだ。ゆうべは奥島くんの母親から、応援の人数の都合があるので試合に出られるかどうか教えてほしい、という電話があった。

ふざけるな、と監督として思う。だが、父親として立場を入れ替えてみると、その気持ちもわからないではない。

「先発はちょっと難しいんですが、試合には出てもらいますよ」

徹夫は顔をしかめ、それを悟られないよう、棒読みのような口調で言った。

窓越しに、庭で素振りをつづける智の姿が見える。波打つようなスイング。バットを上から振りおろしてボールを地面に叩《たた》きつけるんだ、と何度言っても、アッパースイングの癖は最後まで直らなかった。

こう、こうなんだ、と徹夫はダウンスイングの身振りをしながら座卓の前に座り直し、チームのノートをまた広げた。

ノートには、日曜日ごとの練習や試合の記録が細かく書きつけてある。去年の四月から先週までに十九試合こなしてきた。今日が二十試合目——智たち六年生にとっては最後の試合になる。

結成以来のメンバーだ。一年生の頃から鍛え抜いてきた。そのかいあって、戦績は十九勝〇敗。ずば抜けた選手がいるわけではなく、試合はいつも接戦になるが、それをものにする粘り強さがある。

ここまできたら、全勝のまま小学校を卒業させてやりたい。それが六年間がんばってきたことへのなによりのごほうびになるはずだ。

ペンをとり、今日の試合のスターティングメンバーをノートに書き入れた。誰の親から電話がかかってこようとも、不動のラインナップをくずすつもりはない。勝つことだけ、考えればいい。

補欠は七人。奥島くんは背番号11、山本くんは背番号14——それぞれ補欠の二番手と五番手にあたる。奥島くんはともかく、山本くんを試合に出すとなると、背番号12の宮田くんと13の瀬戸くんも出さないわけにはいかないだろう。

五年半で思い知らされた。監督としていちばん難しい仕事は、補欠のこどもの扱いだった。

補欠組もレギュラー組と分け隔てなく練習させ、試合のときにはピンチヒッターやピンチランナーでなるべく出番をつくってやるように心がけてきた。

それでも、「なんでウチの子が補欠なんだ」とねじ込んでくる親が毎年一人か二人はいる。逆に、補欠と交代でベンチにさげたレギュラー組の子の親が、「なんでウチの子だけ途中でひっこめるんですか」と食ってかかることもある。母親より父親のほうが口うるさい。会社で仕事をしているときは皆それなりに立場をわきまえているはずなのに、息子がらみの話になると急にこどもじみてしまうのだ。

腹立たしさに「もう監督なんてやめたいよ」と佳枝に愚痴ったことは何度もある。試合の前夜、メンバー表を書いては消し、頭を抱え込んで、いっそ明日は雨になってくれないだろうかと願ったことも一度や二度ではない。

だが、その苦労も今日で終わる。智の卒業に合わせて、徹夫も監督を引退する。後任の監督は、徹夫より少し若い男らしい。先月、この地区に引っ越してきた。以前住んでいた町でも少年野球のチームを率いていたのだという。

背番号16——ベンチ入りの最後のメンバーを書き込んだ。

〈加藤智〉

十六人いる六年生の、しんがり。

公平に実力を判断した結果だった。

いや……ほんとうに公平に見るなら、智よりもうまい五年生は二、三人いる。実力主義を貫くのなら、智に背番号16を与えることはできない。

痛いほどわかっていても、そこまでは監督に徹しきれなかった。父親の自分を少しだけ残してしまった。補欠のこどもの親につい気を遣ってしまうのは、その後ろめたさのせいかもしれない。


素振りをつづける智に「そろそろ出かけるぞ」と声をかけようとしたら、間延びしたあくびといっしょに典子がリビングに入ってきた。まだパジャマ姿だった。ぼさぼさの髪を手ですきながら、目をしょぼつかせて、「おはよう」と気のない声で言う。

「おまえ、模試サボるのか」

「うん、まあね」

「急いだら、まだ間に合うんじゃないのか」

「いいよ、そんなの。トイレに下りただけだから、もうちょっと寝るし」

ムッとしかけた徹夫をいなすように、典子は庭に目をやって「智、張り切ってるじゃん」と言った。

「最後の試合だからな」気を取り直して返す。「模試に行かないんだったら、応援に来るか？」

鼻で笑われた。

冗談やめてよ、というふうに。

「試合に出るの？　智」

「……ベンチに入ってるんだから、可能性はあるよ」

「ないじゃん」ぴしゃりと。「いつものパターンじゃん、それ」

典子の言うとおりだった。

智は、いままで一度も試合に出ていない。

今日も、よほどの大量リードを奪うか奪われるかしないかぎり、チャンスはないだろう。

「最後なんだから、出してやればいいのに」

典子の声に、父親を咎《とが》めるような響きはなかった。ごく自然な言い方で、だからこそ、胸が痛む。

同じことは、ゆうべ佳枝からも言われた。

きっと、智も心の奥ではそう思っているだろう。

だが、智は補欠の七番手だ。監督の息子だ。チームには二十連勝がかかっている。出せない、やはり。

「実力の世界だからな」と徹夫は言った。「あいつも、もうちょっとうまけりゃいいんだけどなあ」とつづけ、口にしたとたん、ひどい言い方をした、と思った。

典子は黙って窓から離れ、座卓に置いてあったミカンを一つ取って、それを掌《てのひら》ではずませながら言った。

「ふうん、どんなにまじめに練習しても、へたな子は試合に出してもらえないんだあ」

そうじゃない——とは言えない。

「やっぱり、がんばってもいいことないじゃん。ね、そうでしょ？　おとうさんがいちばんよくわかってるんじゃないの？」

「試合に出ることだけが野球じゃないんだ」

「だったら智に訊いてみたら？　試合に出たいって言うと思うよ」

「……努力することがだいじなんだよ。結果なんて、ほんとうはどうでもいいんだ」

「じゃあ、今日の試合、負けてもいいじゃん」

屁理屈《へりくつ》だ。それがわかっているのに、言い返す言葉が見つからない。

典子は部屋を出がけに、徹夫を振り向いた。

「努力がだいじで結果はどうでもいいって、おとうさん、本気でそう思ってる？」

徹夫は黙って、小さくうなずいた。

「智ってさあ、中学生になったら、あたしみたいになるかもよ。がんばっても、なーんにもいいことないじゃん、って」

「典子もそう思ってるのか」

「うん」さっきの徹夫より、はるかにしっかりとうなずいた。「だってそうじゃん、勉強すればぜったいにいい学校に入れる？　いい学校に行けばぜったいに将来幸せになれる？　そんなことないじゃない。みんなそれ見えてるのに、とりあえず努力しますとかって、なんか、ばかみたい」

典子が二階にひきあげたあと、徹夫は思った。

屁理屈を並べ立てていたのは、ほんとうは自分のほうだったのかもしれない。

＊

智と二人、自転車で連れ立って、家を出た。親子で河川敷のグラウンドに向かうのも、今日が最後だ。

よくつづいた。しみじみ思う。智は一日も練習を休まなかった。将来の夢は甲子園出場だと屈託なく話していた下級生の頃はもちろん、レギュラーの望みがなくなってからも。

「おとうさん、今日の相手って強いの？」

前を走る智は、振り向いて訊いた。

「ああ、すごいぞ」せいいっぱい明るい声をつくった。「いままでいちばん強いかもしれない」

「ひえーっ、二十連勝ヤバいじゃん」

「だいじょうぶさ、ふだんの実力どおりにやれば勝てるから」

「じゃあ、がんばって声出さないとね」

智は前に向き直って、力を込めてペダルを踏んだ。最初から自分はベンチで声を出す係だと決めてかかっていて、それをひねたり悪びれたりすることなく受け入れている。まじめな子だ。素直な子だ。こつこつと努力してきた。その結果が——これだ。

智のユニフォームの背中の16から、徹夫はそっと目をそらした。高校時代を思いだす。盆も正月もなく練習に明け暮れたすえにレギュラーポジションを獲得し、背番号7のユニフォームを受け取ったときの喜びは忘れられない。甲子園出場を決めた瞬間の、空のてっぺんで太陽が爆発したような喜びも、ちゃんと記憶に残っている。だが、いま、背筋がゾクッとするぐらい生々しくよみがえってくるのは、レギュラーになれなかった同級生のうつむいた顔や、ゲームセットと同時にグラウンドで泣き崩れた相手チームのエースの後ろ姿のほうだった。

交差点で、レギュラー組の子が三人、合流した。

四台の自転車はグラウンドへの一番乗りを競うようにスピードを上げた。智も補欠の引け目などおくびにも出さずに、元気いっぱい自転車を漕《こ》いでいる。

ここからはもう父親じゃないんだぞ、と徹夫は自分に言い聞かせた。背番号16を父親のまなざしで見るな。

チームの中では、智に「おとうさん」と呼ばせないようにしている。徹夫も智のことを「加藤」で呼ぶ。

加藤はへただもんな、しょうがないよな、試合には出せないよ……。いつも心の中でつぶやく。智、ごめんな。あとで必ず、心の中で詫《わ》びる。

「試合に出られないんだったら、つまんないから、もうやめる」

もしも智がそう言いだしたなら、どうしただろう。

引き留めなかったような気がする。

本音ではそれをずっと待っていたのかもしれない、とも思う。

午前十時の試合開始に合わせて、九時から練習を始めた。二十連勝のかかった、しかもこのチームで最後の試合というせいもあるのか、レギュラー組の動きがどうも堅い。特にエースの江藤くんは、いつになくコントロールが悪く、ブルペンでしきりに首をかしげている。

相手チームは、練習を見ただけでもそうとう鍛えられているのがわかる。特にピッチャーは体が中学生なみに大きく、球も速い。地区の取り決めで、肘《ひじ》に負担のかかる変化球は投げさせないことになっているが、直球一本でも手こずりそうだ。

一点勝負になるだろうとふんだ徹夫は、バント練習に時間をさいた。守備練習でも、打球を体で止めて前に落とすというのを、あらためて徹底させた。

と同時にバックネット裏の観客席にさりげなく目をやって、誰の親が応援に来ているかを確認する。作戦を立てるうえでは欠かせない。「なんでウチの子が犠牲にならなきゃいけないいんですか?」と送りバントにすら文句をつけてくる親もいるのだから。

観客席には、補欠組も含めてほぼ全員の親の姿があった。早くもビデオの三脚をセットしているのは江藤くんの父親、出がけに電話をかけてきた山本くんの一家も、話していたとおりおじいちゃんとおばあちゃんを連れて最前列に陣取っている。父親と目が合った。頼みますよ、約束ですよ、と訴えかけているような顔に見える。

佳枝は、試合の後半に来る。「どうせ智の出番があるとしても最後のほうでしょ?」と寂しそうに言って、「万が一のことだけど」と、もっと寂しげな口調で付け加えていた。できれば典子も連れてくるように言っておいたが、おそらく無理だろう。

ボランティアの審判団がグラウンドにやってきた。試合開始まで、あと十五分。

「ノック、ラスト一本!」

ポジションに散った選手に声をかけた。

智は、ライト。ゴロを無難にさばいたレギュラーの遠藤くんにつづいて、「オーッス！」と左手のグローブを高々と掲げる。

徹夫は、横に少し動けばいいだけの位置に、力のないフライを打ち上げた。だが、智はグローブを掲げたまま、うろうろと前後左右に動きまわり、最後はバンザイの格好でボールを後ろにそらしてしまう。

「すみませーん！」

帽子をとって謝り、ダッシュでボールを拾いにいく。一桁《けた》の数字に比べるといかにもかさばる背番号16をぼんやりと目で追っていたら、「監督、ちょっといいですか」と子供会の会長にバックネット裏から呼ばれた。

後任の監督を紹介された。がっしりとした体つきで、人なつっこい笑顔を浮かべる、こどもとスポーツがいかにも好きそうな雰囲気の男だった。

かんたんな挨拶《あいさつ》を交わしたあと、彼は「相手のエース、かなりいいですね」と徹夫に言った。「お手並み拝見」と試されているような気がして、内野ノックについ力が入ってしまい、打球はどれもヒット性の強いものになってしまった。

ノックを終え、ベンチに戻ってメンバー表に名前を書き入れていった。

スタメンの欄はノートに書いたとおりで埋まったが、控え選手のところで迷った。江藤くんの調子を考えると、ピッチャーがもう一人いたほうがいい。新チームのエースになるはずの五年生の長尾くんを控えに入れておくべきかもしれない。

「富士見台クリッパーズさん、いいですか？」

主審がベンチにメンバー表を取りにきた。

「はい……すぐに」

バックネット裏にちらりと目をやった。長尾くんの両親は来ていない。まなざしを横に滑らせると、智が見えた。他の選手がおざなりにすませる膝《ひざ》の屈伸運動を、智一人だけ、ていねいに、一所懸命にやっている。

「監督さん、いいですか？」

主審にうながされ、補欠の欄のいちばん下に〈加藤〉と走り書きして渡した。

そのとき、バックネット裏で歓声があがった。振り向くと、四番バッターの前島くんの両親が〈めざせ不敗神話　祈・20連勝〉と書いた横断幕を広げていた。

徹夫は、相手チームのベンチに向かいかけた主審をあわてて呼び止めた。

メンバー表の〈加藤〉を二重線で消して、横に〈長尾〉と書き込んだ。

＊

智は下級生といっしょにベンチの横に並び、グラウンドの選手たちに声援を送っていた。

最後の試合に、出場どころかベンチ入りすらできなかったのに、智の様子はふだんと変わらない。どこか気まずそうな六年生の仲間に「がんばれよ」と声をかけ、自分と入れ替わって五年生でただ一人ベンチ入りした長尾くんにも笑顔で接する。

俺なら、そんなことはできなかった。高校時代を振り返って、徹夫は思う。負けず嫌いの性格だった。野球だけでなく、勉強でも他のスポーツでも、負けたくないから必死にがんばってきた。それが報われたこともあったし、報われなかったことも、もちろん、ある。

がんばればいいことが——「ある」とはやはり言えなくとも、「あるかもしれない」くらいなら典子に言ってやれるかもしれない。「いいことがあるかもしれないから、がんばる」と言葉を並べ替えてもいい。

だからこそ、本音を言えば、徹夫にはよくわからないのだ。

「いいことがないのに、がんばる」智の気持ちが。

監督としても、親としても、それは決して口にはできないことなのだが。

二回を終わって〇対〇。相手チームのエースは予想以上の好投手だった。一方、江藤くんの調子は予想以上に悪い。球が高めに浮き、スピードもキレもない。捕まるのは時間の問題だろう。

徹夫は打撃陣にバットを一握り短く持つよう指示を出し、六年生の控え投手の水谷くんにウォーミングアップを命じた。息子の晴れ姿をビデオで撮っていた江藤くんの父親はムッとした顔でベンチを見たが、逆に水谷くんの両親はブルペンの前に場所を移し、わくわくした顔で試合を見守っている。

三回裏、相手チームの先頭打者がフォアボールで出塁した。つづく打者はきっちり送りバントを決め、しかも江藤くんが打球の処理にもたついてしまい、ノーアウト一、二塁。打順はクリーンアップにまわる。

徹夫はタイムをかけて、キャッチャーの安西くんをベンチに呼び、江藤くんの調子を尋ねた。やはり、このイニングに入ってから、すべての球がサインとはぜんぜん違うコースに来ているという。

交代だ。ここで点を取られるわけにはいかない。ブルペンの水谷くんを見た。ウォーミングアップは、もうじゅうぶんだろう。

ところが、主審に手を挙げようとした、そのとき――。

「裕太、がんばれよ！　まだいける、まだいける！」

バックネット裏から、江藤くんの父親の檄《げき》が飛んだ。息子ではなく、徹夫に聞かせたかったのかもしれない。

徹夫はベンチから浮かせた腰を、すとんと下ろした。腕組みをして、勝手にしろ、と声にならない声で吐き捨てる。

続投した江藤くんは、次のバッターの初球にワイルドピッチをした。ランナーは二、三塁に進む。徹夫は敬遠のサインを送った。だが、頭に血がのぼった江藤くんの目には入っていないようだ。

まずいぞ、と思う間もなく江藤くんは投球動作に入った。もうタイムもかけられない。

スパーン！と快音が響く。

左中間にライナーで飛んだ打球はぐんぐん伸びて、レフトの前島くんの差し出すグローブのはるか上を越えていった。

致命的な三点が、入った。


救援のマウンドに登った水谷くんも打ち込まれた。三番手の長尾くんも、火のついた相手チームの打線には通用しなかった。

五回の裏を終わったところで〇対八。相手チームのエースはあいかわらず絶好調で、まだ一安打しか許していない。攻略の糸口は見つからない。たとえ見つけても、長尾くんが追加点を奪われるほうが先だろう。

「監督さん」

ショートの吉岡くんの父親が小走りにベンチ裏に来て、言った。

「もう試合の勝ち負けはいいですから、補欠の子もみんな出してあげましょうよ。せっかくいままでがんばってきたんですから」

徹夫は黙ってうなずき、帽子を目深《まぶか》にかぶり直した。

今日なら、出せた。この試合なら、智を出しても誰からも文句は言われなかった。

あいつの努力を最後の最後でむだにしたのは、俺だ。腕組みをして、地面に落ちる自分の影をにらみつけて、思う。

後悔はしない。勝つためにベストをつくしたのだ。

それでも――俺は智の父親として、この監督のことを一生許さないだろう。

六回表の攻撃で、山本くんをピンチヒッターに送った。一家の声援を受けて、ツーストリーまで粘ったが、最後は空振り三振。思いきりスイングしてよじれてしまった背中の14の数字が、一瞬、智の背負った16に見えた。

悔しそうな顔でひきあげてくる山本くんに、ベンチの横から励ましの声が飛んだ。

「惜しい惜しい、ナイススイング！」

智だった。

徹夫と目が合った。

智は、元気出さなくちゃね、というふうに微笑《ほほえ》み、うつむいて、もう顔を上げなかった。

試合が終わった。〇対十の完敗、いや、惨敗《ざんぱい》だった。

二十連勝の夢はついえたが、通算成績十九勝一敗ならりっぱなものだ。一列に並んだ選手たちと徹夫にバックネット裏からは大きな拍手が送られ、誰の親だったのだろう、「名監督!」という声もとんだ。

このあと、近くのファミリーレストランで一年間の活動を終えた打ち上げの席が設けられている。主賓は徹夫だ。幹事をつとめる江藤くんの父親が「監督さん、生ビールもありますから、グーッといきましょうや」とジョッキを傾けるしぐさをして笑う。

徹夫は愛想笑いを返して、グローブやバットを片づける選手たちに目を移した。智もいる。こっちに背中を向けて、けっきょく試合では一度も使うことのなかったバットをケースに収めている。

バックネット裏に、佳枝の姿があった。母親どうしのおしゃべりの輪から少し離れたところにぽつんとたたずんで、こっちを見ていた。典子は、やはりいない。誘っても来なかったというより、最初から佳枝が誘わなかったのかもしれない。そのほうがいい。今日の試合だけは、見られたくなかった。

「お疲れさまでした、残念でしたね」

後任の監督に声をかけられた。「あのピッチャーは小学生じゃ打てませんよ、相手が悪かったんだ」と慰められると、かえって悔しさが増してしまう。

「それで、ちょっと、監督にもご意見聞かせてもらいたいんですが……」

来年からは、試合数をいままでの三倍にするのだという。

「練習ばかりじゃ、こどもたちも張り合いがないと思うんですよね。やっぱり試合をしないと目標がないでしょう」

「年間六十試合ですか。すごいな、それ」

皮肉を込めて笑った。毎週一試合でも追いつかないペースだ。

「といってもね、チームを三つに分けようと思うんですよ。レベル別に、A、B、Cっていう感じで。で、今週はAチームの試合で、来週はBチームの試合っていうふうにするんです。相手にもレベルを合わせてもらって、年間二十試合ずつ。これなら練習と試合のバランスもとれるし、補欠の子や下級生の子も試合に出られるから公平でしょう？そうしないと、試合に出られない子がかわいそうだし、学校だって習熟度別にクラスを組もうかっていうご時世ですからね」

かわいそう——が、耳にさわった。

苦笑いがゆがむ。公平という言葉を辞書でひけば、たしかにこの男の言っていることは正しいのかもしれないが、どこかが、なにかが、違う。正しくても、間違っている。

智は、Bチームのレギュラーになっても喜ばないだろう。喜んでほしくない。監督としてでも親としてでもなく、野球をする男どうしとして。

だが、後任の監督は不意に肩から力を抜き、手品の種明かしをするように言った。

「ってね、これ、前のチームで思い知らされた教訓なんですよ。うるさい親の多いチームで、信じられますか？　ウチの子を試合に出せ、なんていうレベルじゃないんですよ。息子に悲しい思いをさせたくないから、試合はぜったいに勝てる相手を選んでくれ、って。真剣に言うんですよ、みんな」

徹夫は「わかるような気がするなあ」と笑った。今度は素直な笑顔になった。

「まあ、でも、うまく折り合いをつけてがんばりますよ」

後任の監督はおどけてげんなりした顔をつくり、「じゃあ」と立ち去っていった。彼の折り合いのつけ方にも一理あるのかもしれない。徹夫は思い、そうかもな、と認めたうえで、でもな、と声に出さずにつぶやいた。つづく言葉は、浮かんでこなかった。

川を吹き渡る強い風が、グラウンドの土埃《つちぼこり》を舞い上げる。天気予報より少し早く、試合が最終回に入った頃から風が強くなっていた。

加藤——と呼びかけて、試合はもう終わったんだと思い直し、父親に戻った。

「智、ちょっと残ってろ」

智は一瞬きょとんとした顔になったが、すぐに「オッス！」と帽子をとって答えた。

バックネット裏では、江藤くんの一家が、ビデオの液晶モニターを覗《のぞ》き込んで、さっそく息子の晴れ姿の鑑賞会を開いていた。

*

ベンチに座って、敵も味方も観客もひきあげたグラウンドをぼんやりと眺めながら、徹夫は煙草《たばこ》を一本吸った。強い風が煙を吹き飛ばしてしまうせいか、煙草はいがらっぽいだけでちっとも味がしない。

「おとうさん」隣に座った智が言った。「いいの？　もうすぐ打ち上げ始まっちゃうんじゃない？」

「いいんだ、どうせ先に始めてるさ」

徹夫は笑いながら言って、ゆるんだ頬がしぼまないうちにつづけた。

「智、今日、残念だったな」

「しょうがないよ、江藤くん調子悪かったし、向こうのピッチャーすごかったもん」

「いや、そのことじゃなくてさ……おまえのこと、試合に出せなくて……」

「いいってば」

声は明るかったが、顔はさっきと同じようにうつむいてしまった。徹夫と反対側の隣に座った佳枝が、智の肩越しにこっちを見ていた。目が合うと、しょうがないわよ、と小さくうなずく。

典子は朝食を終えると、自転車で遊びに出かけたらしい。仲良しの友だちは皆、塾の模試を受けているのに、誰とどこで遊ぶつもりなのだろう。あてもなく自転車を走らせ、暇をつぶすだけのために本屋やCDショップを覗く典子の姿を思い描くと、腹立たしさよりも悲しみのほうが胸に湧《わ》いてくる。

がんばれば、いいことがある。努力は必ず報われる。そう信じていられるこどもは幸せなんだと、いま気づいた。信じさせてやりたい。おとなになって「おとうさんの言ってたこと、嘘《うそ》だったじゃない」と責められてもいい、十四歳やそこらで信じることをやめさせたくはない。だが、そのためになにを語り、なにを見せてやればいいのかが、わからない。

徹夫はフィルターぎりぎりまで吸った煙草を空き缶の灰皿に捨てて、智に訊《き》いた。

「中学に入ったら、部活はどうするんだ?」

答えは間をおかずに返ってきた。

「野球部、入るよ」

佳枝が、「今度は別のスポーツにしたら?」と言った。「ほら、サッカーとかテニスとか」

だが、智には迷うそぶりもなかった。

「野球部にする」

「でもなあ、レギュラーは無理だと思うぞ、はっきり言って」

「うん……わかってる」

「三年生になっても球拾いかもしれないぞ。そんなのでいいのか？」

「いいよ。だって、ぼく、野球好きだもん」

智は顔を上げてきっぱりと答えた。

一瞬言葉に詰まったあと、徹夫の両肩から、すうっと重みが消えていった。頬が内側から押されるようにゆるんだ。

拍子抜けするほどかんたんな、理屈にもならない、忘れかけていた言葉を、ひさしぶりに耳にした。

徹夫は、ベンチから立ち上がった。

「ピンチヒッター、加藤！」

無人のグラウンドに怒鳴り、智のグローブを左手につけた。

「どうしたの？　おとうさん」

「智、バット持って打席に入れ」

「はあ？」

「ほら、早くしろ」

智の返事を待たずに、試合で使わなかったまっさらのボールをグローブに収め、マウンドに向かってダッシュした。

智がケースからバットを出す。佳枝も立ち上がって、「やだあ、埃すごいねえ」と風にあおられる前髪を手で押さえながら、とことことグラウンドに出てきた。

徹夫は苦笑交じりにグローブを佳枝に放った。佳枝はそれを両手と胸で受け取り、「どのへんで守ればいい？」と訊いた。

「もっと、ずーっと後ろだ」

「そんなに飛ぶ？」

「あたりまえだろ、ホームラン、出るかもしれないぞ」

佳枝は「なに言ってんの」と笑ったが、可能性がないわけではない。風はホームベースから外野に向かって吹いている。智のアッパースイングなら、うまくいけば――千発打って一発の割合だろうが、風に乗って外野の頭を越えることもありうる。それを親が信じてやらなくて、誰が信じるというんだ……。

はにかんだ様子で何度か素振りをした智は、小さく一礼して打席に入った。

「三球勝負だぞ」

「うん……」

「内角球を怖がるな、後ろに下がると外角低めについていけないぞ」

「はい……」

「返事が違うだろ、腹に力を入れて」

「オッス！」

「よし、そうだ。ボールを最後まで見て、くらいつくようにして振るんだぞ、いいな」

「オッス！」

徹夫はマウンドの土を均《なら》し、ボールをこねて滑りを止めた。たとえば山なりのスローボール、そんなものを投げるつもりはない。レギュラー組の打撃練習のときと同じように、速球を投げ込んでやる。それが、野球が大好きな少年に対する礼儀だ。

ワインドアップのモーションで、投げた。ど真ん中だったが、智は空振りした。完全な振り遅れで、バットとボールも大きく隔たっている。ボールを拾いに行く背番号16に、「しっかり見ろ！」と怒鳴った。

二球目も空振り。外角球に上体が泳いだ。

「腰が据わってないからダメなんだ、いつも言ってるだろう！」

智は半べその顔で「オッス！」と返す。叱《しか》られて悲しいんじゃない、打てないのが悔しいんだ、と伝えるように、徹夫に投げ返す球は強かった。

最後の一球だ。手は抜かない。内角高めのストレート。

智はバットを思いきり振った。

快音とまではいかなかったが、たしかにボールはバットにあたった。フライが上がる。ビュンと音をたてて、強い風が吹いた——が、打球は風に乗る前に落下しはじめ、佳枝の手前でバウンドした。

「ホームラン！」

佳枝がグローブをメガホンにして叫んだ。「智、いまのホームランだよ！　ホームラン！」と何度も言った。

徹夫も少しためらいながら、右手を頭上で回した。打席できょとんとする智に、ダイヤモンドを一周しろと顎《あご》で伝えた。

だが、智は納得しきらない顔でたたずんだまま、バットを手から離さない。徹夫をじっと見つめ、徹夫もまっすぐに見つめ返してくるのを確かめると、帽子の下で白い歯を覗かせた。

「おとうさん、いまのショートフライだよね」

来月から中学生になる息子だ。

あと数年のうちに父親の背丈を抜き去るだろう。

徹夫は親指だけ立てた右手を頭上に掲げた。アウト。一打数ノーヒットで、智は小学校を卒業する。

不満そうな佳枝にかまわず、徹夫はマウンドを降りた。ゆっくりと智に近づいていき、声が届くかどうかぎりぎりのところで「ナイスバッティング」と言った。

聞こえなかったようだ。智はスローモーションのようにバットを振って、ダウンスイングの練習をしていた。

「智、家に帰って荷物置いてから打ち上げに行こう」

「うん……いいけど？」

「帰ろう」

野球のルールをつくったのはアメリカの誰だったろう。いや、イギリス人だっただろうか。野球の歴史など徹夫はなにも知らないが、ホームベースという言葉をつくった誰かさんに「ありがとう」を言いたい気分だった。

家――だ。野球とは、家を飛び出すことで始まり、家に帰ってくる回数を競うスポーツなのだ。

バックネット裏に停めた自転車に向かって、智と並んで歩いた。なにも話さなかった。黙ったまま帰ればいい。玄関には、智より先に入るつもりだ。「お帰り！」と声をかけてやる。ホームインの瞬間を見届けてやる。

少し遅れて歩いていた佳枝が、「あ」と土手のほうを向いて声をあげた。「あなた、ほら、やっぱり来てる」

知らん顔をしておいた。

いまなら、なにかをあいつに話してやれるかもしれない。納得はしないだろうが、伝えることはできるだろう。

だが、それはすべて家に帰ってからのことだ。

四人で帰ろう。

先制点なのか、追加点になるのか、劣勢に立たされての四点かはわからないけれど。

家族みんなで、ホームインしよう。

文庫版のためのあとがき

初めての、週刊誌での連載だった。一回二ページ、四回で一話完結——という形式である。連載の注文をいただいたとき、真っ先に浮かんだのは、「雑誌の〝間〟になってみよう」ということだった。このご時世、新聞や雑誌は暗いニュースや悲観的なメッセージで埋め尽くされている。そのなかのちょっとした隙間《すきま》を見つけて、ふわっとした手触りをした、ささやかなおとぎ話が書けないか。

連載する雑誌は「サンデー毎日」だった。サンデー——日曜日。つかのまの日曜日気分で読んでもらいたい、と思った。タイトルを考えるときも、最初は日曜日ならではの事柄や言葉をつかうつもりだったのだが、ふと考えが裏返って、ホンモノの日曜日にはありえないものを使ってみようという気になった。そっちのほうがおとぎ話にふさわしいんじゃないかな、とも。

日曜日の夕刊。このタイトル、じつはかなり気に入っている。本書にかぎらず、ぼくの書くお話の性格というか、ありようは、日曜日に夕刊を届けるようなものなのかもしれない。あってもなくてもかまわない。だけど、せっかくだからあったほうがいいんじゃないかな……弱気なのか図々《ずうずう》しいのか、よくわからないけれど。

ひさしぶりに家族が顔をそろえた日曜日の夕食時、ちょっと照れくさくなったお父さんが、「えーと、夕刊は……」とつぶやきながら食卓のまわりを探しかけて、ああそうか、と苦笑して顔を上げる。ぎごちなく、滑稽《こっけい》で、けれど悪くない気分の〝間〟である。ぼくの書くお話も、そんな〝間〟のような居場所を見つけられたら――と願いながら、十二編のお話を書きつづけたのだった。

単行本にまとめるときに大幅な加筆をおこなったので、ボリュームとしては「ささやかな」とは呼べなくなってしまったが、改稿の際もずっと〝間〟のことは意識していた。文庫本というハンディなサイズに装いを改めた本書が、読んでくださったひとの、たぶんめちゃくちゃ忙しいはずの毎日の、つかのまの日曜日になってくれれば、とても嬉《うれ》しい。

「サンデー毎日」連載中は、毎日新聞社図書編集部の近藤浩之さんにたいへんお世話になった。単行本化にあたっての大幅な改稿も、近藤さんのご理解と数々のアドバイスがあってこそ、の話だった。文庫化の仲立ちをしてくださった新潮社出版部・中島輝尚さん、そして文庫版の編集の労をとっていただいた文庫編集部の土屋眞哉さんとあわせて、心より感謝する。

二〇〇二年五月　　　　　　　　　重　松　清

解説

北上次郎

それにしても『流星ワゴン』は傑作だったと思う。いきなり他社の本の話から始めるのも何だけど、重松清の魅力のすべてがこの長編にあったと信じて疑わない。話はこうだ。リストラ寸前の主人公がいる。妻は浮気していて、息子は登校拒否で、彼の家庭は崩壊寸前というところから始まるのだが、もう死んでもいいやと思っているときに主人公の前に一台のワゴンが現れる。「あなたにとってたいせつなどこか」へ連れていくというので乗り込むと、着いたのは一年前の新宿の雑踏だ。見知らぬ男に肩を抱かれるようにして歩いている妻を見かけた一年前の交差点だ。あのときは商談の場所に急いでいたので、見間違えだと自分に言い聞かせたが、もしあのとき妻を追いかけていたら、リストラはともかく家庭の崩壊はなかったかもしれない。つまり彼は現実に直面することを避けていたのである。ワゴンは、主人公をその一年前に案内する。しかし彼は妻を見ても声をかけられない。現実を正面から見る勇気がない。だから、妻は去っていく。まだ迷っていると、「美代子さん、行ってしまうど。それでええんか」と後ろから声をかけられる。振り向くと、立っていたのは彼の父だ。癌で余命いくばくもなく故郷で寝たきりになっているはずの父が立っている。しかも彼と同年配の若き姿の父だ。なぜ父がここにいるのか、なぜ若いのか。『流星ワゴン』はここから始まる物語である。ね、これだけでもすごいでしょ。タイムスリップものが大好きな私はこれだけでも十分だが、しかし、ここから始まる話はもっと躍動感あふれる物語だ。『流星ワゴン』の解説をする場ではないので、これ以上は控えるが、重松清の小説を読んでいつもむくむくと元気が出てくるのは、そこに解答があるからではない。たとえば、また『流星ワゴン』に話を戻してしまうけれど、主人公の家庭に劇的な変化は起こらないのである。我々の生活がそうであるように、いくら努力してもどうにもならないことはたくさんあり、そういう徒労の積み重ねの中で人はどう生きていくのか、ということに対する解答は物語のなかにないのだ。解答はいつも我々の中にある。行動ではなく、感情のなかにある。その風景を、重松清はいつも鮮やかに描き出すのである。だから、根源的な力とでも呼ぶべきものがむくむくと沸いてくる。傑作『ナイフ』も『エイジ』も、同じ道筋にあるといっていい。

それをこう言い換える。さまざまな感情を同時にかかえて、その中で必死に選択していた日々を、重松清の小説は鮮やかに蘇《よみがえ》らせるのだと。誤解している人はいないと思うが、念のために書いておくと、重松清の小説はノスタルジーを主眼としているのではけっしてない。『半パン・デイズ』を例に取ればいい。これは、瀬戸内海に面した小さな港町に引っ越したヒロシの小学一年生から六年生までの日々を描く小説だが、牧歌的な少年の日々を描いているから懐《なつ》かしいのではない。たとえば小学四年生の日々を描く第五章「しゃぼんだま」は、「小児マヒなのか脳膜炎なのか、話すひとによって病気の名前は違っていたけど、病名なんてどうだっていい、とにかくタッちんは、ぼくたちと同じ教室で違う時間を過ごしていた」というタッちんとの交流を描く章だが、鉛筆だの消しゴムだのをくれなくてもタッちんを送っていくと思っているのに言えずに困っているヒロシの、友達なんかじゃないと思っているのに送ることをやめられないヒロシの、感情の揺れ動きを余すところなく描いている。つまり重松清は、人間は不可思議な生物で、一つの感情に縛られているのではなく、さまざまな感情を、時には相反する感情を同時に持っていることを、いつも具体的なエピソードとともに描き出すのである。だから、重松清の小説が与えてくれる懐かしさは、過ぎ去ったその過去の風景が懐かしいからなのではない。重松清の小説にそういう甘さがないことが、その道筋を示唆《しさ》している。そこにあるのは、甘さではなく、力だ。ノスタルジーとは無縁の力に満ちていることがヒントだ。我々の現実の生活は、雑多な感情には目をつぶり、一つの感情だけで割り切らなければやっていけないが、しかしそういう私たちにも、さまざまな感情を同時にかかえて、その中で必死に選択していた日々があったのである。そんな生活は辛《つら》いから、なんとか一つの感情だけで割り切れるように変化して、今では知らん顔をしているが、私たちの中に眠る必死の日々を、重松清の小説は巧みなエピソードを積み重ねて蘇らせるのである。だから、いつもむくむくと元気が出てくるのだ。おそらく、そういうことだろう。『カカシの夏休み』の表題作も、『ビタミンF』に収録の「はずれくじ」も（これらは私の好きな短編だ）、同様である。重松清の小説はそれ自体がタイムマシンなのである。

　こういう小説は、挿話がリアルで巧みでないと読者を小説世界に案内できないが、もう一つ重要なのは、その構成だろう。語り口といってもいいが、重松清はこれが群を抜いて、うまい。だから、本を開くだけで、いつも知らない間に、すっと重松清の世界に案内される。たとえば本書に収録の「寂しさ霜降り」「さかあがりの神様」「卒業ホームラン」を例に取れば、いちばん効果的な人物の視点から描いていることに留意。「寂しさ霜降り」は死の床についた父親に会うためにダイエットする姉の話だが、それを妹の側から描くのである。そのために姉の心象風景はいっさい描かれず、彼女が何を思ってダイエットに挑戦したのか、その真意は読者に委《ゆだ》ねられる。つまり視点を妹に固定することで、「説明」を巧妙に回避しているのだ。したがってドラマに奥行きが生まれてくる。「さかあがりの神様」は弟が生まれたために母親にかまってもらえず、ちょっと不満の小学二年生の娘に鉄棒を教える話だが、父親の側から描くことで、彼の幼き日の回想をそこに重ね合わせて、「子供が寂しいときは、親だって寂しい」という名フレーズを効果的に提出する。「卒業ホームラン」も絶妙といっていい。これは小学六年生の智が少年野球最後の試合に挑む話だが、補欠の七番手である智に出番はなく、それでも智はあくまでも明るく、中学に入っても野球部に入ると言う。それだけの話であるのに、この短編が胸に残って忘れられないのは、それを監督である父親の側から描くからである。そうすることで風景が一変することに注意。「がんばればいいことがある」と日頃から教えているのに、もともと技量の劣る智はいくら頑張ってもレギュラーにはなれない。わがままな父兄たちを見るたびに、監督である徹夫は自分を戒め、息子に親としての情をかけないようにするが、同時に、試合に出してやれない息子にすまないとも思っている。父親の視点から描くことで、少年の野球の日々がこのように深みを増したドラマになっていることに注意したい。圧巻は、「いいことがないのにがんばる」息子の気持ちがわからない徹夫に向かって、智が最後に言う台詞《せりふ》だろう。どうして中学に入っても野球部に入るんだ、レギュラーは無理だ、三年生になっても球拾いかもしれないぞ、それでもいいのかと言う徹夫に対する智の返事が白眉《はくび》。それは「拍子抜けするほどかんたんな、理屈にもならない」言葉である。しかし「忘れかけていた言葉」である。徹夫が忘れていたように、私たちも忘れていた言葉である。だが、だからこそ、ここでどっと目頭が熱くなってくる。

このように、重松清の小説ではもっとも効果的と思われる視点がさりげなく採用され、実に巧妙に作られている。それが目立たないだけに、見逃されがちだが、構成のうまさということでは、宮部みゆきと並んで双壁《そうへき》といっていい。いまさら私ごときが言うことではないのだが、重松清のうまさにはいつも感服するのである。本書は「サンデー毎日」に連載したもので、全十二篇を収録したものだが、前記した三篇以外にも「後藤を待ちながら」が秀逸。語呂《ごろ》合わせのタイトルではあるものの、もちろんふざけているわけではない。うまいなあと思うのは、このモチーフで作者はすでに少なくない作品を書いていることだ。したがって、それらの作品との違いをどこに出すかが問われる。その処理が見事。特に最後の一行が決まっている。いやはや、うまい。

重松清の世界をすでに知っている人も、本書が初めての人も、安心してこの作品集を手に取られたい。現代エンターテインメントの最高水準を知りたければ重松清を繙《ひもと》けばいいのだが、本書はその恰好《かっこう》の見本といっていいのである。

（平成十四年五月、文芸評論家）

この作品は平成十一年十一月毎日新聞社より刊行された。

重松清著　小さき者へ

お父さんにも14歳だった頃はある——心を閉ざした息子に語りかける表題作他、傷つきながら家族のためにもがく父親を描く全六篇。

重松清著　卒業

大切な人を失う悲しみ、生きることの過酷さ。それでも僕らは立ち止まらない。それぞれの「卒業」を経験する、四つの家族の物語。

重松清著　くちぶえ番長

くちぶえを吹くと涙が止まる。大好きな番長はそう教えてくれたんだ——。懐かしい子ども時代が蘇る、さわやかでほろ苦い友情物語。

重松清著　熱球

二十年前、もしも僕らが甲子園出場を果たせていたなら——。失われた青春と、残り半分の人生への希望を描く、大人たちへの応援歌。

江國香織著　ぼくの小鳥ちゃん
路傍の石文学賞受賞

雪の朝、ぼくの部屋に小鳥ちゃんが舞いこんだ。ぼくの彼女をちょっと意識している小鳥ちゃん。少し切なくて幸福な、冬の日々の物語。

いしいしんじ著　ぶらんこ乗り

ぶらんこが得意な、声を失った男の子。動物と話ができる、作り話の天才。もういない、私の弟。古びたノートに残された真実の物語。

重松清著
きみの友だち
僕らはいつも探してる、「友だち」のほんとうの意味――。優等生にひねた奴、弱虫や八方美人。それぞれの物語が織りなす連作長編。

重松清著
星に願いを
―さつき断景―
阪神大震災、オウム事件、少年犯罪……不安だらけのあの頃、それでも大切なものは見失わなかった。世紀末を生きた三人を描く長編。

恩田陸著
六番目の小夜子
ツムラサヨコ。奇妙なゲームが受け継がれる高校に、謎めいた生徒が転校してきた。青春のきらめきを放つ、伝説のモダン・ホラー。

恩田陸著
ライオンハート
17世紀のロンドン、19世紀のシェルブール、20世紀のパナマ、フロリダ……。時空を越えて邂逅する男と女。異色のラブストーリー。

北村薫著
ターン
29歳の版画家真希は、夏の日の交通事故の瞬間を境に、同じ日をたった一人で、延々繰り返す。ターン。ターン。私はずっとこのまま?

桐野夏生著
ジオラマ
あたりまえのように思えた日常は、一瞬で、あっけなく崩壊する。あなたの心も、変わってゆく。ゆれ動く世界に捧げられた短編集。

黒柳徹子著

トットの欠落帖

自分だけの才能を見つけようとあらゆる事に努力挑戦したトットのレッテル「欠落人間」。いま噂の魅惑の欠落ぶりを自ら正しく伝える。

阿川佐和子・角田光代
沢村凜・柴田よしき
谷村志穂・乃南アサ著
松尾由美・三浦しをん

最後の恋
—つまり、自分史上最高の恋。—

8人の女性作家が繰り広げる「最後の恋」をテーマにした競演。経験してきたすべての恋を肯定したくなるような珠玉のアンソロジー。

小池真理子著

恋
直木賞受賞

誰もが落ちる恋には違いない。でもあれは、ほんとうの恋だった——。痛いほどの恋情を綴り小池文学の頂点を極めた直木賞受賞作。

中沢けい著

楽隊のうさぎ

吹奏楽部に入った気弱な少年は、生き生きと変化する——。忘れてませんか、伸び盛りの輝きを。親たちへ、中学生たちへのエール！

原田マハ著

楽園のカンヴァス
山本周五郎賞受賞

ルソーの名画に酷似した一枚の絵。秘められた真実の究明に、二人の男女が挑む！　興奮と感動のアートミステリ。

北森鴻著

凶笑面
—蓮丈那智フィールドファイルⅠ—

封じられた怨念は、新たな血を求め甦る——。異端の民俗学者・蓮丈那智の赴く所、怪奇な事件が起こる。本邦初、民俗学ミステリ。

重松　清著　あの歌がきこえる

友だちとの時間、実らなかった恋、故郷との別れ――いつでも俺たちの心には、あのメロディーが響いてた。名曲たちが彩る青春小説。

白川道著　海は涸いていた

裏社会に生きる兄と天才的ヴァイオリニストの妹。そして孤児院時代の仲間たち――。男は愛する者たちを守るため、最後の賭に出た。

宮木あや子著　花宵道中
R-18文学賞受賞

あちきら、男に夢を見させるためだけに、生きておりんす――江戸末期の新吉原、叶わぬ恋に散る遊女たちを描いた、官能純愛絵巻。

南直哉著　老師と少年

生きることが尊いのではない。生きることを引き受けるのが尊いのだ――老師と少年の問答で語られる、現代人必読の物語。

辻仁成著　海峡の光
芥川賞受賞

函館の刑務所で看守を務める私の前に現れた受刑者一名。少年の日、私を残酷に苦しめた、あいつだ……。海峡に揺らめく、人生の暗流。

天童荒太著　孤独の歌声
日本推理サスペンス大賞優秀作

さぁ、さぁ、よく見て。ぼくは、次に、どこを刺すと思う？　孤独を抱える男と女のせつない愛と暴力が渦巻く戦慄のサイコホラー。

梨木香歩著　西の魔女が死んだ

学校に足が向かなくなった少女が、大好きな祖母から受けた魔女の手ほどき。何事も自分で決めるのが、魔女修行の肝心かなめで……。

梨木香歩著　からくりからくさ

祖母が暮らした古い家。糸を染め、機を織る、静かで、けれどもたしかな実感に満ちた日々。生命を支える新しい絆を心に深く伝える物語。

森見登美彦著　太陽の塔
日本ファンタジーノベル大賞受賞

巨大な妄想力以外、何も持たぬフラレ大学生が京都の街を無闇に駆け巡る。失恋に枕を濡らした全ての男たちに捧ぐ、爆笑青春巨篇！

乃南アサ著　女刑事音道貴子　花散る頃の殺人

32歳、バツイチの独身、趣味はバイク。かっこいいけど悩みも多い女性刑事・貴子さんの短編集。滝沢刑事と著者の架空対談付き！

乃南アサ著　涙（上・下）

東京五輪直前、結婚間近の刑事が殺人事件に巻込まれ失踪した。行方を追う婚約者が知った慟哭の真実。一途な愛を描くミステリー！

町田康著　夫婦茶碗

あまりにも過激な堕落の美学に大反響を呼んだ表題作、元パンクロッカーの大逃避行「人間の屑」。日本文藝最強の堕天使の傑作二編！

日《にち》曜《よう》日《び》の夕《ゆう》刊《かん》

新潮文庫　し－43－4

平成十四年七月一日発行
平成三十一年二月五日二十九刷

著者　重《しげ》松《まつ》清《きよし》
発行者　佐藤隆信
発行所　株式会社新潮社

郵便番号　一六二―八七一一
東京都新宿区矢来町七一
電話 編集部(〇三)三二六六―五四四〇
読者係(〇三)三二六六―五一一一
http://www.shinchosha.co.jp

価格はカバーに表示してあります。

乱丁・落丁本は、ご面倒ですが小社読者係宛ご送付ください。送料小社負担にてお取替えいたします。

印刷・株式会社光邦　製本・株式会社大進堂

ISBN978-4-10-134914-5 C0193